两 条 红 鱼

李玉文 著

郑州大学出版社

图书在版编目（CIP）数据

两条红鱼／李玉文著. — 郑州：郑州大学出版社,2021.4
（2024.6 重印）
ISBN 978-7-5645-7752-0

I.①两… Ⅱ.①李… Ⅲ.①中篇小说 – 小说集 – 中国 – 当代
②短篇小说 – 小说集 – 中国 – 当代　Ⅳ.①I247.7

中国版本图书馆 CIP 数据核字（2021）第 041853 号

两条红鱼
LIANG TIAO HONGYU

策划编辑	李勇军	封面设计	小　花
责任编辑	暴晓楠　刘晓晓	版式设计	小　花
责任校对	孙精精	责任监制	李瑞卿

出版发行	郑州大学出版社（http://www.zzup.cn）
地　　址	郑州市大学路 40 号（450052）
出 版 人	孙保营
发行电话	0371-66966070
经　　销	全国新华书店
印　　刷	山东华立印务有限公司
开　　本	890 mm × 1 240 mm　1 / 32
印　　张	8.625
字　　数	174 千字
版　　次	2021 年 4 月第 1 版
印　　次	2024 年 6 月第 2 次印刷

书　　号	ISBN 978-7-5645-7752-0	定　价	68.00 元

本书如有印装质量问题,请与本社联系调换。

目　录

铜盒金蟾

　　民国初年，东河县西南十里庞庄有一姓王的大户人家，人称王员外。王员外家的宅院南边有块方地，特别奇怪，每到夜晚定更时分，就有金光闪现。所种作物旱涝保收，是一般田地收成的几倍，可谓是块风水宝地。因此，引来许多人观看。

　　这天夜里，又来了一批人。可等了许久，并未见有金光闪现。直到四更时分，地里仍是一片漆黑，别说金光了，连一点儿萤火之光也没有，人们大失所望。王家的大管家庞录觉得事态严重，顾不得已是深夜，急忙跑去禀报员外。庞录来到王员外的卧室外，一边敲门一边大声喊道："老爷！老爷！不好了！"

　　熟睡中的王员外听到敲门声，问道："谁呀？深更半夜喊什么？"

　　"老爷，我是庞录。不好了，您快点起来看看吧，咱家那块宝地变啦。"

王员外不解地问道："你说什么？"

庞录说道："咱家那块宝地不闪光了。"

听到自家的宝地不闪光了，王员外哪里还睡得下，急忙起身穿衣，又问道："你说什么？那块宝地不闪光了？"

"是的老爷，您快点起来看看去吧！"

王员外跟随大管家庞录慌慌张张地来到方地，果如其所说，地里漆黑一片。这还了得，王员外大惊失色，像丢了魂似的。这块方地可是王家的无价之宝，多少年来王家家运兴顺，全赖这块风水宝地。如今地里没了金光，这是不祥之兆啊！过了好大一会儿，王员外像是刚从梦中醒来似的，他定了定神向四周瞅了瞅，周围一切如旧，没发现一点儿可疑的迹象；而后他又抬步向四周来回察看了几遍，依然未发现什么异常。直到天快亮时，也没发现一点儿破绽，无奈之下，只好回家。回到家后，王员外往太师椅上一坐，把最近发生的事前前后后想了一遍，自言自语道："难道是背后有人使坏，破了我家风水不成？还是我家运势当衰，命该如此？"不知不觉间，天色已大亮，王员外忽然想起长工冯顺。这两天冯顺一直在这块方地里掘地，于是便让人喊来冯顺。冯顺来到王员外跟前问道："老爷，您叫我来，有何吩咐？"

王员外道："冯顺，我问你一件事，你一定要如实回答，不得有半句谎言，否则将你赶出家门。"

"是，是，是！老爷您只管问，小的一定如实回答。"

"冯顺，这两天你在方地掘地时，可曾捡到什么东西？另外，是否有陌生人去过方地？"

冯顺道："小的和往常一样用铁锹掘地，没有捡到什么东西。至于有没有陌生人去过方地，这个倒是有，不过这些人也没什么特别的事情，就是好奇，问地里夜间可有发光？我说，不错，确有发光。然后他们就走了。"

"冯顺，我再问你，平日做活一直都干到太阳落山方才收工，昨天为什么太阳刚偏西就回家了呢？"

"别提了老爷，说来羞愧，昨天下午不知什么原因，我肚子突然胀痛起来，没办法才回家的。到家折腾了一阵子，而后又放了几个大屁，才止住疼痛。看看天色已晚，就没再去地里，事情就是这样。"

"冯顺，你真的没捡到什么东西吗？"

"真的没捡到什么东西。老爷您想，我是一个下人，捡不到东西便罢，真的捡到东西了，还不先交给老爷过目？小的岂敢隐瞒。如老爷不信，可问庞德生，昨天下午，他也在地里掘地。"

王员外点了点头，看了看冯顺道："你先回去吧。"

冯顺走后，王员外心想，既然庞德生也在地里掘地，何不问问他呢？于是，就叫人喊来庞德生。

王员外问庞德生道："德生啊，昨天下午，你在地里掘地，我家长工冯顺也在地里掘地，他什么时间回去的，你知道吗？"

"知道，下午很早就回去了。"

"他和你说了什么没有？"

"没说什么。只是我问他，顺哥咋的，这么早就收工不干了？他'嗯'了一声，说家里有点儿事，得赶快回去，其他就没说什么了。"

"他没告诉你他肚子疼的事吗？"

"走时好好的，没见他肚子疼啊。"

王员外沉默了一会儿，道："好！德生，你先回去吧，有事我再找你。"

庞德生走后，王员外心想，这个冯顺是什么意思，没肚子疼为什么要说肚子疼？难道他敢和我耍心眼？想到这儿，王员外又叫来大管家庞录，附耳嘀咕了几句，庞录点点头。

按照王员外的安排，趁冯顺没在家时，大管家庞录突然来到冯顺家，向他老婆庞连香问道："妹子，冯顺没在家吗？"

"没有，今天一大早就去他舅家了。"

"不可能吧，昨天下午他还喊着肚子疼得难忍，这么快就好了？"

"他什么时候肚子疼过？我怎么不知道？昨天下午回来后，他就直接去了粮囤，哪有肚子疼这回事。"

庞录听后没有再问什么，便离开了冯家。回去后，他把庞连香的话原封不动地告诉了王员外。王员外听后，心中更是疑惑，坚信冯顺一定有事瞒着自己。可他又一想，冯顺不过是个下人，怎敢对自己的主子有所隐瞒？按常理说应该不会，可眼下偏不如此，问题到底出在哪里呢？于是他又让庞录去冯家打探，问问冯顺啥时间回来。

　　来到冯顺家，庞录问："地还没有掘完，冯顺啥时候回来？"

　　庞连香说："啥时间回来，我也不清楚，反正他今天肯定得回来。"

　　庞录又问："他没告诉你去舅家做什么吗？"

　　"谁知道他做什么，走时也没告诉我，就见他怀里揣着件东西，神神秘秘的，说是让他舅看看去。"

　　庞录听后满腹狐疑，见到王员外他又把庞连香的话学了一遍。当王员外听到冯顺揣着一件东西去他舅家时，立马联想到冯顺怀中所揣物件必定是宝物，并且这件宝物就是自家地里的宝物，多年来方地中闪现金光，就是这件宝物的缘故。

　　再说冯顺，一大早确实揣着件东西，往他舅家去了。那么，这件东西是什么呢？他为何又去他舅家呢？事情起因是这样的，昨天下午，冯顺在方地中掘地，掘得正起劲，突然眼前闪现一片金光，他心里猛一惊喜，俯身仔细看时，发现一个金黄色的圆盒。圆盒上面趴着一只蟾蜍，此时蟾蜍的头正对着西方。冯顺心中大喜，自忖道：这肯定是件宝物。遂捡起揣进怀里。然后扛起铁锨，高兴地回了家。到家掏出宝物，反反复复地看了数遍，而后小心翼翼地把它藏在粮囤中。

　　冯顺心想，王员外地里之所以闪光，是否与它有关？若真是一件宝物，自己可就要发大财了。没想到我冯顺也有出头之日，到时，谁还稀罕做这个长工？可他转念又一想，即便这是件宝物，又卖给谁呢？谁会要这个玩意儿呢？冯顺突然想到福桥镇的舅舅王银匠，舅舅是做珠宝生意的，肯定能识出此物的真假，何不去向舅舅讨教呢？一是可让舅舅做个鉴定；二是通过舅舅的手把它卖了。不知不觉天已大黑，于是冯顺便上床休息，又天花乱坠地想了一夜。

　　第二天天刚亮，冯顺便迫不及待地起了床，蹑手蹑脚地来到粮囤前。一个意想不到的情景出现了，圆盒浮在了粮食的上面。冯顺好生奇怪，昨晚分明是把它藏在粮食下面，今早为什么到粮食上面了呢？难道是有人动了？应该不会，没有人知道自己得了这件宝物，更没有人知道自己把它藏到了粮囤。再看那盒上的蟾蜍，头原来朝西，现在又转向了东。这些异常的现象，让冯顺更加坚定了此物是一件宝物。因此趁人们都没起床，他急急忙忙地去了舅舅家。

　　见到舅舅寒暄了几句，冯顺便从怀中掏出圆盒给舅舅看。冯顺的舅舅接过圆盒，仔细观察了一会儿，暗自惊道：此物绝非一般之物，自己从未见过如此罕世的东西。它不但是宝，很可能还是宝中之宝，可谓价值连城。贪婪之心顿起，心想，无论如何得把此宝弄到手。可怎样才能到手呢？他深知自己的外甥不是一盏省油的灯，必须谨慎行事。

　　老大一会儿过去了，冯顺问道："舅舅怎样，是宝物吗？"

　　王银匠见外甥发问，灵机一动，表现出一副不屑一顾的样子，把圆盒往地上一撂，轻蔑地说道："什么宝物，一个破铜盒子而已，要它何用，连个孩子的玩物也不如。"

冯顺原抱有天大的希望，想凭此发一笔大财，岂料舅舅却是这般说。发财梦破灭了，冯顺显得有些气急败坏。只见他捡起圆盒，向地上狠狠地摔去，而后垂头丧气地走了。

王银匠见外甥走了，心中暗自欢喜，自语道："真是天赐之物，命中注定我王银匠该发大财。"于是捡起圆盒藏了起来。回家的路上，冯顺边走边想，他突然停住了脚步，如同大梦方醒般地"啊"了一声，自语道："不对呀！我亲眼所见，圆盒浮在粮食上面，原来蟾蜍头向西，今早头向东，这足可证实，它就是一件宝物，舅舅怎能说是一块破铜盒子呢？莫非是他认出了此物是宝物，故意哄骗我，说它是一个破铜盒子，想据为己有？可他是自己的亲舅舅，怎能欺骗自己？"想到这些，冯顺急转身往舅舅家跑去。

冯顺见到舅舅张口就问："舅舅，我的铜盒子呢？我得带走。"

王银匠正沉浸在发大财的美梦中，突见外甥冯顺闯了进来，又听外甥这么一问，心里猛地一凉，支支吾吾地说道："什么……什么铜盒子，你何时给我的铜盒子？"

"就是刚才，我摔在地上的那个铜盒子。"

"噢——原来是那个破铜盒子，还要它做什么？你走后，我就把它扔了。"

冯顺一听，顿时火了，怒声道："舅舅，不用再骗我了，那件东西压根就是一件宝物，为了麻痹我，你故意说它是个破铜盒子，现在又说把它扔了，这可能吗？作为珠宝商人，见到如此宝物，你怎么会舍得扔？骗鬼去吧！"

王银匠见外甥不相信自己，只得说道："外甥，你走了之后，我确实把它扔了。既然你如此看重此物，我这就给你找去，行吗？"

"我可不管这些，反正东西是给你了，没有了你就得赔我。"

"你这孩子，怎能与舅舅这样说话，简直是不讲一点儿道理。"

"舅舅，这样说话，算是客气了。如果找不回宝物，你就等着吧，不讲道理的还在后头呢！"

王银匠生气道："好小子，长本事了，竟敢对舅舅如此无礼。行！你放心！舅舅今天啥都不干，也得把那个破铜盒子给你找回来！"说罢气呼呼地出去了。两个时辰过去了，还是没见舅舅回来，冯顺正等得焦急，王银匠哭丧着脸回来了。

"外甥，周围全找了，玩耍的小孩也问了，都说没见，这该如何是好呢？早知这样，就不该管你小子的这个事。舅舅干了一辈子的珠宝生意，就没见过你这样的，拿着一个破铜盒子硬当宝贝。"

"舅舅，你当我是三岁小孩好骗吗？外甥虽是一个长工，但经常出入王员外的府中，或多或少也算见过一点儿世面，就你这点儿小把戏，也想瞒过外甥吗？休想！宝物就在你家藏着，别再与我装傻了。"

话说到这个份上，冯顺感觉还不够，就又说道："舅舅，你也太贪心了,那价值连城的东西,想用三言两语打发你外甥,这未免太小看你外甥我了吧!"

王银匠后背直冒凉气,心想平日里只听说这孩子不是个善茬,今天看来果真如此。若是这样,自己想独吞宝物是不可能了。想到这里,便一反常态,满脸堆笑道:"外甥,东西我确实是扔了。不过你放心,我一定想法把它找回来。你看这样行吗?如果你没事就先在舅舅家等着,如果有事就先回去,等明日再来,现在我就给你挨家挨户地找去,无论如何都要把它找回来,完璧归赵,这总成吧?"

"这样也行!不过在没找到宝物之前,得把你家里所有的珠宝押上,何时找到东西交与我,何时再把押的东西交还与你。事先说明,这么做绝不是交换。尽管押了你的东西,如果不把宝物交还与我,我也不会放过你。"

王银匠没法,只得满口答应:"好,好,好,就这么办。"

冯顺把舅舅家所有值钱的玉器全都收了起来,回家去了。

大管家听说冯顺回来了,忙催他去见王员外。王员外见冯顺来了什么也没说,一双犀利的眼睛,把冯顺从上到下看了一遍。看王员外如此盯着自己,冯顺犹如芒刺在背,心里不禁害怕起来。稍停,王员外问道:"冯顺,知道我为啥让你来吗?"

冯顺胆怯地回答道:"小的不知,老爷您有何吩咐?"

王员外深沉地说道:"冯顺,那天你掘地时,真的没捡到什么东西吗?"

"老爷，小的不是与您说过了吗，我真的没捡到什么东西。"

"我提醒你冯顺，最好不要走三年前的那条老路，是不是又想断指了？"

听王员外提起三年前的事，冯顺顿时颤抖起来，前额冒出了冷汗。这又是怎么一回事呢？

原来，冯顺也读过几年私塾，家业颇丰。父母离世后，由于无人约束，染上了嫖赌的恶习，最终败光了家业。无奈之下，到王员外家做起了长工。家境刚有好转，却又打起了歪主意。经过多日留心观察，他发现了王员外的藏钱处。他表面不语，老老实实地做事，内心里却进行了算计。

这天晚上，王员外带着夫人去赴宴。刚走不多时，冯顺便潜入了内室，推开夹墙，把里面的一布袋银圆给扛走了，藏在自己家中。

第二天，他照例来王员外家干活。几天后，王员外需用钱办事，推开夹墙时，发现夹墙内空空如也。王员外大吃一惊，忙喊来夫人。夫人张氏也不知道。夫妻二人又里里外外找了一遍，还是一无所得。张氏急了，立马就要审问下人，却被王员外制止了。王员外劝夫人："一定要沉住气，不要声张，到时我自有办法找回银圆。"

王员外毕竟是做过官的人，这事还难不倒他。丢失一布袋银圆，虽然不是个小数目，但对他王家来说，还不至于伤筋动骨。对此他虽然十分恼火，可比起他在宦海中的经历，这不过是沧海一粟。对于这件事他绝不会善罢甘休，他暗暗发誓一定要让盗贼付出代价。从那日起，王员外便开始观察起下人来，几日后，他才把此事告知大管家庞录。庞录得知后很是惭愧，说了一大堆自责的话。接下来，二人对府里的下人一一进行排除，当排除到冯顺时，王员外心中猛地一顿。"冯顺、冯顺……"王员外口中反复念着冯顺的名字，念了几遍后，让大管家叫来冯顺。在没有确凿证据的情况下，冯顺一口否定，拒不承认。王员外见冯顺咬定不知此事，便说道："与老爷作对的人，是要付出代价的，你暂且回去吧！"

冯顺走后，王员外附耳交代了庞录一通。按照王员外的吩咐，夜深人静时，庞录戴上面具进入了冯顺家，点亮油灯，晃醒冯顺，二话没说抓住冯顺的右手，拔出刀，把冯顺右手的一根手指剁了下来，然后阴沉地说道："快交出那袋银圆，饶你不死。"

冯顺吓得魂不附体，刚想吱声，庞录又扬起刀砍了下去，幸亏冯顺缩手快，不然整个右手都保不住了。冯顺再也挺不住了，吓得直磕头，连声喊："好汉饶命，好汉饶命，我交，我交！"

庞录接过布袋摸了摸，而后又看了看，确定是那袋银圆后，便走了。见到王员外呈上布袋，王员外接过布袋查看后对庞录说："该如何处理这个混账东西？"

庞录说道："依我之见，老爷还是以慈悲为怀好，毕竟银圆未少，没造成损失。这一次事件之后，冯顺定然会对老爷忠心。"

王员外说道："也好，看他接下来如何表现吧。"

冯顺用左手紧紧攥住右手的断指，疼得钻心。此时疼痛倒是小事，自己好不容易到王员外府上做了长工，得以养家糊口，眼下却弄出这等丑事，自己该如何面对王员外呢？这种煎熬滋味比断指还难受。是就此逃往他乡，还是继续在王员外府上做长工？可是逃，自己能往哪里逃呢？继续做长工，王员外会同意吗？冯顺翻来覆去地想着，越想心里越是难受，悔不该做这等下贱之事，但大错已铸，悔之晚矣！最后冯顺别无选择，还是回了王员外府上继续做长工。

这件事已过去了三年，今天为着铜盒，老爷又提起，冯顺不免心惊肉跳起来，眼下该如何应付呢？老爷已经把话说明，如不照实说，能不能闯过这一关？老爷的手段自己已经领教过，如今之事，一旦被查实，恐怕结局比断指还惨。想到这里，冯顺更加害怕了，他不敢再瞒下去，便向老爷承认那天掘地时，确实捡到了一个东西。

王员外一听，大怒道："捡到了什么东西？"

"是个金黄的圆盒。"

"那盒子现在何处？去！赶快把它拿来。"

"盒子被我送到舅舅家了。"

王员外大为不解地问道："为什么要送到你舅舅家？"

"因我舅舅是个珠宝商，我想让他鉴定一下那盒子是不是宝物。"

王员外道:"那结果呢?"

"我舅舅说那就是个破铜盒子,于是我就回来了。可走到半路,越想越感觉不对,那东西不可能只是个破铜盒子,肯定是个宝物。因此,我又赶紧返回,再要那东西时,舅舅却说把它扔了。我岂能愿意,当时就与他闹翻了脸,并限他明天务必归还我。"

王员外顿感大事不妙。王银匠在福桥镇是出了名的刁钻生意经,东西到了他手里恐怕是凶多吉少,但事已如此,也只能先这样了。于是喝道:"冯顺,你好大的胆子,在老爷地里得到的东西,竟敢隐瞒私吞。明天把东西交过来,万事俱休,否则定叫你吃不了兜着走,滚!"

冯顺再不敢搭话,唯唯诺诺地退了出去,谁知刚走两步,只听王员外喝道:"回来!"

冯顺不知就里,慌忙转身,没容他转过身来,又听王员外厉声道:"回家后老老实实地给我待着,不要乱跑,更不要去你舅家。何时让你去你舅家,何时通知你。"

说罢,王员外一挥手:"滚吧!"

冯顺刚想问何因,王员外又一挥手:"滚滚滚!只管在家待着就是!"

不是让冯顺去他舅家要回那东西,为什么又变了呢?王员外自有他的算计。自从冯顺捡走那东西,地里就不再闪光,凭这一点足可证明,冯顺捡到的那个东西,肯定是一个宝物。

因此，要想从王银匠手中要回那东西，不施点儿手段，肯定是不行的。王员外之所以让冯顺在家老实待着，目的就是不想惊动王银匠。待冯顺走后，王员外又授意大管家庞录去王银匠家探查情况。

庞录来到王银匠家，问起王银匠时，王银匠的妻子余氏说："昨天去万州进货了。"

庞录见王银匠不在家，急忙返回了员外府，禀报老爷。

王员外问庞录道："你估计他能去万州吗？"

庞录回答道："应该是去了万州，但是否进货不好说。很可能是去万州联系买家了。"

王员外说道："若是这样的话，那就更不宜迟，你现在就与冯顺一起，再去王银匠家，核实他到底有没有去万州。无论如何，今天都要见到他，核实那件东西。一旦核实，不管采用何种手段，都要把它拿到手。"

"是，老爷您放心！"

庞录与冯顺一起去了王银匠家，余氏说王银匠去万州进货还未回来。二人商议后，按照余氏提供的地址去了万州珠宝商行。到了万州珠宝商行，问起王银匠来此订货一事，珠宝商行的老板说没见他来。二人又去了另外几家珠宝交易处，问起王银匠，都说没见此人。

这该如何是好？真是老牛掉进枯井，有力使不上。眼见天色已晚，二人只好找家旅店住下。第二天，二人又寻了一上午，还是没有王银匠的消息。没有办法，二人只好返回福桥镇。回到福桥镇，庞录转了个心眼，没有直接到王银匠家，而是躲在一边。待天黑后，庞录先让冯顺去探探虚实。

舅舅一见外甥冯顺，就知其是为宝物而来。冯顺见到舅舅，急问道："舅舅，找到宝物没有？"

王银匠说道："我挨家挨户找了整整一个上午，总算找了回来。"

"既然找到了就给我吧。"

王银匠爽快地说道："行！"

这就奇怪了，原先一提到宝物，王银匠总是百般搪塞，不想交出宝物，现在为什么如此爽快呢？

众所周知，王银匠是个生意人，脑子里尽是些花花点子。昨天冯顺走后，他当即就带着宝物去了万州，做进一步的鉴定。当确定这是一件奇珍异宝时，顿起贪婪之心，意想独吞。但他又担心，一旦外甥前来索要，该如何应对呢？何不找人仿造一个，用来应付外甥？因此，当冯顺来索要宝物时，他便爽快地交了出来。冯顺拿回了宝物，和庞录一道回了员外府。

王员外见到宝物，自然是一阵欢喜。但他似乎又想到了什么，问道："冯顺，看清了吧，这是你交给王银匠的那个东西吗？"

冯顺道："千真万确，如有半点差异，老爷可拿我是问。"

"那好！冯顺，我再问你，这个宝物有没有什么特征？"

冯顺迟疑一会儿，答道："是有个特征。"

"什么特征?"

冯顺道:"圆盒上的蟾蜍头是活的,它会随着太阳的转动而转动。"

"照你这么说,那就是太阳在哪方,蟾蜍头就朝向哪方了?"

"对!是这样。"

王员外心中有了数,为验证宝物的真假,第二天太阳一出来,他就把宝物拿了出来,一看之下大惊失色:"什么蟾蜍头随太阳转动而转动?昨天晚上蟾蜍头朝西,今日早上仍是朝西。"王员外没有对外声张,等到太阳转到正南方,蟾蜍头仍是朝西。直到第三天早上,蟾蜍头仍是朝西,他的侥幸心理荡然无存,确定此物是个仿品。王员外喊来大管家庞录说了此事,庞录也感到十分诧异,说道:"莫非是冯顺、王银匠二人合谋做了手脚?不过,我看十有八九是王银匠捣了鬼。"

王员外说道:"先把冯顺喊来,看他怎么说。"

"怎么能是假的呢?我已验证过,交给舅舅的就是这个,不可能有假啊!"这下冯顺慌了,他满以为此事已了结,哪料到老爷又找他来,还说宝物是假的。

王员外说道:"冯顺,你还敢再欺瞒老爷我吗?"

冯顺颤抖着说道:"老爷,您就是给小的十个胆,小的也不敢骗您!这件事到底是怎么搞的,我确实不知内里,怎么又是赝品了呢?"

说罢,冯顺大怒道:"老爷,这肯定是王银匠搞的鬼,现在我就找他算账去!"

王员外见冯顺大怒,不像是知道内情的样子,因此便让他先回家老实待着。

冯顺走后,王员外与大管家庞录相商如何夺回宝物。

王员外说道:"宝物被换,已确定无疑。当务之急,就是尽快弄清真的藏在何处。不知王银匠是否已把宝物卖出,如果已经卖了,麻烦可就大了。"

庞录说道:"被卖的可能性很大,说不定制作仿品时,王银匠就已与买家达成了协议。鉴于此,不如让冯顺再去王银匠家,讨要真宝,看王银匠有何表现?"

王员外说道:"冯顺去可以,但让他讨回真宝,恐怕是没有希望。你想王银匠既然把棋下到了这一步,肯定是经过深思熟虑的。到时他一口咬定,冯顺给他的就是这个,我们又该如何呢?"

庞录说道:"那就按照老爷您的意思,先弄清真宝藏在哪儿。"

王员外想了一会儿,说道:"就这么办吧,让冯顺再到他舅家索要。你和他一起去,见机行事。"

"老爷您放心!到时我自有办法。"

庞录、冯顺二人到了福桥镇,见天色已晚,便在镇上随便吃了点东西,而后庞录便让冯顺去了他舅家,他在外面等着。

王银匠见外甥到来,立马意识到事情不妙。事实正如他所料，冯顺一进来就骂道："舅舅，你好歹毒的心啊！竟用偷梁换柱的把戏来哄弄我！"

"外甥，何出此言，我怎么哄弄你了？这头不头尾不尾的话，是什么意思？"

"舅舅，别以为自己聪明，你那套偷梁换柱的把戏，只能骗人一时，还能骗人一世吗？舅舅，现在交出真宝还有条生路，否则你就死定了！你可知道，那宝物不是外甥的，而是我从王员外家的地里捡的，这可是王员外家的宝物，你惹得起吗？"

王银匠仍是揣着明白装糊涂地说："外甥，胡说什么呢，到底咋回事？"

冯顺说道："舅舅，别装糊涂了，快把宝物交出来吧，不然只有死路一条。"

原来王银匠只知道宝物是外甥拿来的，他并不知宝物从何而来，更不知宝物是外甥从王员外家的地里捡来的，现经外甥这么一说，心里倒有几分害怕。他深知王员外在东河县的威势，自己确实惹不起他，但宝物已出手，谈何再还回去啊？事已成定局，下一步该如何办呢？是告诉外甥实情，还是不告诉他实情呢？冯顺一眼就看出了舅舅的犹豫，趁机说道："舅舅，如果确有为难之处，不妨告诉外甥，咱们一起商讨个对策，无论如何得把这一关过了，不然你我都将大祸临头。"

如今事情都到了这一步，不说是不行了。王银匠在心里盘算一会儿，说道："外甥，事已至此，与你实说了吧，那宝物我已经卖了，你让我到哪里弄真宝去？"

冯顺气得额头青筋直蹦："舅舅呀舅舅！这下你可把外甥害惨啦，王员外非整死我不可。"

见外甥如此生气，王银匠赶紧说道："外甥，不用怕，舅舅这里有一锦囊妙计。"

冯顺急忙问道："舅舅，有何妙计？"

王银匠说道："宝物是要不回来了，干脆咱们来个一不做，二不休。实话给你说了吧，宝物卖的钱，就是三代人也享受不尽。你还年轻，所得钱你二我一，咱们来个远走高飞，管他什么王员外还是张员外。"

王银匠又从里屋拿出五百两银子，说道："外甥，这五百两银子你先拿去，等后天买家把银子付清了，咱们再分。"

真是清酒红人面，财帛动人心。冯顺迟疑了一会儿说道："舅舅，你的这个想法也不是不可以考虑，关键是宝物的来头不凡，要不是王员外的地中之物，咱爷俩怎样都行。可现在碰上的是个大茬，就是咱爷俩合在一块，也不是人家的对手。况且王员外已经知道我把宝物给了你，此刻大管家庞录就在外面等着！此人有万夫不当之勇，文武兼备，要是被他发现了破绽，咱爷俩就死定了，我是领教过他的厉害。"

王银匠说道："外甥，如果你只是担心那庞录，倒是好办。只要你肯真心助我，我自有对付他的办法。"

"什么办法？"

　　王银匠说道："我们要想如愿以偿，就眼下的形势，必须用缓兵之计，方能成事。待会你把庞管家叫进来，咱们就说宝物在万州珠宝商行进行鉴定，明天就去万州商行，取回宝物交于王员外，暂且稳住他。然后，我们连夜做好准备，天不明就动身，来个三十六计走为上计。外甥，你想想，人只要有了钱，到哪里不是家，何苦非得在这福桥镇上讨生活呢？"

　　听了舅舅的一番话，冯顺脸上阴云尽散，伸出大拇指赞道："姜还是老的辣，舅舅不愧是江湖老手，佩服，佩服！成！就这么办。"

　　冯顺起身走出门外，喊来了庞管家。王银匠见了庞录先是客套几句，然后说："庞管家，都是我做事不周，给您添了麻烦，宝物被我送到万州珠宝商行做鉴定去了。明天一早，我就去把它取回来，交给你。"

　　庞管家冷冷一笑，看了一眼冯顺，问道："是这样吗？"

　　"正是，舅舅刚才与我也是这样说的。"

　　庞管家又看了王银匠一眼，说道："王银匠，真是这样吗？"

　　"正是，请庞管家放心，明天一早我就去万州，取回宝物交与你。"

　　王银匠与外甥冯顺，二人一唱一和，自我感觉配合得天衣无缝，准能蒙混过去。谁知庞录怒吼一声，一把抓住冯顺的左手，喝道："你这个没心没肺的东西……"说着嗖的一下，从腰中拔出砍刀。冯顺吓得直喊："老爷饶命，老爷饶命。"

王银匠见此情景，吓得两眼直愣，呆坐在那里，似木鸡一般。庞录又喝道："王银匠，明天你还去万州不？"

王银匠结结巴巴地说道："去……去……去……"

庞录大喝道："我叫你去！"伸手抓住王银匠的右手，手起刀落，把王银匠的小指剁了下来。王银匠小指落地，方知庞录的厉害。

庞录厉声问道："王银匠，你把宝物藏哪里去了？再不说实话，就砍掉你的头。"说着又举起了砍刀，王银匠吓得抱头缩成一团，他再也不敢说谎了，老老实实地交代了宝物去向。

原来他把宝物卖给了一个富商。庞录问道："富商是哪里人氏？姓甚名谁？"

"富商名叫彭德忠，万州人。"

庞录说道："明日去万州，能要回宝物吗？"

王银匠哭丧着脸说道："恐怕不好要。"

庞录心想，现在问也是白问，真宝是不可能拿到了。无奈之下，只好带着二人回了员外府。

王银匠的计划如此周密，庞录又是怎样识破的呢？

要知道庞录是王员外做官时的贴身侍卫，现在虽名为员外府大管家，实际是王员外的保镖。试想一个这样的人来对付冯顺、王银匠，还不是小菜一碟？庞录故意让冯顺一个人去王银匠家，自己在外等着。其实冯顺刚进王银匠家，庞录也进了王银匠家，只不过庞录不是从正门进去的。只见他一纵身上了墙头，紧接着又跳到房顶上，轻轻地掀开瓦片。因此，二人室内所说，他全听进耳里。而王银匠、冯顺二人还自以为聪明，结果是搬起石头砸了自己的脚。

庞录带着二人连夜赶回员外府，向王员外禀报了事情的全部过程。王员外沉默了一会儿，问道："王银匠，宝物根本就不是你的，你却私自卖出。交易时有没有文书、字据？"

"没有文书、字据，不过买家所欠的银两倒是立了字据。"

王员外说道："据眼下这种情况，你还有办法要回宝物吗？"

"这个恐怕很难要回。"

王员外怒道："你二人听好了，这件事我暂且不报官，但务必要回宝物，否则将是一个怎样的下场，不说你们也应该知道！王银匠你不是说，三十六计走为上计吗？今天我明确告诉你们两个，凡是犯在我手中的人，就是跑到天涯海角，也休想逃出我的掌心。"

停了一会儿，王员外接着说道："王银匠，既然你把宝物卖给了别人，那就有法再要回来，你说是不是？"

王银匠哭丧着脸答道："老爷，宝物确实很难再要回来。如果要不回宝物，我就把所卖的银两全部给您，您看行吗？"

王员外没有言语，他看了一眼庞录。庞录会意，从腰中拔出刀，猛地抓住王银匠，举刀就砍。刀没落下，王银匠就已吓瘫在地上，口中直喊："老爷饶命，老爷饶命，我一定要回宝物。"

其实庞录只是做个样子吓唬吓唬王银匠，哪儿能真砍？

王员外见已达到效果，便向庞录摆了一下手。庞录随即收刀站到一边。

王员外说道："既然能要回宝物，那就明天去要吧。时间也不早了，你们先回去吧。"

冯顺二人走后，王员外又和庞录做了周密的安排。庞录连声称赞："好好好，此计定能成功。"

第二天一大早，庞录与王银匠骑快马去了万州。见到富商彭德忠，王银匠把宝物的来龙去脉与他说了，又把自己要不回宝物的下场也说了。彭德忠听后，不但不愿退还宝物，还把王银匠怒斥了一顿。王银匠可怜巴巴地说道："彭老板，老哥我实属无奈。我有意成全你，但你也要为老哥想个办法，渡过这一生死关啊！"

彭德忠说道："我既不是抢，又不是盗，公平交易，无论到哪儿，都说得过去。"

"彭老板，现在不是有理没理的问题，也不是非得要回宝物，而是王员外对我力逼不放。恳求你看在咱们以往的交情上，想个办法对付王员外，助我渡过这一生死关吧！"

"我没有什么办法。"

王银匠见彭德忠不答应，又说道："彭老板，你看这样行吗？我出钱咱们找个行家，做个仿品。我拿着仿品去交差，这样总行吧？"

彭德忠勉为其难地说道："好吧，就帮你这个忙。"说完，彭德忠走进里屋取出宝物揣进怀里。出了大门，王银匠向隐藏在一旁的庞录打了个手势。庞录会意，呼的一下蹿了过来，抓住王银匠喝道："好你个王银匠，找你几天了，终于让我逮着了。快说，把我家老爷的宝物卖给谁了？"说着举起了手中的刀，彭德忠见此情景吓得拔腿就跑，却被庞录绊倒在地。庞录放开王银匠，抓住彭德忠，说道："你又没偷我家老爷的宝物，为何要跑，莫非与他同伙？快说，是还是不是？"

说话的同时，还向着彭德忠晃了晃手中的刀。彭德忠见庞录如此凶神恶煞，早已吓得魂不附体，连声哀求道："好汉息怒，好汉息怒，有事商量，好说，好说……"

庞录恶声道："谁与你商量，快交出宝物，饶你不死，否则定叫你人头落地。"

富商彭德忠一生遵从以和生财，从未见过这种场面，哪里经得住这样的恐吓。只见他颤抖着手，从怀里掏出宝物，交给庞录。庞录接过宝物，并让王银匠仔细察看了一番，确定无误后，放了富商。

王银匠见宝物到手，便把那五百两定金还给了彭德忠。之后，二人骑快马返回福桥镇。

宝物失而复得，王员外自然是高兴无比。为验其真伪，便像冯顺那样，把宝物藏进粮中。次日早晨一看，宝物果然从粮食下面浮到了粮食上面，蟾蜍之头昨晚朝西，今早转向了东。"真乃宝盒也！"王员外一阵狂喜。

王员外找来手艺高超的木匠，做了一个精致的木匣，把铜盒放入其中。铜盒放进木匣的那天晚上，王员外家中来了几个客人，问起宝物之事。王员外不愿多谈，便提前开了宴席。晚宴结束，送走客人后，王员外来到书房，点上蜡烛看起书来。刚看了几行，想起心爱的宝物，于是捧过木匣，端详了一会儿，而后轻轻地掀开匣盖，霎时满屋尽是金光。王员外喜出望外，自忖道："得如此之宝，真是祖上烧了高香，积了厚德。有了这珍宝，今后何必再燃那蜡烛？但不知宝物在夜晚何时发光，原来在方地时，常常是定更后发光，室内又是何时发光呢？"为了弄清楚宝物何时发光，第二天天还没有黑，王员外就把宝物从木匣中拿了出来，放在桌上，专等宝物发光。王员外发现太阳落山后，室内较暗时，宝物便开始发光。自此以后，王员外晚上很少外出，他待在书房内，享受宝物带来的光亮。

这天他正在院中散步，忽而下人禀报："吴存熙来访，现正在客厅等候。"

吴存熙乃王员外为官时的同僚。王员外急忙来到客厅，二人相见彼此问候一番。吴存熙说道："听说王兄得一奇珍异宝，可否让老弟一观？"

王员外道："咱们情同手足，客气什么。走！现在就领你一观。"

二人来到书房，王员外拿出珍宝。吴存熙捧在手中，仔细端详了一番，当他得知蟾蜍头随太阳转动而转动时，赞叹不已。临走时，吴存熙与王员外说道："铜盒金蟾，世上罕见；天长日久，必招事端；善待下人，宝物永存。"

王员外恐忘其言，提笔把这二十四个字写了下来。之后反复琢磨，虽知其中之意，但还不十分贯通，于是便喊来大管家庞录，共同参详。

王员外问道："知其意否？"

庞录看后道："虽是忠言，但并没什么深奥的。"

王员外笑道："那好，说来听听。"

庞录道："铜盒金蟾，世上罕见，是说老爷所得宝物名叫铜盒金蟾，这个宝贝世上少见。天长日久，必招事端：是说时间长了，一旦传扬出去，必招世人垂涎，滋生歹念，其间必然会生出事端。善待下人，宝物永存：是说老爷要善待府中的下人，一旦有不测发生，他们都会站在老爷这一边，宝物方可长存。"

王员外惊喜道："庞录，老爷我只知你武艺高强，却不知你还会解字说文。好好好！说得好！"

不说王员外得宝，却说冯顺、王银匠二人眼看就要发一笔横财，岂料事不遂愿，不但没有发财，王银匠为此还断了一根指头。他每想起此事，心里就不是滋味。当时在庞录的威逼下，二人只顾保命，无一点儿反抗之意。事情已过去数日，似乎疼痛的伤疤已经痊愈，王银匠静心一想，落此结果颇感窝囊。特别是冯顺，他认为要不是自己掘地捡到铜盒金蟾，王员外势力再大，也不会得到这个宝物。宝物藏在地下多年，从未现身，偏偏出现在自己面前，这分明是上天赐给自己的宝物，按理说当归自己所有。现在倒好，自己不但没得到宝物，还被老爷逐了出来，丢了养家糊口的饭碗。冯顺越想越感到冤枉，但冤枉又有什么办法呢？自己要势没势，要钱没钱，冤不也是白冤吗！他明知这些，但就是咽不下这口气，获宝的欲望依然在他心中膨胀，可又想不出什么法子。该找谁商量呢？想来想去只有找舅舅王银匠。

冯顺赶紧去了舅舅家，见到舅舅说起此事，舅舅也有同感。爷俩都认为此事办得太窝囊了，都有夺回宝物的想法。可怎样才能夺回宝物呢？又怎样对付王员外呢？二人想了很长时间，也没能想出一个可行的办法来，无奈之下冯顺想到了富商彭德忠。一提到彭德忠，王银匠顿时来了精神，似乎又看到了希望。王银匠说道："对呀！我与彭德忠交往多年，怎么就没想到他呢？这断指之仇，夺宝之恨，一定要报。"

次日一早，二人便去了万州。彭德忠见到王银匠，顿时怒气腾升，张口骂道："成事不足败事有余的东西，还有脸来见我。走！快走！不要进我的店门。"

王银匠早已预料到彭德忠会如此大怒，因此尽管挨了一顿骂，他也没介意。王银匠满脸堆笑地说道："彭老板，我王银匠与你打交道也不是一年半载了，咱们之间的交易没有十回也有八回。你想一想，我哪一次食过言？哪一次不是说到做到？只是这次情况特殊，那王员外的管家你也见了，在当时那种情况下，我又有什么办法呢？今天我们二人前来，就是想和你商量如何夺回宝物。事成之后，宝物归你所有，我们只想出了胸中的恶气。彭老板，你看这样总成吧？"

见王银匠如此说，彭老板心中的怒火渐消。他沉吟了一会儿，问道："你们想出胸中的恶气，又想夺回宝物，可有什么办法？如果有就说出来，看看是否可行。"

王银匠说道："对付王员外这样的人，必须得借势借力。一是借官府之势，二是借黑道之力，只有这样才能成事。我知道，彭老板黑白两道都有拜把子兄弟，现在这个关键时刻，正是他们发挥作用的时候，何不求助于他们呢？如果我要有这样的势力，到手的宝物硬叫别人抢走，无论如何我也不会甘心。"

王银匠说了这么多，真正打动彭德忠的还是那句"事成之后，宝物归你所有"。其实彭德忠明白王银匠的用意，不过就是想激起他对王员外的愤恨，然后利用他来报复王员外。哼，我彭德忠岂是这么好糊弄之人。于是他说道："我即便想帮你们，可也得有一个切实可行的办法！"

王银匠说道："办法？刚才不是说了吗，打通官府，借黑道之力，向王员外索要宝物。"

彭德忠说道："这样吧，你们先回去，容我考虑成熟后再作打算。"

王银匠说道："也好！那我们就等彭老板你的消息了。"

二人告辞了富商彭德忠，返回了福桥镇。冯顺未在舅舅家停留，直接回了家。此时天已黑，冯顺点上油灯，往床上一躺，又想起宝物的事来。直想到二更多天，终于让他想到一个办法。要想得到宝物，他必须继续在王员外家做长工，只有这样，才有可乘之机。

第二天上午，他硬着头皮去了员外府。见到大管家庞录，二话没说扑通一下跪在了地上，磕起了响头。庞录见他如此，慌忙问道："冯顺，你这是干什么？"

"庞大人，求求您，给老爷说说，让我留在府上继续做长工吧。不然，我一家老小就得饿死。"

庞录见他一副可怜相，就让他起来，并答应他向老爷说和此事。庞录向王员外禀报了冯顺的恳求，王员外听后欣然同意。自此冯顺又每天出入王员外家。这次进员外府他显得格外小心谨慎，处处表现出一副老实、殷勤、能干的样子，深得王员外的赏识。他认为时机已经成熟，于是打起了宝物的主意。经过十多天的观察，他终于发现了宝物的藏处，原来是藏在老爷书房的木匣中。于是针对老爷书房周围的环境、门窗、房顶等，一一进行了察看，发现各处都封闭严实，没一丁点儿可乘之机。尽管这样他也没感到为难，总会有办法的。所难之处是王员外无论白天黑夜，几乎都在书房，很少远离。

这天，他看到丫鬟云英捧着一茶壶往书房走去，于是灵机一动，快步赶上云英，说道："我在老爷家多年，从未给老爷端过茶水。今天正好有点儿事，想求老爷。就把茶壶给我吧，我给老爷送去，也算做下人的给老爷进点儿孝心。"

云英见他一副诚恳的样子，就把茶壶递给了他。冯顺捧着茶壶走进书房，见到老爷，说了些感恩自责的话，表示今后一定重新做人，把活干好。说话的同时他不时地向四周偷瞄几眼，心中有了底数。之后每天除干活外，他又观察起王员外的生活规律。他发现，王员外每天下午总要到书房外站一站，走一走，去一次茅房。一天下午做完活，冯顺瞅着四周无人，迅速钻进书房旁的竹林里。待老爷去茅房时，他又趁机潜入书房，将宝物揣进怀中。正当他往外走时，猛然一想不妥，白天人多，万一被人看到，势必招来麻烦。他正犹豫不定时，突然听到老爷的咳嗽声，来不及多想，他赶紧把宝物放回木匣之中，爬进书房的床底下。直到夜深人静，老爷已经入睡，他才敢从床底下爬出来，蹑手蹑脚地来到宝物的藏处，轻轻掀开匣盖，取出铜盒金蟾，揣进怀中。而后慢慢地打开门，悄悄地出了员外府。回到家后，冯顺把宝物藏好，而后得意地进入了梦乡。

第二天，员外府一切如常，下人们各自做着各自的活儿。王员外也同往常一样看书、散步，到了晚间打开木匣，却没了光亮。他低下头看了看，又伸手摸了摸，匣内空空如也。这还了得，王员外顿时惊得发梢直竖，他急忙点燃蜡烛，上上下下地找了起来，最终连铜盒金蟾的影子也没找到。情急之中，王员外喊来大管家庞录。庞录听说宝物不见了也感到很奇怪，二人又把书房翻找了一遍，结果还是一无所获。尽管没找到铜盒金蟾，但二人不认为宝物是被人所盗，而是认为阴阳皆有定数，认为铜盒金蟾是活的，能来就能去，想必是自家运势该衰，无缘再享宝物之光。宝物自行消失，说不定还会自行重现。又想是不是宝物到了自家，惊动了神灵，是神灵取走了宝物，以此来惩罚王家。之所以没有想到是被人偷走了，是因为整个员外府，根本就没有外人进入，也没有发现异常现象。这也直接导致王员外和管家认为宝物失窃是神灵所为。

　　冯顺与往常一样，在员外府该干啥就干啥。就这样过了十多日，府中一点儿动静也没有，他感到十分奇怪，自言自语道："老爷的心爱之物丢了，应该大发雷霆才对，怎么府中一点儿动静都没有呢？难道是老爷另有他图？"冯顺一时猜不透，但他警告自己无论如何都要沉住气，再不能贸然行事了。

　　又过了数日，府中还是没有一点儿动静。对冯顺来讲这绝对是个好现象，可愈是这样，他愈感到不安，心里反而恐慌起来，也许这就是做贼心虚吧！难道老爷已经知道宝物是自己偷的，故意不问，就是想看看自己到底能弄出个什么花样来？这样一想，冯顺心里更加害怕起来，暗暗说道："还是再等几天吧。"

　　又几天过去了，府中还是一片风平浪静，冯顺再也沉不住气了，得想法把宝物尽快出手。他想到了舅舅王银匠，不行，他立马打消了这种念头。他不想让其他人知道此事，特别是舅舅。知道的人越多风险就越大，最好只有自己一人知道，才是最安全的。他又想到了富商彭德忠，目前这种情况，只有通过此人，宝物才能尽快出手，但不知彭德忠现在的想法，特别是上次被庞录用刀威胁，抢走了宝物，如今再让他买宝物，他会不会有所顾忌？冯顺感觉有必要先去试探一下。上次同舅舅去见彭德忠，说起宝物的事，他也没有拒绝。现在宝物已经到手，而且不需他大费周章，这对他来讲应该是求之不得的。想到这，冯顺信心倍增，他决定去万州一趟，于是编了一个理由，向庞大管家请了一天的假。

第二天到了万州，见到彭德忠，冯顺试探性地问道："彭老板，我手中有一珍宝，不知你还要否？"

"什么珍宝？"

"就是王员外的大管家庞录从你手中夺去的那件宝物。"

"冯顺，你不是开玩笑的吧？宝物已被庞录夺走，你怎能再有呢？"

"我说的可是真的，怎能是开玩笑呢？至于我怎样有宝物，你就不用操心了，现在我只问你要还是不要？"

"要！自然是要。不过宝物来路要明，事后不能有任何麻烦，必须保证安全。"

"那我就明说了，宝物不是通过正当手段获得的。不过明也好暗也好，绝对保彭老板你的安全。只要你本人不外露，保证不会有问题。"

"这话从何说起？"

冯顺小声说道："可以说这个世上只有你我二人知道现在宝物在我手上，再没人知道了，这样难道还不安全吗？另外，这次我到万州来的消息不能向任何人透露，特别是我舅舅王银匠，更不能让他知道。"

彭老板说道："这个你放心。不过还是要当心，不能因为只有咱们两个知道，就不会出问题。"

"彭老板，这么说吧，一旦有人知道我冯顺偷了宝物，那我就死定了。这种情况下，我能让人知道吗？没人知道，怎能出事呢？"

彭老板说道："世事都有变数，即使你不说，也不可能就万无一失。"

"彭老板，请你放心，宝物卖与你后，我就带着家眷远走他乡，永远不会再回来，这样还不保险吗？"

彭老板沉默了一会儿，说道："成，宝物带来没有？"

"现在没在身上，如果你买，后天我把它带来，行吗？"

"行，那价钱？"

"就按上次我舅舅王银匠与你谈的价钱吧。"

"能不能再少一点儿？"

"少点儿可以，但不能少太多，后天交易时咱们再详谈吧。"

来万州的目的已达到，冯顺如释重负，他又匆匆返回家中。刚一进屋，冯顺就被眼前的情景惊呆了。他发现老婆、孩子像变了人似的，老婆像太太，儿子像公子，穿着崭新华丽的衣服，床上的床单、被子都是新的，地上还放着几笸斗白面和两瓶油。他惊讶地问道："这衣服、被子，还有白面都是从哪里来的？"

　　妻子庞连香说道:"今早你走后,庞大管家就带着人来
了,还带着新衣服、新被子、白面这些东西。大管家说,你
昨天向他告假,说快入冬了,家中缺衣少粮,今天要到大岗
县朋友家借钱去。庞管家将这事告诉了老爷,老爷听后心里
过意不去,说给他做长工,怎能让其穷困到这一地步。于是
就让大管家送来了这些东西,还给了五块银圆。另外老爷还
让大管家转告你,今后再有困难直接去找老爷就行。我说柱
子他爹,老爷想得可真周到,遇上这样的老爷算是烧高香了,
人家真是大人大量,想想先前做的那些事,对得起老爷吗?
但不管怎样,老爷也没有与咱计较,就是自己的亲爹亲娘也
做不到这样啊。柱子他爹,今后咱可要本分,好好给老爷做
活,伺候好老爷。两个孩子也都大了,大管家还说,老爷准
备让他们上学读书呢。"

　　冯顺听后,一屁股坐在了床上,两眼直直地盯着地下。
庞连香见状,忙上前问道:"你怎么啦?老爷对咱们如此恩
厚,应该高兴才是。你倒好,不但不高兴,反而像丢了魂似
的,这到底是怎么啦?"

　　人都有感情,冯顺也是人,他看到老爷为他家做的这些,
再对照自己的所作所为,能不愧疚吗?从偷老爷家的银圆,
到捡老爷地里的宝物,再到偷老爷的宝物,哪一样对得起老
爷。他不免在心里自责道:"冯顺啊冯顺!你还是个人吗?老
爷如此仁义,你却做出如此卑劣的事情,老爷还能再留你吗?
你为何还要去盗老爷的宝物呢?不错,你是拿到了宝物,可

最终的结果又将如何呢？能不能如愿以偿呢？如果被老爷发现了，你还有何脸面再活在世上？平心而论，即使事成，你就心安了吗？"

妻子庞连香见冯顺一直坐在那里呆愣着，一言不发，心里好生奇怪，于是她晃了晃冯顺的肩膀，问道："冯顺，今天你到底咋啦，难道是中邪了不成？"

冯顺听到妻子问话，似乎是转过了神，抬眼看了看妻子，连连说道："好，好，好！咱们得感谢老爷的大恩大德。"

说罢，冯顺还是没有挪身，继续想着宝物的去留问题。又想了一阵儿，他最终下定决心，不能再做那没心没肝的事了，必须把铜盒金蟾送还老爷。可如何还呢？明送，见到老爷该如何说呢？想来想去不能直接交给老爷，还是转个弯为好，可又该怎样转这个弯呢？又想了一会儿，他突然从床上站了起来，大声说道："对！就这么办！"

庞连香被冯顺的举动吓了一跳，忙问："冯顺，你是不是中邪了，一惊一乍的，到底唱的哪出戏？"

"做你的活吧！少管闲事。"

第二天下午，冯顺怀揣铜盒金蟾，躲进书房旁的竹林里。等老爷去了茅房，他疾步走进书房，把铜盒金蟾装进木匣之中，而后迅速离去。

再说王员外自从铜盒金蟾丢失以后，整日郁郁寡欢。这天，他从茅房出来，按照以往宝物在时，肯定又会回到书房。可现在宝物不见了，他也就失去了去书房的兴趣。王员外信

步来到院中的大花园，正是秋去冬来之际，花园中唯有菊花
还在绽放。看到满园凋零的花朵，一种凄凉之感油然而生，
不免想起一幕一幕往事，从举人到五品大员，再到告老还乡，
一路走来，所经风雨全浮现在眼前。人到晚年，他得以安慰
的是自家方地中闪现金光，后来地里虽失金光，但却得到了
铜盒金蟾，精神上有了寄托。可不幸的是铜盒金蟾突然消失
了，这给他带来了巨大的打击。

　　为着这一事情，王员外想了许多，到底是何原因导致铜
盒金蟾丢失，是神灵降罪还是王家运势该衰？忽地，一阵北
风袭来，王员外不禁打了个寒战，树上却有两只喜鹊对着他
欢快地叫着。尽管如此，他也无意再欣赏下去。太阳已落山，
王员外刚走到书房门口，恰巧丫鬟云英来喊他用晚餐。用过
晚餐，王员外便回了书房，燃上蜡烛，带上老花镜，拿起书
看了起来。但看了不到一页，他便把书放下了。一种烦躁而
又不安的情绪在他心底蔓延，于是王员外让下人喊来大管家
庞录，二人唠起了家常，叙起了往事。二人谈兴正浓，王员
外不自觉地扭脸看了一眼存放铜盒金蟾的木匣。这一看不要
紧，王员外顿时脸色大变，心跳加快。他按捺不下兴奋的心
情，急忙起身，快步来到木匣旁，掀开匣盖，一道金光冲天
而起，霎时整个书房大亮起来。突如其来的情景，喜得王员
外手舞足蹈，多日的萎靡一扫而空，大管家庞录也激动不已。
二人当即跪谢神灵归还宝物！

　　谢罢神灵，二人围着铜盒金蟾看了又看，瞅了又瞅，直

闹腾到二更天王员外方才歇息，庞录也才离去。

第二天，王员外大摆宴席，款待府中下人，并每人赏两块银圆。大管家庞录按照老爷的吩咐忙完府中之事，回房休息时，见桌上放着一封信，写着：王员外亲启。他不敢耽搁，赶紧把信拿给了老爷。王员外接过信拆开来，只见上面写道：

　　铜盒金蟾，秘密保管。

　　神灵保佑，纯属谎言。

　　如不警惕，被盗重演。

王员外看后把信递给了庞录。庞录看后神情严肃地说道："难道铜盒金蟾丢失，不是神灵之故，而是人为所致？"

王员外说道："应该是这样。信中已经说明，如果我们再不警惕，宝物还有被盗走的风险。现在想起来，我们对铜盒金蟾的看护，确实太松懈了。我们也太愚蠢了，真是枉为官一场。宝物被盗竟然认为是神灵之故，可谓荒唐至极。"

庞录说道："无论怎样事情已过去。如今令人生疑的是，盗宝人既然盗走了宝物，为何又安然无恙地送回来呢？由此看来，写信人就是盗宝人，不然他怎能知道，我们没把宝物保管好呢？若不是写信人所为，起码他也知道是谁盗走了宝物。"

王员外说道："按理讲，应该是这样。咱们一时半会儿也找不到作案之人，此事还得从长计议，只要留心，不怕找不到线索，当务之急是怎样护好铜盒金蟾。"

庞录说道："对！当务之急是护好铜盒金蟾。老爷，我有两点想法，不知是否可行？一是我从前院搬到后院，住进书房隔壁的那间空房子里。这样一来，一旦有什么风吹草动，随时都可照应。二是铜盒金蟾不能放在明处，必须找一个隐秘处。"

"书房就那么大，有何隐秘处？"

"隐秘处是有，不过得费点手脚。"

"费什么手脚？"

庞录说道："可以在床头做一个暗箱，暗箱与床混为一体。老爷不用宝物时，就把它放进暗箱中，这样一来，就万无一失了。老爷，您认为这样是否可行？如果可行，明天我就打造暗箱。"

王员外点了点头。第二天，庞录找来一套工具，悄悄来到书房，用了整整一天时间，方将暗箱打造完毕。完工后，庞录让员外检验。暗箱与床头连为一体，看不出一点儿痕迹，而且操作简单，王员外连声夸赞："好好好！"

有此暗箱，铜盒金蟾算是安全了。就这样过了数日，均相安无事。

这天，王员外正在院中晒暖，下人突然来报，有客人来访，现正在客厅等候。王员外起身去了客厅，见来人有三人，都是陌生人。三人衣冠楚楚，不是平民之辈。王员外满面热情，向客人抱拳道："欢迎欢迎！"客人中有一人说道："我等三人是慕名而来，这位是万州市副市长王天祥，这位是万州市商会会长苏永德，本人丁奉华是万州珠宝商行的掌柜。今来不为别事，一是拜访员外大人；二是听说员外有一珍宝，叫铜盒金蟾，每到夜晚光芒四射，金蟾头随太阳转动而转动，不知此说是否属实，故前来观看，还望员外大人给以方便，让我们以睹为快！"

王员外听后笑了笑，说道："贵客所言，一点儿不错，确有其说，也确有其事，不过那珍宝在一个多月前，不知何因突然消失了，王某正为此事而忧心呢！更为遗憾的是，至今鄙人都不知道宝物是自行消失的，还是被贼人盗走的。"

客人听了王员外的话，顿感失望。三人相互看了一眼，便要起身告辞。

王员外说道："贵客远道而来，无论如何也得用餐后再走。"说着便让庞录准备宴席，款待客人。宴后几人又客套了一会儿，便离开了。

客人走后，庞录问老爷："为何不让其观看？"

王员外说道："钱财还有不露白之说，何况珍宝乎？这点道理你不懂吗？再者他们说副市长也好会长也好，又何以见得呢？鉴于此，能让他们观看吗？"

"老爷说得极是，但我不明白，这万州市的副市长整日忙于政务，他怎知道老爷有此宝物的呢？即便知道，哪里又有闲情专程来观赏宝物呢？"

王员外道："这正是我所疑虑的。"

其实王员外有这种担心，自是正常不过，也是很有必要的。万州来的这三位客人的身份是真实的，但万州离东河县一百多里路，他们又是如何知道王员外有奇珍异宝的呢？

这就要说说万州珠宝商行的老板丁奉华了。一个月前，丁老板与富商彭德忠一起吃饭时，彭德忠将此事告诉了他。丁老板听后甚感稀奇，又把此事告诉了副市长和商会会长，此二人听后也感新奇。于是三人相约一起来了王员外家，结果是乘兴而来败兴而归。

回万州的路上，三人又议论起了王员外。苏会长问丁老板："你认为王员外所说宝物丢失真实吗？"

丁老板摇了摇头，说道："我看未必，如此奇珍异宝，假若真的丢失了，王员外怎还会如此神采飞扬。"

苏会长说道："既然宝物没有丢失，王员外为何不让我们观赏呢？"

王副市长说道："王员外并不认识我们，对我们不了解。如此异宝，能让我们观赏吗？他肯定有所顾虑。"

苏、丁二人齐声说道："对！就是这个原因。"

到了万州，三人便相互道别，各自回家了。虽然三人都没有观赏到宝物，但丁老板与其他二人的心思则不同。自从听彭德忠说了珍宝的事后，丁老板便产生了觊觎之心。这次去王员外家赏宝，就是他促成的，其目的是为了验证宝物是否像彭德忠说的那样神奇，一旦得到证实，就要想法图之。可到了员外府，见了王员外，却没见到宝物，丁老板心中不免有点儿埋怨彭德忠，因此与另外二人分手后，他连家都没回，直接去见了彭老板，叙说了去王员外家看宝一事。之后他问彭老板："关于王员外说的宝物一个月之前丢失了，你认为是实话吗？"

彭老板说道："与你说那宝物时，距今已一月有余。至于现在是什么个情况，我就不清楚了，或许王员外说的是实话吧。"

丁老板听后没再说什么，失望地走了。可彭德忠听了丁老板的话，心里倒是增添了几分欢喜，为什么呢？因为上次冯顺来见他，说得了王员外的那件宝物，结合刚才丁老板所说，这就证实了冯顺得宝的事实，这样一来，自己就有了获宝的希望。但让他疑虑的是，冯顺当时说，后天就把宝物送来，可一连过了数日，为什么迟迟没来呢？难道又出了什么变故？他万万没有想到的是冯顺把宝物又还与了王员外。就在他不得其解之际，有人送来了一封信，只见上面写道：

彭老板：
你好！
宝物交易一事取消。自你处回来后，事情有变，王员外所作所为，实让我感动，没心没肺的事，不能再干了。铜盒金蟾已还给了王员外。如不这么做，必遭天谴，希望你不要见怪。今后我要发正义之财，有机会再与你合作。

冯顺

　　彭德忠把信撕得粉碎，边撕边愤愤地说道："这东河县怎么净出些成事不足、败事有余的混账东西呢！"

　　怒罢他又冷静一想，王员外做了哪些事，让这个财迷心窍的家伙回心转意的呢？真是太不可思议了。想了一会儿，他又自言自语道："难道真的就得不到这件宝物了吗？不！必须得想法把它夺回来。"靠冯顺是不行了，只有找王银匠来谋划此事了。上次他来万州时，我就说让他暂且回去等信，眼下处在这个关口上，何不写封信给他？想到此，彭德忠便提笔给王银匠写了一封信，让人送到了福桥镇王银匠家。王银匠接到信后，便独自一人悄悄地去了万州。二人相见后，彭德忠便把冯顺来找他的事，一五一十地告诉了王银匠。当王银匠听说冯顺将到手的宝物还给了王员外时，气得直跺脚，当场就大骂起冯顺来。

　　彭德忠见状劝解道："事已至此，发火有什么用，得到宝物才是正说。"

　　王银匠说道："当然要得到宝物，但关键是如何才能得到宝物？"

　　彭德忠说道："我就不信，你外甥都能弄到宝物，你一个老江湖，还胜不过他吗？"

　　王银匠说道："老弟有所不知，冯顺是王员外家的长工，整日出入王员外府，府中的一切他都了如指掌，所以做起事来也就得心应手，而我连员外府的大院都未进过，又怎知道府里的内情呢？"

"这个我不管，只要弄得宝物，就有你的好处，成与不成你自己看着办吧！"

"办倒是可以办，不过办之前，必须得先打通关节，这就需要钱。如果彭老板诚心想得到那件宝物，现在就预支我一百块银圆，作为打通关节的费用。"

彭老板犹豫了一会儿，说道："先支五十块吧。"

"五十块绝对不行，要想买通王员外身边的人，必须用重金。"

"那好！只要能办成事，我就先支给你一百块。"

王银匠拿着一百块银圆，返回了福桥镇。回到家，他往床上一躺，细细地思考起来。王银匠决定先见见自己的外甥冯顺，搞清楚为什么他又把宝物还给了王员外，内里到底藏着什么玄机。王银匠起身去了外甥家，见到冯顺问起此事。

冯顺说道："舅舅，你都已是年过花甲的人了，怎么到现在还不懂如何做人呢？这么给你说吧，世上的宝物多的是，但要记住一条，是你的别人偷也偷不走，不是你的即便到手也难保留。就拿铜盒金蟾来说吧，当初你不是也拿到手了吗，后来为什么又失去了呢？为此还搭上了一根手指，难道这没长教训吗？"

不提断指还好，一提断指就像揭了头上的疮疤，王银匠腾的一下站起来，愤愤地道："冯顺，你个小子，天生就是奴才命，三辈子也做不了主子。给你说明了吧，就是因为王员外断了我的手指，我才不会放过他。舅舅不会像你那样，几件破衣服、几床破被子就被收买了，拜在人家的脚下。"

王银匠怒气冲冲地出了外甥家，而后又悄悄见了王员外的二管家庞忠。他为什么要见庞忠呢？一是庞忠是王员外的二管家，肯定了解府中的详情；二是庞忠是王银匠的师弟，十年前庞忠遭难一蹶不振，是王银匠解囊相助，助他渡过了难关。王银匠若想得到宝物，必得师弟庞忠相助。

庞忠见师兄到来，热情相迎。坐定后，庞忠问师兄前来有何事，王银匠答道："师弟，实不瞒你，两个月前我遇到了一件十分棘手的事，至今不仅没有摆脱干系，反而情况比原先更为糟糕，实在没办法，才来求师弟的。"

"师兄有什么棘手的事，说来听听，只要师弟能帮的，绝对帮。"

王银匠说道："两个月前，我外甥冯顺拿了一个铜盒，让我检验是不是真的。我看后确定是件真宝，但没有告诉他真相，准备出手后再告诉他。于是就联系了万州的富商彭德忠。不想东窗事发，冯顺领着大管家庞录，把宝物从富商彭德忠手中夺了回去。富商咽不下这口气，暗中勾结黑道之人，向我逼要宝物，如能取回宝物万事俱休，否则我身家性命难保。如今我实在是走投无路了，特来求师弟，相助为兄拿回宝物。"

"你说的宝物，是不是王员外的铜盒金蟾？"

"对对对！正是铜盒金蟾。"

得知王银匠所说的宝物是铜盒金蟾时，庞忠的脸上泛起为难之情。王银匠见状问道："师弟，有没有办法拿到铜盒金蟾？"

"不瞒师兄，你让我办哪件事都行，就这件事不行。那可是老爷的心爱之物，咱一个做下人的，无论如何也不敢有这样的想法。老爷待我也不薄，这种不忠不义之事我怎能做得出来呢？"

王银匠又现出一副可怜相，苦苦哀求道："师弟，如果你不帮我这个忙，师兄算是死定了。那富商家财万贯，黑白两道通吃，收拾师兄这样的人，就像踩死一只蚂蚁那么简单。师弟想想办法，无论如何得帮我这个忙呀！"

"师兄，这个忙你让我怎样帮呢？我就是诚心想帮也帮不上呀，大管家庞录忠心耿耿，其他人也靠不上啊！"

王银匠一听，感觉有戏，于是说道："师弟，为兄并不是让你亲自去做，只需师弟提供铜盒金蟾的藏匿处，这样还不成吗？"

庞忠说道："师兄，你先回去，待我考虑考虑，明天晚上再说吧。"

王银匠答道："行！"

临走时，王银匠把那一百块银圆给了庞忠，庞忠死活不要。王银匠不容分说，放下银圆拔腿向外走去。

王银匠走后，庞忠陷入了进退两难的境地。回想当年自己落魄时，师兄解囊相助，帮助自己渡过难关，仅凭这一点，现在师兄有难，自己理应帮他，为朋友还讲一个"义"字，何况是有恩于自己的师兄呢！帮归帮，但总得弄清是非曲直，铜盒金蟾应该属于谁呢？按师兄的说法，铜盒金蟾应该归冯顺所有，那么老爷为什么让大管家去万州夺回宝物呢？岂不是老爷仗着财大气粗，硬抢人家的宝物吗？如果是这样，师兄让我帮忙还可以考虑。若不是这样，那绝对不能帮忙。既然师兄说铜盒金蟾应归冯顺所有，那么冯顺必定知道内情。带着这一疑问，庞忠去见了冯顺，理清了铜盒金蟾的来龙去脉，方知铜盒金蟾是老爷地中之物，是冯顺捡到的。若说冯顺想要回这件宝物，或多或少还有一点儿道理，现在师兄来要这件宝物，道理在哪里呢？宝物压根就与师兄没有任何关系。在与师兄没有任何关系的情况下，师兄私自把别人的宝物卖出，这本身就是一种不道德的行为。祸由师兄而起，如果我再帮助师兄，岂不是助纣为虐？无论如何也不能做这样的事！但按师兄所言，不是他非要那宝物，而是富商非得要那宝物，师兄是被逼无奈，不得已而为之。若是这样，又该如何呢？想了多时也没想出一个办法来，庞忠自言自语道："干脆把实情禀告老爷，让老爷决断。"可转念又一想，这么做师兄肯定认为是我出卖了他。最终，庞忠长叹一声："实在不行就把自己的想法告诉师兄，看他如何说吧。"

　　第二天晚上，王银匠又来到庞忠家。庞忠让妻子准备酒菜，二人边喝边聊，庞忠把自己的想法与师兄全盘托出。王银匠听后惊慌道："师弟万不可如此，这样做非但不能帮助师兄，反而会害了师兄。"

"师兄何出此言，想那富商如此凶狠，要不回宝物，肯定不会放过你，而你又斗不赢他。如若我与员外说了，让他助你一臂之力，这对师兄来说绝对是件好事，又怎能说会害了你呢？"

按说应该是这个理，但庞忠哪里知道王银匠的真正目的是得到宝物，发一笔大财呢？事实上，哪有富商硬逼他要回宝物？如若庞忠把此事告诉了王员外，岂不是害他了吗？因此无论如何王银匠也不会同意庞忠将此事告知王员外。因此，他与师弟说道："如果师弟感到为难的话，就权当我没说。师弟万不能与王员外提及此事，那样不仅对我不利，对师弟也不利。"

庞忠说道："那师兄将如何应对富商呢？"

王银匠压低声音说道："算了，该死该活随他去吧！"

说着泪水簌簌地掉了下来，接着又失声大哭起来。庞忠见师兄如此悲痛，一时慈心又发，劝解道："师兄不必伤心，咱们再想办法就是了。无论如何我也不能看着师兄遭难而不管。师兄暂且沉住气，此事不易操之过急，得想一个切实可行的办法才行。"

听见庞忠这么说，王银匠顿时止住了哭泣，拿过酒瓶倒了两碗酒，说道："师弟，现在什么都不说了，一切尽在这酒中。师兄的命或好或歹，师弟你看着办吧！"

说罢捧起碗一饮而尽，然后起身告辞。

庞忠虽然喝了一碗多酒，但大脑始终是清醒的，他心想师兄说得倒是利索，让我看着办吧，可也不想做的是啥事。对老爷不忠不义的事，我能干吗？心里尽管这么想，但毕竟是自己的师兄，现在师兄有难，帮与不帮总得有个说法，可该怎么说好呢？他绞尽脑汁也想不出个办法，此时他又想到了冯顺。对，去找冯顺，他肯定有办法。岂不知王银匠最怕庞忠去找冯顺。庞忠见了冯顺，把王银匠的话原封不动地说了出来。

冯顺听后说道："二管家不要听我舅舅的一派胡言。他全是骗你的，万州富商彭德忠想得到宝物是不错，但不像他说的那样，要不回宝物就要了他的命。为铜盒金蟾的事，我也曾与彭德忠接触过，此人绝对不是我舅舅说的那样不讲道理又凶狠。作为商人，本着以和生财的原则，你不卖，他也不会强买，更不会硬逼着你拿回宝物。"

庞忠说道："可总得给你舅舅一个说法不是。"

冯顺说道："咱们都是为老爷做事，宝物是老爷的，因此应禀报老爷。"

"禀报老爷是应该的，可一旦你舅舅知道了又该如何是好呢？"

"二管家，我看你是糊涂了吧，你既没偷他的，又没抢他的，怕他个啥呀！"

庞忠说道："话是这么说，但师兄毕竟对我有恩，为人绝不能恩将不报反为仇呀！"

冯顺说道："如果你感到为难的话，我去禀报老爷。"

"那哪儿成，老爷知道后，不说我与王银匠合谋算计他吗？再者我愁的是对师兄所托之事，该如何答复，是办还是不办，必须得有一个说法。"

冯顺说道："放心，老爷不但不会怀疑你，反而还会嘉奖你。至于该怎样答复你那师兄，你就告诉他，老爷把宝物藏得严实，连大管家都不知藏于何处，何况我这个二管家呢！实话告诉你，现在全府上下除了老爷外没人知道宝物藏于何处。别说你二管家不愿打探宝物藏于何处，即使你想打探，也打探不出来。"

庞忠听了冯顺的话，点头道："也只有按你说的办了。"

翌日，冯顺趁空闲之机，去了老爷的小客厅，见到老爷二话不说，扑通一声跪在了地上，连连嗑起了响头，而后又啪啪地照自己脸上打了几耳光。王员外甚为不解，急忙招手道："冯顺这又是为哪般，老爷我近段也没责怪你呀！有话起来说。"

冯顺仍是跪在地上，泪流满面地说道："老爷，我对不起您，您狠狠地惩罚我吧。"

"冯顺，你究竟做了什么事？起来说吧，无论你做了什么事，我都不与你计较。"

冯顺用手擦了擦脸上的泪水，说道："老爷，冯顺我对不起你。前段时间铜盒金蟾突然丢失，不是神灵所为，而是我潜到老爷书房，偷偷拿走的。"

王员外听到冯顺说铜盒金蟾是他拿走的，猛地坐直了身子，惊讶地问道："什么？铜盒金蟾是你拿走的，这就怪了，既然你把它拿走，为何又送回来？"

冯顺说道："是老爷的大恩大德感动了我，我又把宝物送回来了。"

"这么说来，那封信也是你写的了？"

"正是小人所写。我担心有人打宝物的主意，本想当面提醒老爷，可自己做了亏心事，没有勇气当面告诉老爷，所以就写了一封信，放在大管家屋内的桌子上。小的该死，任凭老爷处置，我自作自受，罪有应得。"

"冯顺，人非圣贤，孰能无过。知错能改，善莫大焉。我不会怪你，还要奖赏你护宝有功。"

"老爷，小的还有一件事禀报，现在有人正在打铜盒金蟾的主意。此人暗中联络府中的人打探消息，不过老爷您放心，咱们府里的人对老爷都是忠心不二的，想收买也收买不到。"

"这些话就不用说了，你就说是谁在打铜盒金蟾的主意？与府中何人联络？"

"回老爷，是我舅舅王银匠和万州富商彭德忠二人在打铜盒金蟾的主意。我舅舅王银匠找到二管家庞忠，让其打探宝物的消息，然后施行盗窃，是二管家亲口对我说的。"

王员外说道："按说王银匠谋划盗宝，二管家知道后理应先与我说才是，为什么会先与你冯顺说？"

"老爷有所不知，我舅舅王银匠与二管家是师兄弟。十年前二管家落难时，我舅舅曾解囊相助。如若他将此事告诉老爷，恐落下一个恩将仇报的口舌。但他又不想做对不起老爷的事，于是就把此事告诉了小人，让小人一定禀报老爷。为了达成目的，我舅舅还送一百块银圆给二管家，都被二管家退回去了。"

王员外猛然想起吴存熙的话："善待下人，宝物永存。"如若不然，冯顺、庞忠早已把铜盒金蟾献了出去。此时他不禁感慨道："此真乃金玉良言啊！"

冯顺走后，王员外让人喊来庞录，颇为动情地说道："世界之大，莫大于人心！难怪古人说得人心者得天下。"紧接着王员外把冯顺刚才所述告知了庞录。庞录听后说道："这都是老爷善心所致，但这王银匠贼心不死，实在可恶，我一定要给他一个严厉的教训！"

"不必了，经过此事他会反思的！"

"如此就太便宜他了！"

"得饶人处且饶人，咱们还是想想下一步吧。"

庞录不解地问道："老爷所说下一步，是指？"

"从善啊！"

至此，王员外广结善缘，为乡里修路建桥，出资兴建学校，帮助贫困老人，受到乡人的爱戴。

这一日，大管家来到书房劝说道："老爷，长此下去，府上多年的积蓄将会耗尽。"

王员外笑道："钱财乃身外之物，为乡民办事，即使倾家荡产也值！再者花去的钱，可以再挣嘛。"

　　见天色已晚，王员外就对庞录道："你去安排厨房，炒几个可口的小菜，把二管家也喊来，今晚老爷高兴，咱们借着铜盒金蟾的金光喝酒去！"

　　王员外取出铜盒金蟾，瞬间满屋尽是金光。主仆三人借着金光，把酒言欢，直至天亮。

两条红鱼

八月十五中秋佳节，秋生与媳妇翠花沿着沙河堤岸，往苗庄看望外婆。走到一个河汊时，见一条十多斤重的红鱼在脚脖子深的水里来回摆动。夫妻二人大为惊喜，秋生放下手中的礼物，冲进水里。秋生试图抱住红鱼，谁知红鱼猛地蹦了起来，尾巴一甩，啪一下正打在秋生的右耳门上，秋生当时就晕了过去。翠花见此情景，心中一颤，不顾一切地扑了过去，扶起秋生。稍许，秋生清醒过来，再看那红鱼时，正竭力地往深水处挪动。夫妻二人迅速向前，四只手齐动摁住了红鱼，随后抱回家中，放进水缸里。二人换了衣服，又沿着沙河堤岸往外婆家走。当路过刚才捕鱼的那个河汊时，竟又见一条十多斤重的大腹红鱼在水中慢慢蠕动。二人大感惊喜。秋生慌忙把鞋子一脱，裤腿一挽冲进了水里，看准红鱼上去就抱。红鱼身子一拧，尾巴一甩打在了秋生的小腿上。秋生身子晃了晃，一屁股坐在了水里，旋即又起身扑向红鱼。无奈红鱼力大无比，搅得泥水四溅，秋生一时无法靠近。

　　翠花在岸上看得一清二楚，急忙提醒秋生，用上衣大褂蒙盖。秋生按其所说，脱下上衣大褂将鱼蒙住。此法果然奏效，当即止住了四溅的泥水，秋生快速向前将鱼裹住，抱回家中，放入水缸之中。此时已将近中午，二人急忙换了衣服，赶往外婆家。外婆见秋生夫妻二人来了，亲昵地问道："生子，怎么现在才来，姥姥还以为你们今天不来了呢？"

　　秋生便把来时路上所遇之事对外婆说了。外婆心想，不对呀，这么大的鱼，不可能游到浅水之中，其间必有缘故。想到这便问道："生子，你把鱼放哪里了？"

　　秋生说道："放家中水缸里了？"

　　"你打算怎样处理那鱼？"

　　"到市场上卖掉，或是留着自家吃。"

　　"生子，这两条鱼卖不得，也吃不得，最好还是把它们放回原处。"

　　秋生不解地问道："为啥呀？"

　　"生子，你不觉得蹊跷吗？十多斤重的鱼，不可能在浅水处游动，这里面肯定有秘密，况且还是红鱼，可是稀世之物呀，乡间哪有这种鱼，说不定是什么精怪变的。"

　　秋生夫妻二人听了外婆的话，都笑了起来。

　　外婆神秘地说道："你们不用笑，世上真有这样的怪事。苗庄有一个叫黄龙的后生，去年，在庄前的水坑里捕了一条大鱼杀吃了，结果第二天，家中就燃起了大火，还殃及了邻居。奇怪的是邻居家的火，用水浇灭了，他家的火越用水浇越旺，直到房屋烧没了，火才自行灭了。所以万事万物，到了一定的年限，自然就有了灵气。"

秋生哪里相信这些，以为外婆年纪大了，说的都是胡话，因此根本就没把外婆的话放在心上，随便应付道："行，姥姥，您放心，我们也不吃，也不卖，回去就把它放回原处。"

姥姥这才放下心来，说道："这样最好。"

三人正说话时，秋生的舅母端来了饭菜。吃过饭，夫妻二人就急忙返回了柴庄。到家看那鱼时，依然活蹦乱跳的，格外动人。住在后院的秋生的父亲刘老汉听说儿子逮了两条红鱼，便同老伴吴氏一起前来观看。这鱼到底是卖掉，还是自己杀吃呢？经一家人商议，最后刘老汉一锤定音。

刘老汉说道："这鱼都是钱，哪舍得自己吃，还是卖给饭店吧。"

翌日，秋生、翠花把鱼放进筐中，抬着去了集市，卖给了丁记饭店。拿到钱后，两人高高兴兴地回了家。再把缸中的水往外倒时，发现缸里有很多小红鱼，两人感到好生奇怪，缸里怎么会有这么多小鱼呢？

这些小鱼不能吃也不能卖，两人一时不知道该怎么办才好。想了一会儿，秋生说道："干脆倒掉算了。"

就在这时，门外来了一个卖货郎，看到秋生、翠花二人抬着一个水缸，于是往缸里看了一眼，只见缸里净是些红点点，待仔细看时，却是一条条小红鱼。卖货郎问秋生道："你们这是做什么？"

当卖货郎得知，二人准备把这些小红鱼倒掉时，当即从兜里掏出钱，买下了这些小红鱼。秋生接过钱后，把缸里的小红鱼捞出，放进卖货郎从货箱中拿出的一个盛果糖的广口瓶。装好小鱼，卖货郎摇着拨浪鼓，出了柴庄。

大鱼、小鱼都处理完了，秋生准备用卖鱼所得的钱，置办一些新家具。秋生正数着钱，突然浑身颤抖，四肢麻木，口不能言，满头虚汗，疼痛难忍，摔倒在了地上。翠花见状，急忙喊来公婆。见到儿子痛苦不堪的样子，两位老人拔腿就去请郎中。郎中来了又是把脉又是量体温，忙活了好大一阵，也没诊断出什么病。最终郎中凭感觉开了几服药。秋生一连吃了好几天的药，病情依然没有好转。

再说秋生的外婆，自从外孙与她说了红鱼的事，她心里就一直惦记着，总是感觉外孙闯了大祸。这天吃过午饭，她躺在床上休息，在似睡非睡之际，见到两个魔怪把外孙捆绑了起来，一顿拳打脚踢后把外孙装进一个笼子里，放进水中，不大一会儿，一群龟鱼虾蟹袭来，外孙大号一声，晕了过去。秋生的外婆见此情景，大喊一声我的孩儿，便不顾一切地扑了过去。醒来发现是一个梦，她忙喊来儿子铁栓，让他赶快去柴庄看看。

儿子说道："好端端的能出什么事，昨天还在这里说笑呢。都是你年纪大了，闲着没事，胡思乱想的。"

秋生的外婆见儿子不愿去，便生气地说道："你不去，我去！"说罢，起身就要走。铁栓没办法，只好去了柴庄。到地方见外甥正躺在床上，问其原因，都说不知道。

铁栓便说了母亲的梦。一家人听后，皆露出惊恐之色。翠花疑虑地说道："难道真是因红鱼而惹的祸？"

秋生的娘说道："即使因红鱼，现在我们又能如何呢？"

铁栓说道："人得病是正常现象，怎能牵连到鱼身上？这毫无道理，不用胡思乱想，还是安心治病吧！"

听铁栓这么说，一家人便稳了心，又请来郎中给秋生看病。几个月过去了，药没少吃，可秋生还是不能下床，口不能言，这该怎么办呢？为了给秋生治病，不但花尽了卖鱼钱，家中所有值钱的东西都已卖尽，没办法又向亲戚邻居家借了不少钱。翠花对公婆说道："秋生的病，已治了几个月了，吃药也是不好，不吃药也是不好，咱们干脆不治了吧！"

按翠花所说，不再请郎中给秋生看病，一日三餐都由翠花伺候，倒也勉强过得去。可翠花怀孕已有八九个月，行动多有不便，因此照顾秋生的事，便交给了公婆。这天，秋生的娘正喂儿子吃饭，儿媳突然尖叫一声，倒在地上，双手捂着肚子，疼得直翻滚。秋生的娘见状，慌忙请来接生婆。接生婆来了，一看，顿觉奇怪，自言自语道："我接生一辈子，什么样的产妇都见过，可从来没见过这样的，腹内没有一点儿蠕动，产妇却如此痛苦。"

正当接生婆疑惑时，只听翠花大叫一声，一股鲜血流了出来，生下一男婴。婴儿哇哇哭了两声，便没了声息。接生婆顿时慌了手脚，拍拍打打忙活了一阵，婴儿还是没救过来。

见此情景，秋生的娘痛哭不已。接生婆安慰了她一番，之后抱着断了气的孩子走出翠花的房间。接生婆走后，秋生的娘跑到后院，喊来刘老汉，再去看儿媳，仍在昏迷之中。恍恍惚惚之间，翠花仿若出了房间，来到一个池塘边。池塘里游动着无数条一尺来长的鱼，她便弯腰捡起一块砖头，正要往池塘里扔时，鱼突然都不见了。整个池塘静悄悄的，翠花顿感寒意。这时，一个似人非人、似鬼非鬼的怪物拎着一个篮子走了过来。怪物刚来到池塘边，成千上万的鱼儿便涌了出来。怪物伸手从篮子中抓出一大把东西，抛向鱼群。翠花未看清怪物扔的是什么，只见鱼儿争相抢食。怪物撒完篮子里的东西，现出一道黑烟，飘浮在空中。紧接着一条红色的大鲤鱼，张开血盆大口，直向她冲来。眼看那鱼就要冲到她跟前，翠花吓得大喊一声："救命！"拔腿就跑。

公公、婆婆听到儿媳大叫，赶忙跑进来。婆婆扶住儿媳，连声问道："孩子、孩子，你咋啦？"

翠花满头大汗地坐在床上，过了好一会儿，才问道："我的孩子呢？"当得知孩子夭折时，便号啕大哭起来。

婆婆见儿媳悲痛欲绝的样子，心疼地把她揽到怀中，轻轻拍着她的后背，不时呼唤着她的名字。哭了好一阵儿后，翠花才稳住了情绪，向公婆道出了梦中所见。公公捶胸顿足道："这是做了什么孽了？让我儿遭受如此痛苦！"

翠花说道："爹娘你们不用自责，这些事情与你们无关。"

三人正在悲痛之时，秋生却喊起了翠花。突如其来的喊声，给这个家带来了喜悦。翠花也有了精神，身子也不疼了。她起身来到丈夫跟前，发现丈夫的胳膊、腿不肿了，虽身乏无力，面黄肌瘦，但口能说话了，也算是不幸中的万幸了。

又过了几天，秋生慢慢能下床走路了。想想，从发病到现在，已近一年。这一年，自己卧床不起，媳妇早产，孩子夭折，一连的祸患都是发生在卖掉大红鱼之后。又想起外婆的叮嘱："这两条鱼卖不得，也吃不得，最好还是把它们放回原处。"秋生沉思良久，难道真如外婆担心的那样，卖了大红鱼，一定会招来灾祸吗？秋生无论如何都想不通这两者之间有什么关系。

可要说没有关系吧，怎么鱼卖后，夫妻二人就出事了呢？秋生认为有必要去一趟丁记饭店，弄明白丁师傅是怎样处置那两条大红鱼的，有没有出现异常情况。

秋生把自己的想法说给了翠花听，翠花也把外婆的梦说与了秋生。秋生听后，将卖鱼的时间与姥姥做梦的时间，进行了比对，恰巧就是卖鱼之后，姥姥才做的这个梦。也就是说，自己家遭遇的横祸皆因那两条红鱼而起。可秋生还是想不通，世上哪有这样蹊跷的事？

第二日吃过早饭，秋生便与翠花去了丁记饭店，见到丁师傅，说起一年前卖鱼之事时，丁师傅却说饭店早就不干了。秋生问其原因，丁师傅长叹一声，说道："一切皆因那两条红鱼而起。当时，厨师就要杀了。我父亲却认为这么大的红鱼，很不一般，绝对不能杀了，要赶快把它放入河里，否则将会招来祸端。可厨师不听，非要杀了不可。杀鱼时，血流满地，流淌不止，饭店里的人无不惊骇。往日杀鱼无数，从未见过这种情景，当时大家就有种不祥的预感，都劝说厨师不要再杀了。可他就是不听，又杀了第二条红鱼。第二条红鱼不但流血不止，而且还出现了更为惊人的怪事。"

说到此，丁师傅打住了，而后说道："这个我不说，想必你们也知道了。"

秋生急道："什么怪事，我们没听说啊。"

丁师傅说道："事情已过去多月，再说无益。"

"怎么无益呢？今天我们来，就是想了解有关那两条红鱼的事，看是否与我的病有关系。丁师傅，你就说说又出了什么怪事？"

丁师傅说道："第二条红鱼不但流血不止，而且鱼腹竟有一块透亮的顽石，上有篆文。"

听丁师傅这么一说，秋生也感到新奇，便问道："篆文写的是什么？那块顽石还在吗？"

"饭店里的人都看了，可没有一人识得此文的。至于那块顽石，现在仍在我家放着。"

秋生自以为读过几年书，说不定能识得石上之文，于是说道："我可以看看吗？"

丁师傅说道："我不瞒你，之前很多人想看此石，都被我拒绝了。但如果你要看，我可以答应你，毕竟鱼是你送来的。不过要说明一点，在没买你的鱼之前，饭店生意红火兴隆，自从买了你那两条红鱼杀了后，不但饭店关了门，而且还死了人。"

说到这，丁师傅一连叹了几声气，而后说道："不听老人言，祸害在眼前啊！厨师当天夜里，就暴病身亡了。"

秋生也惊叹不已，说道："照你这么说，厨师之死是杀鱼所致了？"

"应该是这样。"

"假如祸因红鱼而起，你为何又保存那鱼腹中的顽石呢？这样岂不是自留晦气吗？"

"鱼是鱼，石是石，这是两码事。我认为此石不同一般，因此才将它保存下来。"

丁师傅从内室取出顽石，递给秋生。但见那顽石，其状如鹅卵，呈白色，光滑透明，上面刻有八个篆字。秋生反复看了几遍，却未能认出一个字来。他在心里暗想，无论如何也得弄明白这八个字，于是向丁师傅说道："顽石可否让我带走，请教有识之人，解读此文。"

丁师傅略微思考一下，说道："可以，我要它也无用，如你有兴趣就带它走吧！"

秋生道声谢，便把顽石装进衣兜。告辞了丁师傅，二人便回了家。一路上歇息了好几次，才走到家。到家往床上一躺，秋生就再不能动弹了，腿及胳膊又肿了起来，口也不能说话了，一直持续了好几天，才恢复过来。秋生对翠花说："我感觉我这不像是病，像是有无形的东西缠在我身上。翠花，你说这是不是与鱼腹中的顽石有关？"

翠花说道："你不要再胡思乱想了，从丁记饭店的厨师暴病身亡到你得病卧床不起，再到咱们的孩子夭折，可以说这些祸事都是因那红鱼而起。丁师傅说得对，不听老人言，祸害在眼前。当初外婆再三叮嘱咱们，一定要把红鱼放回原处，可咱们就是不听，甚至还笑话她老糊涂了。如果当时听了外婆的话，就不会发生这些事了。不过好在咱们没有把鱼杀吃了，不然暴病而亡的就不是丁记饭店的厨师了！这样看来，我们还算是幸运的。按说这些事情与红鱼根本就是风马牛不相及，但事实就是如此，又作何解释呢？"

秋生摇了摇头，说道："什么是怪？这就是怪，不然你我怎能遭遇这些惨事？"

翠花说道："即便是这样，又有什么办法呢？"

"如是真的是这样，咱们就应该去找位高人，看能否解出其中的奥秘。"

"你身体虚弱成这样子，去哪里找高人？万一路上犯了病，又该如何是好？"

"你说得也是，但我总认为因鱼得病的说法，实为荒谬。特别是鱼腹中的顽石，更是让人不解。如若能找到一位高人，解开其中之谜，这样也许我的病就好了。"

翠花见秋生执意要寻找高人，便说道："如果你坚持要找高人的话，明天我就去找舅舅，让舅舅用车推着你，到洪寺庙拜见方大师，他肯定能解出其中的奥秘。"

"方大师？我怎么没听说过。"

"我还是前几年回娘家时听说的。"

秋生"嗯"了一声，说道："与其让舅舅推我去，不如让咱爹陪我去。"

"那哪儿成，爹爹已经是六十多岁的人了，怎能推着你去呢？"

"让咱爹去只是以防意外，我现在走路没问题。"

"那也得与爹爹商议一下才是。"

夫妻二人去了后院，见到爹爹说了去洪寺庙的想法。父亲听后说道："没问题，只要能治好儿子的病，爹怎样都行。前些年我也去过洪寺庙，它就在人鬼集的西南角，离咱家三十多里呢。"

第二天一大早，刘老汉推着车，领着儿子、儿媳就去了洪寺庙。一路上还好，秋生也未感身体不适，三人说说笑笑，不到中午就到了洪寺庙。见了方大师，说明来意，秋生从衣袋中掏出顽石，递给方大师。方大师接过顽石仔细看了一会儿，又看了看秋生，而后把顽石往佛龛上一放，问道："施主，顽石从何而得？"

秋生见方大师问，便把巧遇红鱼、所遭不幸及获得顽石的前后过程向方大师叙述了一遍，并恳求大师指点迷津，早日脱离苦海。大师听后自感不是一件凡事，沉吟一会儿，说道："施主所说之事，确是人间稀有，贫僧不敢妄言，您还是另请高明吧。"

秋生原指望方大师破解奥秘，指点迷津，以保平安，不想方大师却如此说，这该如何是好呢？

刘老汉见方大师不肯明说，扑通一声跪在方大师跟前。秋生、翠花见爹爹下跪，也跟着跪在了地上，三人齐向大师叩头。刘老汉边磕头边说："大师，请您慈悲为怀。我儿长期遭受疾病折磨，苦不堪言，您就可怜可怜他吧！"说罢又磕起头来。

方大师见状，忙起身把他们扶起，说道："施主，贫僧不是不说，而是你们所说之事，实在玄乎，担心误了你们的事，贫僧会遭天谴的。"

刘老汉说道："大师，我儿得病将近一年，痛苦无比，医治无效。您是得道的高僧，我们父子特来求拜，希望大师祛除病魔，让我儿重获人生。"

大师见刘老汉诚恳，秋生痛苦不堪，翠花泪眼婆娑，顿时佛心涌起。只见他走到佛龛后，捧出一个金盘，又在金盘上铺了一层崭新的黄绫布，把顽石放到金盘的正中间，而后又把金盘放到佛龛前，插上三炷香，双膝跪地，双手合一，向佛祖连磕三头，口中念道："佛祖在上，今有民间刘老汉，领儿女前来求佛，让弟子解说所遭不幸的奥秘，如佛祖有意，香烟就往西吹；如佛祖无意，香烟就往东吹。"念罢见香烟吹向了西，于是大师对秋生说道："施主，你们夫妻遭此横祸，几乎家破人亡，其实这不是病，而是祸，其祸根就是一个'鱼'字，你明白吗？"

秋生说道："大师所说不错，但我还是不解。一年前我与媳妇逮了两条大红鱼，但世上捕鱼者比比皆是，他们为何能相安无事？我们夫妻俩不是专业的捕鱼者，只是碰巧遇上此鱼而获之，而且也没有杀吃了，怎么就遭此横祸了呢？"

方大师说道："施主有所不知，如今河流中红鱼稀少，几乎绝迹。为平衡物种缺陷，遵照上天的旨意，两条一雌一雄的红鱼从大江而来，专门到人间来繁育红鱼，而你们把它们捕获卖掉，最后杀吃了，违背了天意，自然会受到惩罚。好在你们没有把小红鱼倒掉，保住了大红鱼的后代，方才保住了性命。至于何时能解除施主你身上的痛苦，就看你今后的表现了。"

秋生听后，恐慌地说道："难道大师也没有良药妙方吗？"

"良方妙方没有，贫僧送施主一言，'护生防杀生'。牢记此言，今后方可平安无事。卖货郎曾从你手中买走小红鱼，施主可从这件事中受到启发？"

秋生说道："这与卖货郎买小红鱼有何关系？"

方大师说道："施主愚钝至极，回去慢慢感悟吧！"

方大师说完抬步就走，秋生急忙拦住恳求道："大师，那鱼腹中为何会有顽石？石上刻的是什么字？还恳请大师解谜。"

方大师说道："这些施主知道与不知道都无多大关系，只需记住贫憎所说的那句话就行了。"

秋生说道："我一定铭记大师所说，但我们今日前来，为的就是知道顽石的奥秘，大师不与说明，我们终是不安。"

方大师见秋生纠缠不放，只得说道："那顽石并非顽石，而是一块玉，八个篆字为'玉中之王，护我平生'。玉的主人不慎将玉掉落江中，后被大红鱼吞噬。"说毕方大师便离开佛龛，诵经去了。

秋生三人见大师离去，觉得再待在此也无益，于是推起车返回了柴庄。一路上，秋生都在思考大师的话，特别是那句"护生防杀生"，到底是什么意思呢？又让他从卖货郎买走小红鱼这件事中受启发，又说他愚钝致极，这内里肯定有隐情，他一定要弄清楚，看来有必要去见一下那个卖货郎了。

但卖货郎姓甚名谁，家住哪里，这些全然不知，又去哪里找人呢？想到这，秋生问他爹道："爹，附近村庄有没有一个挑担的卖货郎？"刘老汉想了一会儿，摇摇头说道："没见过，你问这个干啥？"

"没什么，我就随便问一问。"

三人回到家中时太阳还没落山，秋生稍事歇息，便去了村中，问起卖货郎的下落。一连问了七八个人都说不知道，后来又碰见一个人，说半年前曾见过那个卖货郎往西边周庄去了。秋生得到这一消息，如获至宝。第二天吃过早饭，他就去了周庄，到周庄又问了几个人，其中有一后生说，过年时，往人鬼集走亲戚见过那个卖货郎，可能他的家就在人鬼集。秋生听后，家都没回直接去了人鬼集。走至离人鬼集还有十多里路时，顿感身体困乏不适，难以支撑，没办法只好躺在路旁休息。这时一路人来到他跟前，问何故在路旁躺着。秋生说身体困乏，而后又把自己找卖货郎的事告知了路人。路人说道："我们堂庄有一卖货郎，名叫冯路，不知是不是你要找的那个卖货郎。"

此时秋生也不知路人说的这个卖货郎是不是自己所要找的那个，只有见了后才能确定，因此问路人道："堂庄离这里还有多远？"

"不远了，前边就是。"

秋生打起精神，与路人一起去了堂庄。到了堂庄，路人用手一指，说道："前边那处新建的房子就是卖货郎冯路的家。"

按照路人所指，秋生来到卖货郎的家门前，只见高高的门楼，朱漆大门，甚为壮观。秋生抬起手刚想敲门，门却突然吱的一声开了，一个身着绸衫的人走了出来。两人相视，不觉都怔住了，片刻，着绸衫的人说道："你是柴庄的那个……"

秋生也惊奇地问道："你是那个卖货郎？"

着绸衫的人哈哈笑道："正是我，我叫冯路，一年前我曾买了你的小红鱼。"

秋生诧异地看了看，心中自忖道：不错，就是那个卖货郎。此时他感到不解的是，从哪里看此人都不像个卖货郎。

冯路见秋生一副惊疑的表情，又说道："我就是那个卖货郎，不过现在我已不做卖货郎了。怎么，意外吗？走，咱们屋里叙叙去。"

把秋生邀请进屋，冯路惊诧地问道："老弟，你怎么如此模样？面黄肌瘦的，我差一点儿认不出你来了！"

冯路紧接着又说道："我冯路能有今日，还要多谢老弟呢。老弟，你可是帮了我的大忙了。"

冯路的话把秋生弄蒙了，他忙问道："老兄何出此言，我一平头老百姓，何谈帮老兄大忙呢？"

"老弟有所不知，在你家买了那些小红鱼后，我便把它们放进池塘里养了起来。这些小红鱼可神了，三天一小变，五天一大变，像是有人拽着长一样，月余之间就长成了大鱼。这时正巧官府开挖沙河，河中需放养红鱼。那些小红鱼就派上了用场，一筐筐的红鱼投入了沙河之中，我从中发了大财。说来奇怪，每天都要运出去好多筐红鱼，可塘中的红鱼并不见少。更可喜的是，我儿子失明多年，现在也好了。"

说罢，又领着秋生来到池塘边观看。果真如其所说，塘中红鱼有大有小，活蹦乱跳的。正看时，秋生突然感到头晕，随后一头栽倒在地上，昏了过去。这可吓坏了冯路，他急忙找来郎中，忙活了好大一阵，总算把人救了过来。

冯路问道："老弟，你这是怎么啦？怎会如此虚弱？"

秋生叹了一口气，说道："老兄，真是一言难尽啊！你因鱼而得福，我因鱼而得祸呀！"于是秋生把自己的遭遇向冯路讲述了一遍，说完便大哭起来。

　　冯路听了为之伤感不已，劝秋生道："天有不测风云，人有旦夕祸福。人生在世，谁也预料不到会发生什么事。既然遇上了不测，那就要面对，相信老弟很快就会好起来的。"

　　秋生听了冯路的一番话，再看冯路如今的变化，到了此时，他方才明白洪寺庙方大师所说的"护生防杀生"这句话的含义。

　　天眼看就要黑了，翠花左等右等也不见丈夫回来，于是去后院告知了公婆。刘老汉听后便与儿媳一起寻找，得知儿子去了堂庄后，二人慌忙赶到堂庄。此时天已大黑，冯路欲留三人住下，明日再走。刘老汉不从，非得要走。冯路没办法，便拿出五两银子交给秋生。刘老汉见状，赶忙阻拦道："贤侄盛情款待，我们已感激不尽，岂能再受银两呢？"

　　冯路说道："大叔不用客气，我冯路能有今天，还有老弟之功呢。要不是遇见老弟，我哪里有今日。"

　　父子见冯路一片诚意，便接过银子，三人星夜回了柴庄。进得家中，秋生仍懊悔不已。刘老汉见状，劝解道："事情已经过去，自责也是无益。其实也没什么可自责的，你们两个的所作所为，也不为过分。那么大的鱼，别说是你们，换作任何人，也会和你们一样。如今都到这一步了，还有什么可说的呢？只能说你们两个命中注定有此一劫。幸亏没把事情做绝，留下了红鱼幼苗。其间唯一不妥的是，卖货郎要那小红鱼时，你们不该接他的钱，这样显得做事光有钱（前）心，没有后心了。总之事情已经过去，今后我们以护生为本，多行善事就是了。”

听了爹爹的话,夫妻二人心里好受多了。这样又过了十多天,其间秋生说病非病,说好非好,整日身子软绵无力,精神倦怠。这天他正在自家院中迎着太阳静坐,忽听院外有人言语,于是起身出院观看。到了院外,见五六个人正说着什么。秋生便走近跟前,听其中一个人说,四河在村西头桥底下捡到一条五六斤重的黑鱼,大家都感到很奇怪,多日无雨,桥下河水早已干枯,怎能有如此大的黑鱼呢?

秋生也感事情蹊跷,于是就去四河家想问个究竟,结果四河不在,其家人也不知他去哪儿了,再问那条黑鱼时,说已被四河卖了,卖给谁了也不知道。这下秋生急了,转身找四河去了。找到四河问那鱼时,四河说卖给集市开饭店的张宝了。秋生听后,拔腿就往集市跑。到饭店时,见张宝正拿刀准备杀那鱼,秋生高喊一声:“张师傅,慢,刀下留鱼!”

张宝听到喊声,便停住了,抬头看时,见是一位瘦弱的人,因此满不在乎地又举起了刀。秋生一个箭步,来到跟前,抓住了张宝的手。

“你是谁,为何不让我杀这鱼?”

秋生气喘吁吁地说道:“张师傅,您行个好,我是柴庄的秋生,想买下这条鱼,行吗?”

“不行,已有客人要了这条鱼,怎能再卖与你,这让我与客人怎么交代?”

“张师傅,您先把这鱼放进水里,我与客人去说行吗?”

"这哪儿成，什么事都有一个先来后到，人家事先说好的，况且客人已到，专等着吃这条鱼呢。做生意岂能说话不算话，出尔反尔呢？"

秋生见张宝不答应，便跪在地上，苦苦哀求道："张师傅，您千万不能杀这条鱼，您要多少钱，我就给您多少钱，还不成吗？"

"这不是钱的问题，关键是客人已预订，如果把鱼再卖与你，客人不说我钱迷吗？"

"张师傅，您先把鱼放下，我见客人去，一切与你无关。"

张宝没法，只好把鱼放下。秋生来到客人房间，与客人说要买那条黑鱼喂养。客人冷笑几声，说道："岂有此理，我们已经买下，怎能再卖与你？"

正说之间，秋生的父亲刘老汉赶了过来，先见了张师傅，知道情况后，又急忙走进客人房间，满脸赔笑道："几位客官，行行好吧，我儿身患大病，需喂养黑鱼，方能祛病。"

父子二人一起跪在地上，几位客人见此情景，忙上前扶起二人，说道："先前我们认为，都是买鱼吃，已经买好的鱼，你再要买，这不是诚心欺人吗？现在看来你们真是想喂养那鱼，既然如此，就让给你们吧！"

刘老汉见客人答应了，忙向店家买了两瓶酒送到客人桌上，这边又让儿子在此等候，他又跑到秋生的舅舅家借了钱，以高出原来一倍的价格，买下了那条黑鱼，又向饭店借了一水桶，把黑鱼放进桶中，父子二人抬了，来到大沙河边，把黑鱼放入了沙河之中。

秋生为得那条黑鱼，忙活了大半天，中午饭也没吃。回到家中，翠花以为他又累着了，因此见他回来，忙上前搀扶。可事情恰恰相反，此时秋生不但不累，反而感到浑身是劲。一家人见此，都很高兴。翠花炒了几个小菜，买了一瓶酒，一家人开开心心地围坐在了一起，端起了酒杯。就在一家人沉浸在无比欢乐之中时，秋生的舅母抱着一个婴儿来了。舅母笑呵呵地说道："我给你们送孩子来了。"一家人大为茫然，这又是咋回事呢？

事情是这样的，翠花生产那天，秋生的外婆猛然想起外孙媳妇怀孕的事，掐指算来，孩子也应该出生了，怎么到现在都没来报喜呢？于是便让秋生的舅母去外孙家看看。舅母快到柴庄时，遇上了接生婆，于是便上前与其搭话。当接生婆得知眼前的女人就是秋生的舅母时，便把秋生家的情况告诉了她。舅母接过孩子，伤心不已，正当她要把孩子丢弃时，孩子突然哇哇大哭起来。舅母又惊又喜，原想把孩子送回秋生家，可转而一想外甥家现在的情况，如果此时把孩子送回去，也是个累赘，还不如替他们先养着，日后给他们一个惊喜，就这样舅母把孩子带回家养了下来。这天吃过午饭，婆婆一反常态，说外孙的身体好了，非让舅母把孩子送回去不可。舅母没办法，只得抱着孩子来到外甥家。一家人听后真是喜从天降，秋生夫妻二人感激涕零，双膝跪地向舅母磕头致谢。

　　自此一家人牢记方大师言，爱护生灵，最终过上了幸福的生活。

无名古树

  陆云的侄子二柱结婚，海东、海西兄弟俩奉母之命前往道喜。二人到表哥家时，新娘子还未接到家。兄弟俩见表哥一家人跑里跑外地忙个不停，便想上前帮忙。可舅舅陆定金却连连挥手，让外甥进屋歇息。二人进了屋，坐了一会儿，觉得实在无聊便出去了。来到村后，见有一水沟，沟里水深过腰，二人站在沟边看了一会儿，便顺着沟往前走，刚走没多远就见前面有座青山。二人甚感好奇，便走向前去，快到跟前时，发现不是青山，而是一棵庞大的老树，树叶茂密，树冠覆盖直径足有三十多米，树下杂草丛生。奇怪的是大树向南三米处却是光亮一片，像是一个活动场所。二人走到光亮处看了一会儿，又向大树走去，快到跟前时，突然飞出黑压压的一群鸟来，凶悍地向二人袭来。鸟群在二人头上来回盘旋，不时地用尖嘴啄二人的头，不一会儿就把二人的头啄出了血，而且二人身上还落下了不少鸟屎。兄弟俩大怒，来到沟边，各拔起一棵小树，对准鸟群猛地打将起来，一阵蛮力乱打，不但没有把鸟打走，反而引来了更多的鸟。

一般遇到此种情况，一走了之也就是了，不必再与之纠缠。可这兄弟俩偏不如此，非要与这群鸟儿争个高低，分出个胜负。二人极力挥舞着手中的小树，打得正起劲时，突然"嗖"的一声，鸟儿全飞走了，顷刻间四周陷入一片寂静。二人扔下手中的小树，走到大树跟前，顿感凉风嗖嗖。六月的天气，正是炎热无比，逢遇这般凉风，倒也舒适。因此，海西对哥哥海东说："如此好的地方，怎么就没人来此乘凉呢？"

海东附和道："是呀！这么好的地方，怎么就没有人来呢？"说着，二人又往树上看了看，全是浓密的枝叶，看不到一点儿缝隙。海西又问哥哥："这是啥树？真是太大了，长这么大也没见过如此大的树。"

海东说道："我也不知是什么树。"

说罢又说道："管他什么树呢，我们爬上去看看呗。"

大树虽矮却很粗，很难攀爬，二人抓住下垂的树枝，上了大树。交错纵横的树枝像蜘蛛网一样，二人沿着粗壮的树枝不断向上攀缘。又往上爬了一会儿，海东见不着海西，连喊几声都没有回音，他心里不觉焦急起来，又想再喊时，却不知不觉地晕倒在树上。

表哥的婚宴马上就要开始了，客人们都已入席，唯独不见了海东、海西。陆定金急忙让大儿子大柱去找，可庄里庄外找了个遍，也没见兄弟二人的踪影。没办法，他只得让先开了宴。宴席刚一结束，客人还没离席，陆定金又让大柱去潘庄姑姑家，寻找兄弟二人。到了潘庄，大柱问姑姑道："海东、海西回来没有？"姑姑说道："他们不是往你家去了吗？"

大柱说道："是的，他们确实到了我家，可婚宴开始时却找不着了，庄里庄外找个遍也没找到，这才来姑家询问。"

陆云一听儿子不见了，心里不禁慌起来，忙叫丈夫潘士房前去寻找。潘士房不敢怠慢，骑马赶到陆店村。这时陆定金正与几个人议论兄弟二人的事情，见妹夫潘士房来了，忙起身迎进屋里，身子还没坐下，就焦急地说道："真是见鬼了，该找的地方都找了，大天白日的，两个活生生的小伙子能跑哪里去呢？"

潘士房见大哥一副急躁不安的样子，便说："一味地急躁也不是办法，还得继续找呀。"

于是又加派人手，所有兄弟二人有可能去的地方，都安排了人前去寻找。就在此时，一个叫常山的人说临近中午时，碰到两个后生，沿着村后的水沟往西去了。常山这么一说，倒是提醒了大家。大柱说道："难道他们去了那棵大树不成？"

陆定金说道："不可能，谁不知那是片禁地，无论如何他俩也不会往那里去呀！"

大柱说道："爹，您不能这么说，姑姑家离咱二十多里地，海东、海西年纪轻，他们怎能知道那是片禁地呢？"

陆定金点了点头，说道："也是。"

那么，那棵大树到底有什么奥秘，怎么就成了禁地了呢？据老人们说，这棵树已有上千年的历史，具体是棵什么树，谁也不知道，当地人都叫它"无名古树"。其树树干粗大，四季常青，小鸟成群，聚集树上。不知什么原因，千百年来就是没人敢靠近这棵树。每年的二月初二，族长带领族人向大树跪拜；每月的初五，谁家有事也来跪拜大树。无论是集体还是个人跪拜，没有一人敢到大树跟前，都是在离大树三米外的地方。集体跪拜是保风调雨顺，五谷丰登；个人跪拜是保逢凶化吉，遇难呈祥。

大家当即断定兄弟二人很可能去了禁地，陆定金恐慌地说道："真是如此，可就闯大祸了，这该如何是好？"但眼下也没其他办法，管不了是不是禁地了，非得走一趟去看个究竟不可，于是一行人便去了无名古树。快到大树跟前时，陆定金止住脚步，说道："咱们还是先向古树跪拜吧。"

按其所说，一行人来到无名古树的前边，进行了跪拜，而后才走到无名古树下。一行人站在树下往上看时，只见枝叶浓密，什么也看不到。在树下站了一会儿，几人顿感阴森恐怖。本来人们对这里就有一种恐惧心理，来了之后就更加害怕，加之又没见到海东、海西兄弟，因此，就想立马离开此地。就在这时，只听扑通一声，一个物体从大树上掉了下来。几人寻声找去，却见一个满脸血糊的人躺在地上。几人心里一颤，急忙近前察看，一时未能认出是谁。潘士房伸手掀开此人的上衣，一看之下呆住了，此人正是他的大儿子海东。海东身上的胎记，潘士房最为清楚。

当大家得知是海东时，便一起上前抬起就走。到家后用温水洗净身子，拍了拍背，按了按胸，不大一会儿海东睁开了眼睛，张口问道："你们是谁？我怎么在这里躺着？"

潘士房说道："我是你爹，这是你舅舅和两个表哥，都不认识了？"

海东猛地坐了起来，说道："海西在哪里？怎么没看到海西？"

陆定金说道："正要问你海西往哪儿去了呢。"

海东停了一会儿想了想，自言自语地说道："难道他还在那棵树上不成？"

大家听海东这么说，不免心里又紧张起来。潘士房不解地问道："大哥，我就不明白了，怎么一提那棵树，你们就变脸色，这到底是何原因？"

陆定金说道："妹夫有所不知，那树不同于一般的树，上面是有神灵的。"

潘士房催促道："大哥，现在不是讲故事的时候，天都快黑了，海西还在那棵大树上，是死是活我们还不知道，救人当紧，哪里有心情管什么神灵！走，我领你去！"

说罢便一马当先，领着几人又去了无名古树。还没到大树跟前，陆定金父子三人的腿就直发软，潘士房见他们胆怯的样子，生气地说道："你们在此等候，我一人去，看它能把我怎样！"

潘士房独自一人来到无名古树跟前，先观察了一会儿，然后抓住树枝，纵身上了大树，他沿着粗壮的树枝上上下下找了好几遍，也没找着海西。他刚想从树上下来，忽而一阵强风吹来，树枝随风摆动，忽见一人在树杈上躺着，他急忙过去伸手去托那人，不料那人一下子滑落到了地上。潘士房跟着从树上跳了下来，来到那人跟前一看，与海东一样满脸是血，仔细辨认，正是自己的二儿子海西。他连喊了几声，海西都没有吭声。此时他来不及多想，背起儿子就往大哥陆定金家跑。到了大哥家，洗净身子又喂了姜汤，海西很快便醒了过来。潘士房问他发生了什么事，海西答道："我也不知道，可能是被鸟啄的，后来晕倒在了树上。"

大家又问道："我们去时为何没见鸟儿呢？"

海东说道："奇怪就奇怪在这里。"

潘士房说道："这也不算奇怪，据说有一种鸟只要嘴上沾了人血，就会消失不见，一夜后才会再次出现。我们之所以没见一只鸟儿，可能就是这个原因吧。"

陆定金说道："也许是这个原因。但不管怎样说，两个外甥总算平安回来了，是不幸中的万幸啦。"

陆定金话音刚落，海东、海西的脸上突然长出了一些红斑，疼痛难忍。几人一时又慌了手脚，不知如何是好。情急之中陆定金忙吩咐儿子及妹夫，快去无名古树前祷告，自己又慌忙到袈裟寺请来法宏大师。法宏大师仔细查看了海东、海西兄弟的病情后，说道："从表面上看，很可能是鸟的唾液侵入了兄弟二人的体内，引起了过敏反应，鉴于此不需用药，两个时辰后，疼痛自然就会消失。"

陆定金说道："哪有这样的鸟儿，唾液就能使人昏迷，敢问大师真有这般厉害的鸟儿吗？"

法宏大师说道："贫僧见识浅薄，不知是否有这般厉害的鸟儿。"

法宏大师走后两个时辰，兄弟二人脸上的红斑果然消失得一干二净。潘士房见两个儿子已有好转，便对陆定金说道："大哥，时间不早了，两个孩子今晚暂且住下。我先回去，免得陆云在家挂心。"

"这么晚了怎能再走，还是住下，明日你们父子同回，不是更好吗？"

"我还是回去吧，骑马也快。"

说罢告辞大哥一家人，潘士房蹬鞍上马，扬起鞭子，马便奔跑起来。走了十多里路，见前方出现了一片亮光，潘士房认为那里就是潘庄，因此策马向亮光处跑去。所谓老马识途，哪儿是潘庄，哪儿不是潘庄，马心里明白着呢。亮光处分明不是潘庄，马肯定不去。可潘士房认为那就是潘庄，硬逼着马去。马前蹄扬起，咴咴嘶叫，原地盘弄多时，就是不肯去。潘士房就用马鞭狠狠抽打马屁股，最后马被逼无奈，只得迈开四蹄向亮光处走去。到了地方，潘士房令马停下，借着星光仔细一看，这哪里是潘庄，分明是一座倒塌多年的土窑。再仔细看时，地上净是些骨头，还有裹着破布的死孩子。潘士房吓得浑身发抖，他撒开缰绳，任由马狂奔起来，不大一会儿工夫便到了潘庄自家门前，马腾的一下停住了。

此时潘士房仍坐在马背上，不知已到了家。马急得四蹄乱蹬，连叫数声。陆云听见马叫，知是自家男人回来了，可等了老大一会儿，却不见男人的身影，她不禁心中疑惑，于是起身开门察看，见马在门前站着，丈夫在马背上一动不动地坐着。陆云忙喊道："孩子他爹到家了，怎么还不下马，愣着干啥呀!"

经陆云这么一喊，潘士房如梦方醒，他向周围看了看，方才下马走进屋里。进了屋也没言语，一头栽倒在了床上，接着大叫几声，口吐鲜血，顷刻死了。

这还了得，陆云像疯了似的，一边请来郎中抢救，一边派人去大哥家问明原因。郎中来了，忙活了一阵还是没有抢救过来。去陆家报信的人说潘士房到家后死了，陆定金一家人听后大为震惊，诧异地说道："走时好端端的一个人，怎么到家后就死了呢?"一家人痛心不已，但事已至此处理后事要紧，陆定金不敢怠慢，正要起身，两个外甥又疼痛难受起来，他让大儿子看护好兄弟俩，自己去了妹妹家。见到妹妹把妹夫在陆店的情况如实说了，而后妹妹又把丈夫到家的情况与哥哥说了，陆定金听后，便到马厩看那匹枣红马，之后骑上马，撒开缰绳，任马奔跑，他试图以此找出妹夫的死因。那马似懂人性一般，驮着陆定金重走了昨晚的路，当来到土窖时，马停住了。陆定金下马察看了一下四周，又回到马跟前观望了一会儿，随后便骑着马回去了。妹夫之死不知是与这土窖有关，还是与那无名古树有关? 回到妹妹家，又去看了妹夫的尸体，侧耳贴近他的鼻息处听了听，感到妹夫尚有气息。他急忙叮嘱妹妹："士房还有气息，我现在就去请高人。在我请人回来之前，不要让任何人接近他，一切等我回来再说。"

说罢快马加鞭，直奔陆氏族长家。见了族长，陆定金说了妹夫及两个外甥的不幸遭遇，族长听后叹息道："这肯定与那无名古树有关，多年来人们都不敢靠近那树半步，如今他们竟敢攀爬古树之上，能有好结果吗？"

陆定金说道："事情至此，再说也于事无补。当务之急，还请族长指点迷津，看是否还有补救的办法？"

族长说道："我也没有办法，不过我可推荐一个人，或许他有办法。"

陆定金睁大双眼，急问道："是谁？我现在就请他去。"

族长说道："云岗县东南有一土山村，山下有十来户人家，其中有一老人十年前曾来过咱陆店。算起来，那老人应该有一百多岁了。他曾嘱托我一定要保护好这棵古树，将来会给咱陆店带来福音。老人既然说出这样的话，绝不是妄说，肯定与这棵树有着某种渊源，如若去求他应该有解救的办法。"

陆定金听了族长的话，快马去了云岗县东南土山村。到地方一问得知土山下的十来户人家中，有三人都一百多岁了。陆定金便埋怨起了族长，也不与他说清。没办法只有三人都见，看谁十年前去过陆店。只要十年前去过陆店，就是自己

要找的人。陆定金安顿好马，徒步进了土山村。刚到村头，
正巧碰上一后生，于是向前询问，那后生用手一指，说道：
"村中第一户中有一位百岁老人。"

陆定金来到第一户人家，看到一位满头银发的老人在院
中的树下乘凉。于是走到老人跟前，施了一礼，问老人十年
前是否去过陆店。老人回答从未去过陆店。陆定金只得去寻
第二位老人，第二位老人同样未去过陆店。陆定金心想，现
在就剩下一位老人了，肯定就是自己要找的人了。谁知第三
位老人也回答说没去过陆店。陆定金一时不知该如何是好，
没办法只得又向老人问道："这附近还有其他的百岁老人吗？"

老者答道："有，杀鬼村有一位百岁老人。"

陆定金问道："杀鬼村离这里有多远？"

"不远，顶多五里路。"

问清之后，陆定金便骑马去了杀鬼村。不大一会儿便看
见一村庄，来到村口时，见高高地竖着一座石碑，上面写有
三个血红的大字：杀鬼村。陆定金不禁打了一个寒战，而枣
红马突然停住了四蹄，咳咳地叫起来。陆定金连抽马屁股几
鞭，马四蹄扬起，就是不往前行。陆定金感到好生奇怪，他
下马向周围瞅了瞅，未发现什么异常，于是又蹬鞍上马，那
马仍是不往前行。没办法，他只得把马安置在一旁自己进了
村。他一边走一边瞧，这个村庄仅有四五户人家。他来到第
一户人家，见一扇门开着，一扇门关着，于是便向里面喊道：
"有人吗？"见没人回应，接着又喊了一声，里面传出一个瓮

声瓮气的声音。听到有人回话陆定金便走了进去，进院见一老人在一奇形怪状的树疙瘩上坐着，手拿蒲扇，正悠闲地扇着。陆定金向老人深深鞠了一躬，老人点头会意，让他坐下。

陆定金问老人十年前有没有去过陆店，老人不但说去过，还说最近还得去。听老人这么一说，陆定金便确定此人就是自己要找的人了。于是便向老人叙说了妹夫及两个外甥的不幸遭遇。老人听后说道："大树枝密叶茂，没有一点儿缝隙，内里藏有瘴气，加之鸟的唾液里含有毒液，有人若是攀爬，十有八九都难逃其害。"

陆定金问道："不就是一棵树吗，怎能如此厉害？"

老人说道："你有所不知，大树历经千年，吸收日月精华，早已有了灵性。正因如此，十年前我到那里，祈祷大树万年常青，并采集了古树津液及鸟粪，研制奇药。现送你三包奇药，每人一包，口服即可，时间要紧，赶快回去吧！"

陆定金千恩万谢地接过奇药，之后便骑马回了妹妹家。到妹妹家后，将奇药送入妹夫口中，不到一个时辰，妹夫潘士房便醒了过来。接着又回了自己家，让两个外甥也口服了奇药，兄弟二人疼痛顿消。兄弟二人告辞了舅舅一家人，高兴地返回了潘庄。

兄弟二人走后，陆定金又去了族长家，叙说了求见老人及救治三人的经过，特别说到老人是看族长的面子才给的奇药。族长听了心中很是高兴。因此，陆定金走后，他便坐在椅子上眯缝着眼睛，哼起了小曲。正当他恍恍惚惚想要入睡之时，忽感有人从身边一掠而过，一会儿又听到有人说道：
"古树显灵，人海潮涌，财源滚滚，生意兴隆。"接着又感觉
有人拍了他一下，他急忙睁开眼睛向周围张望，家中除了他
之外，一个人也没有，他不由"哎"了一声。这就怪了，谁
拍了自己，又是谁在说话呢？要说是做梦吧，自己分明是清
醒的；要说不是做梦吧，可眼前又一个人没有。这种似梦非
梦，似真非真的情景，着实让人不解，为什么好端端地坐着，
会出现这种情况呢？想到这里，族长便喊来族里几个管事的，
说了此事，几人听后也感奇怪。有个叫陆定文的说道："我看
这也没什么奇怪的，刚才肯定是族长做梦了。只是这梦中人
说的'古树显灵，人海潮涌，财源滚滚，生意兴隆'，是何
意呢？"

　　几人正迷惑不解时，忽见天空乌云密布，狂风乍起。几
人忙出了屋，但见无名古树的上方电闪雷鸣，倾盆大雨呼啸
而至。一阵狂风暴雨过后，村中树木折断无数，唯独无名古
树牢牢地屹立在那里。再看那古树顶端，一朵大黄花绽放，
似金子一般，鲜艳夺目。这一奇观瞬间传遍大江南北，前来
观看的人犹如潮水，汹涌而至。当地政府见状，便在陆店兴
建街市，吸引了南北商旅，陆店人也因此富了起来。

生死奇缘

　　黑虎村白、赵两家是世仇，直到现在，依然不相往来。但出人意料的是，白家的女儿白云凤，赵家的儿子赵帆，二人情投意合，暗中来往甚密。在双方父母不知情的情况下，二人私订了终身。可不知为什么，这天赵帆骑着自行车，带着媒婆去了河岸村尤家，送彩礼。其间又不知是谁，把这一消息走漏给了云凤。云凤听后，怒火中烧，急急找到赵帆，二话没说，抬手啪啪啪连打了几个耳光，边打边说："你这个狼心狗肺、无情无义的东西，咱俩说好的事情，为什么背后又给人家送彩礼？今天要是说不清这件事，我就死在你面前。"

　　说着便从腰间掏出一把剪刀，对准了自己的胸膛。赵帆本来就怕云凤，眼下又做了理亏的事，因此见云凤一副怒不可遏的样子，心里更加恐慌，他上前夺过云凤手中的剪刀，唯唯诺诺地说道："对不起云凤，是我错了，我以为咱们两家世代有隙，尽管咱们有山盟海誓、白头偕老之约，那不过是说说而已，最终还是过不了二老那一关，又加之媒人极力撮合，所以就去了尤家，做出了对不起你的事，还请你原谅。"

云凤仍是怒气冲冲地说道："去！现在就去告诉媒人，把彩礼要回来，就说咱俩早已有约，我非你不嫁。"

俗话说打是亲，骂是爱。赵帆虽然挨了几个巴掌，但听了云凤的话，心里不但没有怨言，反倒很是舒坦。他心想云凤都已把话说到这个份上了，自己还有什么可说的呢？于是找到媒人，说了事情的原委，退了尤家的婚事。

云凤见赵帆要回了彩礼，认为二人婚事已成定局。因此，就觉得此事不能再隐瞒下去了。于是见到父亲白大壮，羞答答地说出了她与赵帆相爱的事情。白大壮听到赵帆的名字，顿时就暴跳如雷，没容云凤往下再说，随手一个耳光打在云凤的脸上，而后怒气冲冲地说道："你如果敢与姓赵的小子来往，我给你三种选择：药、井、绳。你自己看着办吧！"说罢一扭头出去了。

云凤原以为父亲再不高兴，大不了臭骂自己一顿，也就过去了，谁知父亲竟如此暴怒，不给自己留一点儿余地。此时她真是伤透了心，本想一死了之，但想到赵帆，她又把这悲伤埋在了心里。想了多时也没想到好办法，云凤从地上爬起来就去找赵帆。见到赵帆话还没出口，眼里就噙满了泪水，她紧紧地抱住赵帆，浑身颤抖着向赵帆诉说了父亲的暴怒。赵帆听后说道："这都在我预料之中，起初我说你还不信，现在总算知道了吧！不过你放心，我保证，今后无论如何，我赵帆都会与你在一起，决不反悔！"

云凤说道："有你这句话，我就知足了。今晚咱们再见。"

离开赵帆后，云凤怀着沉重的心情来到堂哥家。见了堂嫂艺仙，说出了自己的心事。回到家中刚坐下，母亲就让她去给外婆送红芋粉条。此时，她一肚子话正无处诉说，听到母亲吩咐，便拿上粉条去了外婆家。到了外婆家说了会儿话，太阳已近落山，于是告辞外婆，走出大门时，她与外婆说道："姥姥，您保重，这可能是我最后一次来看您了！"

云凤说这话时，外婆也没在意。待云凤走后，外婆想起云凤的话，越想越感到不对劲儿，于是就告诉云凤的外公，外公听后也感到不对。但此时天色已黑，二位老人也没十分放在心上，说说就算过去了。

第二天一大早，云凤的三爷起床，背上线网，去村南大洼地里捕鹌鹑，直到太阳升起才收网。在回去的路上，突然闻到一股刺鼻的农药味，于是便停住了脚步，向四周看了看，但未发现什么。云凤的三爷好生奇怪，疑惑地说道："这一大早的，哪里来的农药味呢？"

云凤的三爷又向前走，可越走药味越浓。出于好奇，云凤的三爷便顺着药味的方向走了过去。走到白河湾处，发现前面似有一堆零乱的衣物，云凤的三爷不由加快了脚步，走到跟前一看，不禁大吃一惊，原来是一男一女两具尸体，奇怪的是一旁还有一个罩子灯。云凤的三爷不敢急慢，急忙回村将此事报告给了大队书记。书记喊来治保主任一起去了现场，果然有一男一女两具尸体，于是又派人去派出所报案。

派出所接到报案，立即派人前往。办案人员还没到，现场已围满看热闹的群众。

云凤的爹白大壮也同其他人一样，领着小儿子福柱前去看热闹。二人走至白河北岸时，却被侄媳艺仙拦住了。艺仙说道："二叔，你还是别去了，死的那女子是咱家云凤。"

白大壮一听生气地说道："你这孩子胡说什么，凤儿昨天下午往她外婆家送粉条去啦，根本就没回来，怎能是她呢？你去看了没？"

艺仙说道："看与不看都一样，绝对不错。"

其实村里人刚一传说，村南白河湾处有一男一女两具尸体时，艺仙就意识到是云凤、赵帆了。因为之前云凤就向艺仙哭诉过，根据云凤的性格，有这种结果是必然的。但她万万没想到，二人竟如此决绝，说死就死了。

艺仙见二叔执意要去，于是又说道："二叔，我不骗你。这里面的事情，你比谁都清楚。凤儿很听话，还是回去好好想想你给她的三种选择吧！"

艺仙不冷不热的话，不偏不倚正中白大壮的心窝。但尽管如此，白大壮还是不相信，死的就是自己的女儿。可不管信与不信，侄媳的话还是触动了他的神经。他心想，若真是自己的女儿，同一个男人荒尸于野外，这是多丢人的事情。想到这，他止住脚步，让儿子前去查看，自己则回了家。不大一会儿儿子回来了，说道："死的女人就是姐姐云凤。"白大壮听后，顿时瘫在了地上。其实云凤有此结果，白大壮比谁都清楚，此刻他心里比喝了农药还难受，但一切都为时已晚。

　　白家死了一个女人，赵家死了一个男人，真相大白后，没等派出所的人来，双方便各自收走了尸体，进行了安葬。赵帆的哥哥赵扬在搬动弟弟的身体时，发现弟弟身下压着一封信，当时场面混乱，他没来得及看，随手把信装进了衣兜。待事情处理完后，一家人坐在一起时，赵扬便读起了那封信：

　　亲爱的父亲、母亲：

　　　　儿子与你们永别了。我知道这是一件不光彩的事，你们不要因此而恨我，或想念我，有此结果实属无奈，这说明儿子的命就该如此，你们不要有任何的悲伤难过。

　　　　这封信是在我没喝农药之前写的，为什么要喝农药呢？这样做岂不是太傻了吗？其实事情不是你们所想象的那样，我不喝农药能行吗？她死了我活着，你们想还能有咱赵家的好吗？必然会给你们二老增添很多麻烦。

　　　　白家的女儿云凤对我真心不二，我对她也没有二心，我们两个真心相爱。正因如此，云凤才把我俩的事告诉了她的父亲白大壮。白大壮听后，当即就把云凤打倒在地，说药、绳、井三选一。只要她与我来往，就是死路一条。当她把这种情况告诉我时，我就想领她远走高飞。可当想到二老时，我还敢跑吗？如果姓赵的男人领着姓白的女人跑了，白大壮兄弟几人会放过咱们吗？成婚也是死，逃跑也是死，该选哪一条呢？云凤准备好了农药。

没喝农药之前，我们说了许多话，无论如何我们都得成为夫妻。我带着被褥与云凤一起来到白河湾避风处，面朝北向二老磕三个头，算是举行了婚礼。之后云凤先喝了农药。云凤死后，爹娘您可知，儿子是何等的心痛，难道我想死吗？我不想死，但不能不死。我想了许多，爹娘把我抚养成人，应该先尽孝。可我又一想，如果我不死，到时不但不能尽孝，反而还会害了二老，因此我必须得死。再者云凤与我真心相爱，她死了，我岂能苟活着，我不能对不起她。她为我而死，我一定得对得起她，于是拿起药瓶，喝下了农药。

我命该如此，还请二老不必为我难受悲伤。

不孝之子　赵帆

赵扬读完信，一家人放声大哭，哭声惊天动地。

一场自由恋爱，由于白大壮的蛮横粗暴，酿成了悲剧。

难道事情就这样结束了吗？

不！惊人的一幕还在后面呢！

人已经死了，还能有什么惊人的事呢？不然，云凤入土的当天夜里，就发生了骇人听闻的事情。人们常说，人死不能复生，可偏偏她就复生了，这又是怎么一回事呢？

事情是这样的，云凤与赵帆相爱，被父亲白大壮一拳打倒在地后，伤心不已，发誓就是死也得与赵帆死在一起。可她清楚地知道，若是自己真的死了，父亲也不会同意让她与赵帆葬在一起的，怎么办呢？她把这个想法告诉了堂嫂艺仙，恳求堂嫂道："不死便罢，若是死了，请嫂嫂务必想法把我与赵帆葬在一起。"说过这话之后，一夜未隔，云凤和赵帆真的死了。当时的情形，要想把云凤和赵帆葬在一起，那根本就不可能，因此艺仙只好把云凤的这个愿望埋在了心里。

处理完云凤后事的当天夜里，艺仙把云凤生前的愿望告诉了丈夫白俊勇。丈夫听后，感到此事十分棘手。可他又十分同情、可怜堂妹，加之平时看不惯二叔的所作所为，因此，尽管事情有一定的难度，夫妻二人还是决心完成云凤的心愿。可该怎么办呢？毕竟二人都已安葬，再想把二人葬在一起，这根本就是不可能的呀。夫妻二人想了多时，也没有想到好的办法，最后决定冒险一试。

待夜深人静时，二人带上工具，悄悄来到云凤的坟前，挖开覆盖之土，用绳子套上棺材，正准备抬棺时，突然听到棺材内有响动，二人心里不由得害怕起来。艺仙大着胆子说道："一不做，二不休，管他呢，既然来了就要弄个明白，免得事后遗憾。"

白俊勇见媳妇都如此，自己作为一个男人，又有何惧。于是，二人大着胆子，掀开了棺盖，用手电筒往里一照，发现云凤的腿脚微动，二人心里不免又怦怦跳起来。停了一会儿，俊勇伸手向云凤鼻息处试了试，尚有气息，再摸摸额头还有温度。而后又晃了晃云凤的身子，连喊几声，只听云凤声音极弱地说道："难受，救我……呀!"

听到云凤说话，二人心中猛地一喜，再没有顾虑了，急忙把云凤从棺内托出，俊勇背着就往卫生院跑去。到了卫生院抢救完，俊勇与艺仙说道："你留此看着，我回家拿钱去。"

俊勇急急忙忙走出卫生院，突然又返了回来，他神秘兮兮地对艺仙说道："医生问起病人时，你千万不要说是云凤，此事暂时不要外传，咱两个知道就行啦，明白吗?"

艺仙会意地点了点头。俊勇走到半路，忽然又想起，带的工具还在坟地里呢，于是又拐到坟地，把棺材封好，坟墓恢复了原样，方才回家。而后拿上钱，又去了卫生院。

俊勇来到卫生院，见云凤的精神恢复了一些。云凤见堂哥来，不禁又伤心地哭起来，哭罢问："赵帆呢?"

俊勇说道："他死了，你还是把他忘了吧!"

三人正说着话，医生来了，说道："家属尽量与病人少说话，她身体虚弱，需要多休息。"

听医生这么说，三人便不再说话。等医生走后，云凤又问起赵帆。艺仙说道："现在最要紧的是，先把身体恢复好，有事以后还能愁说吗?"

云凤说道："嫂嫂，赵帆走了，即便我身体恢复好了，还有什么意义呢? 我们两个说好的，生死一起，现在他走了，我岂能苟活?"

说罢把针管一拔，起身就走，艺仙赶忙抱住她。

俊勇说道:"云凤,你这样做,我和你嫂很伤心,你知道吗?我俩冒着风险把你救出来,难道你就是这样报答哥嫂的吗?人活着不能太自私,你只知道自己难受,不考虑别人的感受吗?"

艺仙说道:"别老是想着赵帆走了,那可不一定,你都能复生,难道他就不能复生吗?这就要看你们的造化了。"

艺仙说的,别管真假,却触动了云凤,她激动紊乱的情绪终于平复下来。此时,她好像看到了希望之光。

四五天过去了,云凤的身体逐渐恢复了,马上就可以出院了,艺仙夫妻俩又犯起了愁。出院后,云凤住哪里呢?是直接回家,还是暂躲起来?如果直接回家,该如何面对赵家呢?夫妻二人商议了好一会儿,也没个结论。

艺仙说道:"还是问问云凤吧,看她是何意见。"

问云凤,云凤说道:"暂时不回家也好,免得赵家伤情。"

俊勇说道:"不回家,又往哪儿去呢?"

艺仙说道:"这样吧,俊勇你先回家,我陪云凤到我娘家,让云凤暂且住在我娘家,待一切理顺后再回去。"

俊勇说道:"行!眼下只有这样了。"

再说赵帆的哥哥赵扬躺在床上,翻来覆去,怎么也摆脱不掉弟弟的身影,心里除了难受还是难受,直到天大亮也没合眼,总是感觉弟弟就在一旁。鉴于此,他索性起了床,洗过脸往外走时,又感觉弟弟就跟在他身后。他心想,莫非又有事情发生?可人都死了,还能再发生什么事情呢?按道理应该不会再有事情发生了，可此时赵扬心里很烦躁，感觉一定会有事情发生，于是便拿了一刀纸，去了弟弟的坟前。到了地方一看，刚砌好的墓似乎被人挖开过，他心里猛地一惊，赶紧扒开坟墓，往里面一看，空荡荡的，什么也没有了。赵扬转身跑回家，将此事告诉了父亲。父亲根本不信，直说赵扬眼花看错了。

赵扬说道："这是啥事，我岂能看错，不信咱们再看看去。"

父子二人来到赵帆墓前，确实如赵扬所说，二人又向四周察看了一番，没发现什么可疑，于是又把墓堵上，回家去了。一路上，父子二人你一言我一语地揣摩着此事，到家后，赵扬对父亲说道："此事有两种可能，一是姓白的把弟弟的尸体偷走了，与他女儿合葬；二是弟弟复活了，自己跑了出去。"

父亲说道："这怎么可能呢？若是他们有合葬的想法，一开始就该提出来，何必事后再绕这个圈子？至于复活，更是荒唐！"

赵扬说道："话也不能这么说，白、赵两家向来不和，别说他们没有合葬之意，即使有这个意思，碍于面子，也开不了这个口，只能把弟弟的尸体偷走。再说死而复生，也不能说是荒唐。弟弟喝的农药并不是什么剧毒，况且弟弟正值年轻体壮，抵抗力强，复活也不是不可能。"

父子二人议论了好长时间，赵扬突然压低声音说道："复活与不复活，一时不好验证，但是否与姓白的女人合葬，总是可以验证的吧？"

父亲说道："你是说挖坟？"

"对！挖开坟墓一看，不就见分晓了吗？"

父亲说道："这也是个办法。"

父子二人商定后，待夜深人静时，来到云凤的坟前，挖开一看，坟中只有一口棺材。二人慌忙把坟墓恢复原样，而后仓皇地离开了。父子二人忙活了大半夜，也没解开赵帆尸体失踪之谜。

这些不说，单说云凤出院后，到堂嫂娘家没住几日，便再住不下去了，整日心烦意乱，不思茶饭。艺仙的母亲见此情景，担心她再出事，于是让人告知艺仙。艺仙得信后，来到娘家，见云凤一副愁眉不展的样子，心里也为之难受，可这又有什么办法呢？她深知云凤心中的郁结，宽心的话说得再多，也是无用。可她明知这样，还是得说，哪怕十句里面云凤能听进一句，也是好的，因此艺仙说道："云凤，你整日郁郁不乐，终不是个办法。我知道你思念赵帆，可又有什么用呢？他已经死了，你们两个的缘分已尽。就是他没死，谁又能保证，不出其他的事呢？俗话说，命中有时终须有，命中无时莫强求。很多事情不是想啥就是啥了，你命中注定要遭这场磨难，躲也躲不过。一旦过去这个坎，好日子就来了。你不要总是沉浸于伤心之中，要面对现实，否则就是自讨苦吃。"

　　艺仙说了好大一会儿，云凤仍是一副闷闷不乐的样子。过了一会儿，她向艺仙说道："嫂嫂，你能陪我去赵帆的坟前吗？"

　　艺仙迟疑地问道："到那里做啥？除招惹是非外，能有什么意义呢？"

　　云凤说道："嫂嫂，你所说的我都理解，也都知道，但赵帆是我的心结。不瞒你说，现在虽然赵帆不在了，可我已是他的人了，也就是赵家的人了。我要到赵帆的坟前哭一哭，也许心里会好受点。哭后就去赵家。嫂嫂，你可把我的想法告诉白大壮，他同意与不同意，我都是赵家的人。如果他再阻拦我，再与赵家使横，我就死在他面前。"

　　听云凤这么说，艺仙睁大了眼睛，看着云凤，说道："凤儿，这能行吗？你爹的脾气你是知道的，到时再发生什么事，岂不害了赵家吗？再者你去赵家，赵家会接纳你？这些问题你考虑过没有？"

　　云凤说道："谁不同意我就死在谁面前，反正赵帆不在了，我活着也没什么意义了。"

　　艺仙见云凤态度强硬，感觉再劝也是无益，因此说道："凤儿，这样吧，如果你执意这么做，我与你俊勇哥商议一下，咱得想一个稳妥的法子。不过从现在起，该吃饭一定要吃饭，只有吃饱了饭才有力气哭！"

　　云凤说道："嫂嫂，你放心，从今日起我不会再给你添麻烦了。"

艺仙匆匆回了家，把云凤的话告诉了俊勇。俊勇听后沉吟道："凤儿这样做，也是在情理之中，咱们没问题，关键是二叔这一关，肯定通不过，该如何是好呢？"

艺仙说道："是啊！我也是担心这。不过云凤把话说明了，谁不同意她就死在谁面前。"

俊勇说道："既然这样，咱们也不必多想，干脆把真相告诉二叔，让他看着办吧。"

夫妻二人去了二叔家，说了云凤的事情。白大壮一家人听后惊喜非常，他们万万没想到，云凤还能活着。可一听说云凤要去赵家，白大壮顿时就变脸了，无论如何也不同意。

艺仙说道："二叔，你要想让凤儿活着，就必须答应她。再者云凤已是赵帆的人了，二叔再阻拦还有意义吗？为了这事，云凤再次寻了短见，别说亲戚邻居看不顺，政府也不会放过你。现在不是封建社会，父母不能对儿女的婚姻大包大揽，现在是新社会。"

艺仙一番入情入理的话，说得白大壮无言以对。这时云凤的娘说道："算了吧她爹，女大不由娘，随她的便吧！"

白大壮也就不再说什么，俊勇又把自己的爹及三叔请来，艺仙把云凤的事情与两位老人说了。两位老人听后，齐说这是一件好事，唯一不满意的是云凤要去赵家。艺仙又向两位老人作了一番解释，一大家人最终达成共识。

艺仙回娘家把这个消息告诉了云凤，之后，又领她到赵帆的坟前。

艺仙走后，空旷的田野里只剩下云凤一人。她再也抑制不住内心的悲伤，眼泪像大河决堤一样奔涌而出。她跪在赵帆的坟前放声大哭起来，直哭得天昏地暗。正在这时，恰巧赵帆的嫂子月菊去娘家回来，路过此地，老远就看见一个人在赵帆的坟前跪着，于是便加快了脚步。快到坟前时，见是一女人，哭得死去活来，她感到十分惊讶，再仔细看时，像是云凤，她心里不禁紧张起来，犹豫了一会儿，大着胆子喊道："你是谁？为什么在这里哭喊？"

云凤听到有人说话，于是扭过脸看了看，这下不打紧，却吓得月菊"妈呀"一声，拔腿就跑，一口气跑到家，见到丈夫赵扬，上气不接下气地说道："见鬼了，见鬼了……"

赵扬见妻子一副失魂落魄的样子，疑惑地问道："怎么啦？见鬼了？神经病。"

月菊说道："你快点去看看吧，云凤在赵帆的坟前哭呢。"

赵扬喝道："闭嘴，胡扯八道什么！"

月菊见他不信，便拉着他一起去了赵帆的坟墓。到了一看，确有一女人在坟前痛哭。到得跟前看时，正是云凤。赵扬心中不禁疑惑起来，这到底咋回事？云凤明明不是死了，怎能又活过来了呢？难道这世上真的有鬼？可现在是大白天，不应该是鬼啊，于是赵扬大声喊道："你是人还是鬼？"

云凤没有吭声，依旧嘤嘤地哭着。赵扬夫妻二人站在那里，看了老大一会儿，无论如何，都不相信眼前的人就是云凤。赵扬走近云凤跟前，问道："你真是白云凤吗？"

云凤看了看赵扬，没回声，仍旧抽泣着，嘴中还不断地念叨着赵帆的名字。月菊伸手摸了摸云凤的脸，有温度，看来不是鬼，于是把云凤扶起来问道："你不是死了吗？怎么会在这里，这到底是咋回事？"

云凤止住了哭泣，无力地说道："哥哥嫂嫂，我是死而复生。"接着把事情的来龙去脉说了一遍，最后又说道："我白云凤生是赵家人，死是赵家鬼。"

赵扬夫妻二人见云凤如此，真是喜出望外，他们对云凤说了赵帆的情况。云凤听后眼睛顿时亮了起来，急问道："照哥哥这么说，赵帆肯定还活着？"

赵扬说道："应该是，但不知人到哪里去了！"

云凤说道："只要人活着，还愁找不到吗？"

说罢便要同赵扬夫妻二人一起回家，可二人却显得有些踌躇。云凤见此，便拉住月菊的手说道："走吧，嫂子，我俊勇哥与我爹都说好了，保证白家没一人再阻拦这事。"

赵扬夫妻二人见云凤如此说，便放下了心，与云凤一起回了家。虽然没有吹吹打打，但也置办了两桌丰盛的宴席，也算是简单地举办了一下迎娶云凤的仪式。

等一切都安定下来后，赵家一家人坐在一起商讨起赵帆的去向，可赵帆到底能去哪里呢？

其实下葬的当天夜里，赵帆就醒了，他睁开眼看到的是漆黑一团，伸手触摸，感觉空间特别狭窄，定神想了一会儿，方知自己是在棺材里。他用力往后蹬了一下，后边却是封死的，他又用手往身边摸了摸，一切都是封闭的。没办法，他只好用力往后蹬去，幸亏是一个裸露在外的砖砌墓，水泥砖块还没有彻底凝固，因此没蹬几下，墓后边的砖块就倒了下来，接着他便从墓里逃脱了。他从墓里出来后，没有直接回家，而是去找了初中同学，到诊所挂了几瓶吊针。等身体恢复后，直接去了黑龙江的大伯家。他对大伯如实说了自己的情况，大伯听后很是同情，便让他住了下来，安排他在厂里做些杂活。

转眼之间，一年的时间过去了，一直在大伯家住着，终不是长久之计。再者心里也惦念着家里的事情，特别最近一个月，更是想念云凤，几乎到了夜不能寐的程度。每每到夜深人静之时，他就从床上坐起来，泪水直流，眼前浮现出一幕幕场景，像放电影一样，一会儿云凤向他走来，哭泣着倒在了他的怀中；一会儿云凤又领着一个孩子，满面笑容地向他走来；一会儿又看到白大壮拿着棍子，向云凤打来。这样过了一个月，已到中秋时节，他又想起与云凤在一起的美好时光，多么让人怀念啊，可这一切都已成为泡影。他明知这是一种空想，但却抑制不住自己。他决定回去，到云凤的坟前看上一眼，烧上一刀纸，只有这样，心里才会好受一点儿。

恰巧这时大伯说要回老家与大闸县机械厂签订一批订单，问赵帆回去不。这对赵帆来讲，当然是求之不得的好事，因此他欣然同意。回去的前一天赵帆到商场给云凤买了衣服、饰品，心想云凤生前，自己没为她花上一分钱，总是感觉对不住云凤，因此买了这些，带到云凤的坟前烧掉，权当与云凤作了嫁衣。

　　第二天一大早，赵帆与大伯回了大闸县。到了县城，大伯对赵帆说道："你先回家吧，我去机械厂，处理好业务，如果有时间我就往家看看。没有时间，我就直接返回了，你愿意再回去也可以。"

　　二人分手后，赵帆直接回了黑虎村。到黑虎村时，正是吃午饭的时间，他哪里都没去，直接去了白家的祖坟，可左找右找就是不知道哪是云凤的坟墓。正焦急时，有一年轻女子骑着自行车从坟西边的南北大路上驶来。赵帆本想与女子打个招呼，问一下云凤的坟墓，但最终只是远远地看了一眼那女人，也没问。再说那女子也看到了赵帆，她心想这大天响午的，这个人在自家坟地里东张西望，像是在寻找什么，因此便起了疑心。于是下了车向坟地走去，越往坟地走越疑惑，此人的身影怎么这么熟悉。当离坟地还有三四十米时，再看那男人，女人心里慌了起来，她停住脚步，仔细看了一会儿，自言自语地说道："莫非真的是他？"

　　带着疑问女人又向前走了一段距离，当离男人还有二十来米时，她止住了脚步，心急剧地跳起来。

　　"是他！真的是他！"

　　于是女人大声喊道："赵帆——赵帆——"

　　赵帆见来人直呼他的名字，看时却是云凤，脸色徒然大变，随即露出惊恐的表情，云凤分明死了，怎么可能是她？难道世上真的有鬼，云凤来找自己了吗？想到这，他转过身就要跑。这时那女人喊道："赵帆，我是云凤。"

赵帆停下抬起的脚步，紧张地看着女人，颤抖说道："云凤已死了一年，你怎会是云凤呢？"

云凤见赵帆一副惊恐害怕的样子，急忙说道："我真的是白云凤，你都能死而复生，我就不能死而复生了？"

赵帆定了定神，说道："你真是白云凤？"

"我是白云凤，这还能有假？"

赵帆万万没想到，今日还能与云凤再相见，顿时泪如泉涌。二人抱头大哭，哭了一阵又破涕为笑。

云凤说道："我老远就看见一人，在坟地里转悠，心里就奇怪，大晌午的什么人会在坟地里转悠呢？没想到是你。"

赵帆从挎包里拿出买的衣服和饰品，让云凤看。云凤疑惑地问道："这是给谁买的？"

赵帆说道："除了你，还能给谁买？"

云凤不解地说道："你明知我死了，怎么还要买这些东西呢？"

赵帆说道："原准备到你的坟前，痛哭一场，然后把这些东西烧掉，可左找右找都找不到你的坟。"

云凤听了又流出泪来。

赵帆帮云凤擦去眼泪，问道："你骑着车子往哪去？"

云凤说道："现在我是民办教师，吃过午饭去学校呢。"

接下来，二人相互倾诉着这一年的相思之情。当赵帆得知白、赵两家和好，高兴得抱起云凤在田野里跳起来。

文武二师

陈晞金老实忠厚，承继祖上基业，有良田三百余亩，虽有长工、短工，可他本人并不骄奢，同长工们一样，经常劳作于田间。由于勤劳善管，使得家业颇丰，方圆几十里，也算是有名的财主了。可遗憾的是，夫人孟氏虽年轻貌美，但始终未能生育，为此他大伤脑筋。眼看自己就到了天命之年，膝下尚无一子，每每提及此事，寝食难安。于是与夫人商议道，有生之年，无论如何得要一子，可日复一日，年复一年，终是不能如愿。愈是这样，心里愈是不安，百年之后，万贯家业该由谁来继承呢？总不能白白地落入外人之手呀！

无奈之下，陈晞金想了一个法子，从自己妹妹家要了一个娃子，作为自己的亲生儿子。为证实自己有了儿子，还给娃子更名换姓叫陈福元。其子到陈家后，倒也争气，能吃能喝，大为见长。六岁时，陈晞金请了一位先生，教他读书。自此陈晞金便有了寄托，日子过得倒也顺心。

谁知天有不测风云，人有旦夕祸福。这天先生教过福元，布置好作业，便回房休息去了。陈晞金劳作一天，吃过晚饭也上床休息了。约莫四更时分，院中忽然响起越墙落地的声音。陈晞金听到响声，自感不妙，随即起床拿了一根木棍，悄悄走到门后，拉开一道缝隙，借着月光往外看去。只见五六个彪形大汉，有端长枪的，有持大刀的，径直往儿子的房间走去。见此情形，他想猛扑过去，与这帮家伙拼斗，可一想不行，一是他们人多，二是他们手持长枪钢刀，稍有不慎，自己就会丧命。就在这当儿，忽听夫人大喊一声"救命"，接着就是儿子的一声号叫，接下来就再没有声音了。陈晞金再也抑制不住满腔的怒火，手持长棍，不顾一切地冲了上去。他刚冲进院里，几名大汉齐刷刷地端着长枪对准了他，并恶声恶语地恐吓道："别动！再动就打死你！"

陈晞金见状，止住了脚步。随即看到一人抱着孩子，匆匆地从屋里跑了出来，紧接着这些人一窝蜂地跑了出去。待陈晞金到大门口看时，强盗们早已不见了踪影。

陈晞金眼睁睁地看着儿子被人劫去，一时心如刀绞，万念俱灭。他在门外愣了多时，方才来到儿子的房间，见夫人还坐在床上哆嗦着。夫妻二人抱头大哭，哭了一阵，陈晞金说道："听到你与儿子惨叫，我以为你们已经遭到歹人毒手，本想与他们以死相拼，结果却被他们用长枪指着。"

说罢，又问夫人道："你们喊叫一声，为什么就不喊了呢？"

夫人说道："刚喊一声就被他们堵住了嘴，然后他们又把

大刀架在了我的脖子上，还狠狠打了儿子两个巴掌，哪里还
敢再喊呢？"

听夫人这么说，陈晞金心里又是一阵刀刺般的疼，二人
不禁又抱头哭起来。这到底是为哪般啊？突然抢走自己的儿
子，夫妻二人百思不得其解。

停了一会儿，陈晞金又问夫人道："那些人中有你见过
的吗？"

夫人说道："没有，从未见过。这些人凶神恶煞的，哪里
敢看他们的面孔。"

陈晞金自忖道："这些人来自哪里？也没蒙面，既然没蒙
面，就说明不是本地人。如果不是本地人，他们怎会知道自
家的情况？而且如此熟悉，直接去了儿子的房间，这些抢匪
的目的又是什么呢？是图财，还是害命？要说是图财，家中
一件东西未少；要说是害命，为何只把孩子抢走而不当场杀
了呢？难道也是想要个儿子，自己养活不成？"可不管怎样
想，陈晞金都想不出一帮外地人来自家抢走孩子的理由。他
又想到自己与本县的匪帮也没发生过冲突，况且年年给他们
送东西。按理这帮土匪不会抢自己的儿子，如果不是这帮土
匪，又会是谁呢？夫妻二人想了老大一会儿，也想不出问题
到底出在哪里。天亮后，陈晞金来到保长家，说了夜间发生
的事情。保长听后也甚感奇怪，陈晞金为人忠厚，也没听说
得罪过什么人，怎能发生这等事呢？二人把所有可疑的人都
排查了一遍，也未有个结果。

保长说道："晞金，你暂且回去，这件事我定会查个水落石出。"

一连过了十多日，儿子仍是杳无音信。老两口心急如焚，茶饭减少了许多，身子骨一天比一天地瘦。这天，村中一个叫三官的人来到陈家，递给他一封信。陈晞金接过信，问三官道："是谁给你的信？"

三官说道："我在村前大路上溜达时，遇上一骑高头大马的人，他问我认识陈晞金吗？我说认识。那人就从身上掏出一块银圆，撂给了我，然后又拿出这封信，让我一定把信交到你手中，不然就杀了我。"

待三官走后，陈晞金急忙拆开信封，只见上面写道：

　　　陈财主，三百块银圆可保你儿子活命。三天后的中午，在风沙林见，不得报官，否则要你儿子的命。

陈晞金拿着信就准备去找保长，可转念一想，恐怕保长也无能为力。思来想去，只能去找表弟督坤。他装好信便去了舅舅家。见到舅舅，扑通一声跪在了地上，泣不成声地说道："舅舅，救救我吧！"

舅舅诧异地说道："外甥，这是为何？出什么事了？快起来说话，老大一个男人哭什么？"

陈晞金起身，把事原原本本地告诉了舅舅。

舅舅说道："都过去十多天了，怎么拖到现在才说呢？"

"原指望保长能了结此事，现在看来保长也无能为力。今天外甥来，就是想让您与我一块去上海找表弟，不知舅舅意下如何？"

舅舅说道："算你小子走运，坤儿昨晚刚从上海回来。今儿吃过早饭，去古洋镇朋友家了，估计下午就回来了。到时我给他说！放心吧，有坤儿在，什么事情都能解决。"

陈晞金听了舅舅的话，心中顿觉轻松了许多。中午就留在了舅舅家吃饭，下午督坤回了家，听了表哥的讲述，当即就返回了上海，联了黑帮老大。对方同意交出孩子，但必须拿一百块银圆来换。陈晞金满口答应。三天后的中午，到了风沙林，见到孩子，陈晞金简直不敢相信自己的眼睛，面前的孩子骨瘦如柴，有气无力的，这真是自己的儿子福元？陈晞金问道："你叫啥，认识我吗？"

孩子虚弱到了极点，连站的力气都没有了。他本想扑向陈晞金的怀抱，不想却扑通一声趴在了地上，陈晞金急忙上前把他抱起，问道："你认识我吗？"

孩子气息奄奄地说道："爹，我是福元啊。"

陈晞金鼻子一酸，再也抑制不住内心的悲痛。他再没说什么，紧紧地抱着儿子，大步流星地回了家。到了家，急忙让夫人拿出糕点，让儿子慢慢吃。吃了点东西，儿子总算有了点儿力气，只见他紧紧搂着爹爹的脖子，口中不停地叫着爹娘，一家三口又大哭了一场。

儿子总算回来了，算是不幸中的万幸了。

儿子虽然赎回来了，但陈晞金心里并未感到轻松，仍是疑虑重重。这伙绑匪到底是哪来的呢？他们是如何知道自家情况的呢？为此，陈晞金去了上海，找到表弟，让他无论如何都要弄清事情的原委。

督坤为难地说道："表哥你说的这些，恐怕满足不了你的要求。"

陈晞金不解地说道："表弟，人你都能要回来，怎么了解一下情况就难了呢？"

"大哥有所不知，道上的规矩，最忌出卖朋友。"

尽管表弟为难，但陈晞金执意要弄清原委，临走时又交给表弟一百块银圆。

督坤见表哥如此执着，也不好再说什么，勉强答应了下来。经过几番周折，终于弄清了事情的真相。原来是表哥的堂弟陈晞银，暗通本县匪首葛大，葛大又联系外地匪首劫走了表哥的儿子。陈晞金听后，顿时怒火万丈，立即就要找陈晞银拼个你死我活。

督坤见状，赶忙劝道："大哥，这件事不宜过激，否则只会得不偿失。"

"他对我下如此黑手，是可忍孰不可忍，我岂能与他善罢甘休！"

"陈晞银的所作所为，着实该杀。但道上的规矩，各匪帮所作之事，必须严守秘密，不得出卖朋友。人家冒险与我说了事情的真相，如果你与陈晞银大打出手，一旦问起是谁泄露了消息，我该如何向他们交代呢？再者陈晞银既然敢做出这等丧尽天良之事，势必有所准备，如若他再勾结土匪，咱们岂不是自找麻烦？"

陈晞金说道："他如此恶毒，无论如何也不能就此罢休。"

"大哥，君子报仇十年不晚。眼下先放过他，还要装作一副若无其事的样子。"

陈晞金不解地说道："他勾结土匪，谋害我儿子，你还让我装作不知道，我怎能装得出来？"

督坤说道："大哥不用冲动，咱们必须得沉住气，既不能硬拼，也不能报官。陈晞银有三个儿子，真正打起来，你未必占上风。他串通绑匪，劫走你的儿子，这是事实，但谁能证明呢？没有真凭实据，搞不好，还会落个诬告他人的罪名。"

听表弟的一番言语，陈晞金有如醍醐灌顶，怒火顿消，他问道："以表弟之见，我该如何做呢？"

"好好照看儿子，慢慢收集证据，以待时机。稳住对方，打消其加害你儿子的念头。"说罢督坤又问道，"大哥，你与陈晞银本是堂兄弟，他为何要谋害你儿子呢？"

"是呀！这也正是我不解之处，你一说这件事是他所为，我就在想，多年来，我与堂弟都是和睦相处，从未有过任何争执，他怎能做出如此歹毒的事来呢？"

"事出必有因，他不会无缘无故地谋害你儿子的。"

陈晞金说道："莫非他想害我儿子，使我断后，有朝一日独占我的家业？”

　　督坤说道：“有道理，应该是这样，不然他害你儿子有何意义呢？”

　　二人所想一点儿不差，陈晞银就是这个目的。陈晞金有三百多亩良田，房屋一大片，资产丰厚，陈晞银早就垂涎三尺，专等堂哥死后接管他的家业。因此平日百般讨好堂哥堂嫂，可自从堂哥要了一个儿子后，他性情大变，整日像得病了似的，总感觉不是滋味。他背后使了不少动作，挑唆鼓动堂哥的姑娘要回孩子，但都无济于事，在这种情况下，他便起了歹心。

　　在此之前，他给了匪首葛大一笔钱，答应事成之后还有重谢。只要有钱，哪个匪首不愿做呢？原计划是劫走陈晞金的儿子，关上一段时间，观其风声，然后再杀掉。经过十多日的观察，见陈晞金除了找过保长外，再没有其他动作，匪首便没了后顾之忧，正当准备杀掉孩子时，不料匪首又变了卦，担心杀了孩子，得不到陈晞银许下的重谢。为得到更多的钱，匪首就派人送信给陈晞金，三天后的中午在风沙林拿钱赎人。可还未到三天，上海黑帮就插手了此事，致使陈晞银的计划未得成功。

　　陈晞金按照表弟的安排，暂把怒火埋在心里。回家后，再没提及此事，每天除辛劳耕作外，又派专人看护儿子。

　　再说陈晞银给了匪首钱，专等匪首杀掉堂哥的儿子，自己好承其家业，谁知到头来，却落个偷鸡不成蚀把米的下场。

他自觉吃了大亏，于是暗中又去见了匪首，问其原因。匪首说道："我能将此事做到这个程度，也算对得起你了。你知道吗？为着这事惊动了上海黑帮，他们非让我拿出五百块银圆赔不是才行。"

说罢又反问陈晞银道："你再有钱，敢惹那上海黑帮吗？"

陈晞银不解地问道："老大，我就不明白了，咱们的一举一动都很隐秘，从未告诉外人，怎么会惊动上海黑帮呢？这到底是咋回事？"

"老弟，我只能这样说，如果你想安稳地活下去，从今日起，就不要再提及此事了；如果你活腻了，想知道真相，就去上海见那黑帮头头，他会告诉你真相的，可你敢去吗？"

陈晞银听了匪首的话再没作声，身子顿时软了下来。

匪首又说道："老弟，见好就收吧。"

匪首的意思是你就知足吧，要不是我给你求情，上海黑帮能放过你吗？然而陈晞银哪里能满足这些呢？他要的是除掉堂哥的儿子，这一目的没达成，心里本来就窝着火，听了匪首的话更是气上加气。他心想，虽然你们要的钱我没有一次性付清，可那五十块银圆也不少啊！事情没办成，反过来却让我见好就收，这好在哪里呢？他本想说我花钱是要你们办事的，事没办成，应该退我钱才是，可话到嘴边又咽了回去。这里可是土匪窝，弄不好可是要丧命的。陈晞银白白吃了一个哑巴亏，怏怏不乐地回家去了。

回到家中，陈晞银心里又不安起来，他想到今后该如何与堂哥相处呢？堂哥知不知道这件事是自己所为呢？从堂哥这几天的言谈举止来看，倒不像是知道的。尽管这样，可毕竟做贼心虚，总是怀疑堂哥知道内里，因此这些天以来，他都不敢直面堂哥，能躲则躲。这天他忽然想明白了，总是这样躲着堂哥，岂不是此地无银三百两吗？所以必须像往常那样，穿梭于堂哥家，只有这样，才能打消堂哥的猜疑。他又责骂起自己来，真是个熊包，别说堂哥不知道，即使知道了又能如何？他能拿出证据，证明是我做的吗？这些无形之中增加了他的底气。

就这样一天天过去了，虽然与堂哥相处和谐，可自己的目的不能实现，处得再好又有什么用呢？因此他又打起了算盘。

这天他从集市买了几斤糖果，每天兜里都装几块，每次见到福元就给他几块。时间不长，福元便对陈晞银有了好感，甚至到了每读完书，就想去见他的程度。这天陈晞金从地里回来，福元无意之中说了陈晞银给他糖吃的事。陈晞金顿时警觉起来，随即问福元是什么时候的事，当得知已经持续了很长一段时间后，他抬手照福元的屁股上就是几巴掌，而后又厉声道："从今儿起，如果再看到你要别人的东西，非打死你不可！"

训过儿子，又训斥了看护人山高。二人被训后也倒长记性，自此再没见过福元要过别人的东西。

一天，唐先生说家中有事，要回去看看，并已安排了福元好好读书写字。

陈福元完成了老师布置的作业后，偷偷地跑了出去。来
到村后的红河边，放眼望去，一片优美的自然风光，河中长
满了芦苇，叽叽喳喳的鸟儿时飞时落，福元无不感到新鲜。
正当他玩得高兴时，见前面有一人向他招手，定睛一看，原
是叔叔陈晞银，于是蹦蹦跳跳地跑到他跟前。叔侄二人玩了
一会儿，陈晞银见四周无人，便带着小福元来到池塘边，用
手指着池塘中的鱼让福元看。福元看到来回游动的鱼儿，高
兴地蹦了起来。就在这时，陈晞银在背后猛地一推，把福元
推进了池塘之中，然后又向四周看了看，除了单身汉憨库在
水里摸鱼外，再没有其他人了。憨库的脑子不太灵光，因此
陈晞银也就不在意，他转身藏进了芦苇丛里。

山高不知何因，染上了痢疾，拉完肚子从茅房出来不见
了福元，他急忙告知了老爷、夫人。老爷今天没有去地里，
一听福元不见了，急忙跑到村中的水井边察看，而后又跑到
村后的红河边，去了池塘处。到地方一看，池塘中正漂浮着
一个儿童。他最担心最害怕的事还是出现了，他疯了一般地
扑进塘中，将儿童托到岸上，看时正是自己的儿子陈福元。
他颤抖着双手，一边摇晃，一边呼喊，然后又是拍打，又是
挤压，儿子口中猛地喷出一股水，慢慢地苏醒过来。陈晞金
大喜，本想询问儿子是怎么掉进塘中的，但碍于周围有人，
加之孩子身体还虚弱，就忍住没问，随即背起儿子回了家。

躲在芦苇丛里的陈晞银，觉得福元应该淹死了，正想去

看看时，突然看到堂哥陈晞金慌慌张张地跑过来，于是赶忙又藏了起来。等堂哥扑进池塘托着福元上岸时，他不禁大喜，自言自语道："你陈晞金命中注定无子，给你个儿子也养不住。"可当福元奇迹般地活过来时，他不禁大失所望，仰天长叹道："谋事在人，成事在天！难道我陈晞银命中注定得不到堂哥的家业吗？"

人全部走完后，陈晞银悄悄地走出芦苇丛，他向四周看了看，见憨库仍在那里撅着屁股摸鱼，心里猛地一惊，自言自语道："憨库会不会看到我做的事呢？"他本想去问憨库看到什么没有，但一想还是算了，憨库怎么可能会注意到这些呢。回家时，为不被堂哥发现，他绕过堂哥的房子，然后越墙进到自家院中。进屋后，他神色惊慌地与老婆说道："我去县城办点儿事，如果有人来找我，就说我昨天一大早就去县城了！"

老婆说道："分明在家，说去县城干啥？"

"这个你就不要问了，过后再与你细说。记住，无论谁来问，就说我去县城了。千万记住！"说罢又越墙而去。

陈晞金回到家，把儿子放在床上，便问山高福元如何去了红河，又怎么掉进了池塘里。山高自知自己失职，吓得浑身直哆嗦。陈晞金见状，大声喝道："快说！福元咋去了红河？"

山高见老爷发怒，心里更是害怕，一时紧张得说不出话来。陈晞金更是恼火，飞起一脚，把山高踹倒在地上。这一脚倒把山高踢醒了，身子不哆嗦了，口齿也利索了，他说道："这两天我拉肚子，老爷您是知道的。今天我从茅房出来时，就不见了少爷，于是便急忙去告知您和太太，事情就是这样。"

陈晞金看了山高一眼，相信他说的都是实话，看来只有问儿子福元了。

翌日，吃过早饭，陈晞金把福元叫到跟前，问起昨天掉进池塘的事。

福元说道："背完书、写完字后，山高哥不在，我就偷偷地跑了出去，到了红河边，看到鸟儿甚是好玩。正玩时，又看到叔叔招手喊我。"

福元一提叔叔，陈晞金立马绷紧了神经，忙问道："接下来呢？"

福元说道："他领我到池塘边，看塘里的鱼。正看时，有人在背后推了我一下，我便掉进了塘里。"

陈晞金全明白了，这是堂弟在使坏，用心何其毒也！此时他再也忍不下去了，怒气冲冲地去了堂弟家。见堂弟不在，便问弟媳胡氏。胡氏说道："前天一大早就去县城了，还没回来，我正着急呢。大哥，您有事吗？等回来，我告诉他。"

陈晞金说道："行！等他回来再说吧。"

陈晞金回到家，思忖道："不对呀，儿子是昨天中午出的事，而陈晞银前天就去了县城，照这么说来，他根本就没在家，不可能做出此事，莫非是儿子弄错了？"于是他又叫来儿子，福元仍说是叔叔领他去的池塘边。陈晞金心想这就怪了，孩子是不会说谎的。想到这里他多了个心眼，又去问了邻居，邻居们都说没见陈晞银。最后同村的一个大爷说前天见陈晞银顺着村前的大道往县城去了。

陈晞金心想，难道堂弟真的去了县城了吗？儿子为什么说与他在一起呢？莫非堂弟与这些人提前通了气，故意哄骗自己？

陈晞金没猜错，确实是陈晞银提前做足了准备。陈晞金与陈晞银住得甚近，胡同以东是陈晞金家，胡同以西是陈晞银家，因此陈晞金家的一举一动，陈晞银都知道。当得知唐先生回老家后，他就盯上了陈福元，心想在唐先生没回来之前，无论如何都要把福元引诱出来。没想到还没等他想出办法，福元自己倒偷跑出来了。陈晞银尾随福元来到红河边，他见四周无人，便向福元招手，喊福元过去，领他去池塘边看鱼，随后把福元推进了塘里。得知福元没死，料定堂哥必会问罪于他，为逃避责任，便让老婆说自己去了县城，而后又收买了邻居，以此混淆视听，他则去了集市赌场。

这天下午，陈晞金正思考这到底是咋回事时，陈晞银却来了，没进屋，就喊起了大哥，进屋便问道："大哥，听说你找我，是不是有啥事？"

陈晞金看了他一眼，没有说话。陈晞银又说道："前天一大早，牵连到你二侄子的婚事，我去了县城，正巧碰上当年在南方做生意时的朋友，就喝了几盅，叙叙旧情，没能及时赶回来。"

陈晞金见堂弟谈吐自如，再结合之前打听到的消息，顿时便打消了对他的怀疑，笑道："没啥事，好长时间没去你家了，就是看看你。"

二人说了一会儿话，陈晞银见堂哥没事，便回家去了。

虽然没有看出陈晞银想要谋害儿子的迹象，但陈晞金还是不放心，因此他喊来山高，安排了一番。到了晚上躺在床上，陈晞金心里还是不能平静，堂弟有三个儿子，自己一个儿子还是要来的，堂弟觊觎自己的家业已不是一天两天了，有朝一日自己离世了，就剩下儿子自己，无论如何也不是堂弟的对手，这该怎么办呢？俗话说，兵不在多而在精。自己虽然只有一个儿子，但可以既学文又学武，文武双全。

拿定主意后，陈晞金不惜花重金，请来了一位名叫陈慈的武师。这天晚上，陈晞金备下酒席，宴请武师陈慈和唐先生。待二人坐定，陈晞金说道："二位是我陈晞金请来的师傅，也都是我信任的人，今后福元就交给你们二位了。唐先生白天教小儿习文，陈师傅夜晚交小儿习武。小儿习武之事只限咱们三人知道，除此之外不得向任何人泄露。至于为什么，今后二位慢慢就知道了。"说罢向二位师傅深深鞠了一躬，而后又端起酒杯，与二位师傅连饮三杯，说道："二位师傅，陈晞金拜托了！"

二位师傅见老爷如此，受宠若惊地说道："老爷您放心，我们二人一定竭尽全力教导福元！"

　　自此儿子福元专心习文习武，陈晞金专心经营祖业，一切相安无事。一晃几年过去了，这年福元已十五岁。一日，陈晞金突感身体不适，胸口疼痛难忍，他自言道："莫非大限到了？"于是急忙走进书房，写了遗嘱装进信封之中，之后又让人喊来福元及两位师傅。三人听老爷传唤，赶忙来到跟前。晞金恍惚地看了三人一眼，吃力地把信封交给唐先生，没来得及说上一句话，便一命呜呼了。

　　福元悲痛不已，跪地大哭了一场，而后在两位老师的协助下办了丧事。按理讲子承父业，是无可非议的，然而事情并不如此。福元承继陈家家业不到一个月，福元的母亲孟夫人突然对儿子说："你不能继承陈家家业。"福元吃惊地问道："我是陈家的儿子，理应继承家业，为什么不能继承呢？"

　　孟夫人说道："虽然你是陈家的儿子，但不是陈家的骨血，你是陈家从外面要来的孩子，本姓周。陈家家业应由与你父亲一脉相承、同宗同族的人来继承。"此时，孟夫人已与陈晞银私通。

　　陈福元乍听孟夫人这样说，心里很是震惊。见到唐先生说了此事，唐先生听后也感诧异。原本他以为老爷死后，陈晞银必定横生事端，可万万没想到陈晞银没跳出来，福元的母亲却提了出来，真是太不可思议了，这到底是为何呢？

　　原来陈晞金在世时，孟夫人就与陈晞银眉来眼去的。这下陈晞金死了，二人便再无顾忌。陈晞银每日出入堂哥家，对孟夫人体贴入微，百般殷勤。孟夫人也完全陷入了陈晞银的温柔乡中，对其是言听计从。陈晞银不但想占有堂嫂，更主要的是想占有陈家的万贯家业。现在他看时机已经成熟，便开始实施了他的计划。他与堂嫂说道："嫂子，你放心，大哥不在了，今后我就是你的依靠，保证让你过得比大哥在时还要风光，还要幸福。我已叮嘱我那几个孩子，今后对你比对亲娘还要亲。谁要是不孝顺，我就好好收拾他。我的儿子就是你的儿子。我和大哥身上流淌的都是陈家的血，这到任何时候都是不可改变的。陈福元算什么，虽然喊你娘，但毕竟是要的孩子，与你没有一点儿血缘关系，把陈家的家业交给他靠得住吗？现在他还小，一时还看不出来，一旦长大成人，娶妻生子后，恐怕就没有你这个娘了。到时别说孝顺了，能让你吃顿剩饭就不错了。"

孟夫人说道："他毕竟是我亲手养大的，再差也差不到那个程度吧。"

陈晞银说道："嫂子你咋这么糊涂，咱俩都同床共枕了，难道我还骗你不成。我说的这些完全是为了你好，要不是咱俩都到这个份上了，我又何苦管这些事呢，不是自找麻烦吗？嫂子，你要相信我，陈家的家业绝不能交给一个外来的孩子。现在他翅膀未硬，羽毛未丰，还能管住他。一旦他翅膀硬了，就来不及了。"

孟夫人问道："福元不承继家业，谁来承继呢？"

陈晞银说道："嫂子，这还要问吗？我是陈家人，咱俩关系有如夫妻，只有我承继陈家家业，才是最合理合法的，对你也是最有利的。"

迷了心窍的孟氏，认为陈晞银说得有道理，于是问道："即使你来承继，又该怎样个承继法呢？"

陈晞银说道："这个不难，现在大哥不在了，由你当家。召集家人，当场宣布，让我接管陈家的家业不就得了。"

陈福元得知母亲要把家业交给叔叔陈晞银后大为不解，急忙又去见唐先生。唐先生很是惊诧，随即明白了内里，肯定是陈晞银使了手脚，迷惑了夫人，于是对福元说道："孩子放心，你是陈家的儿子，子承父业天经地义，谁也争不过去。"

唐先生又让人喊来武师陈慈，三人一起商量对策，又把老爷临终时交给他的那封信拿出来让二人看。看过信后福元全明白了，原来自己所遇之难全是叔叔陈晞银这个披着人皮的狼所致。就在三人商议对策之时，大管家季连胜匆匆跑来，说道："少爷快看看去吧，陈家这是要变天了，夫人正召集家人到议事厅，还让我们交出账本，你叔叔要接管陈家的家业了。"

福元急问道："两位先生，这该如何是好？"

唐先生说道："你与陈武师现在就去议事厅，无论如何都不能同意陈晞银继承陈家家业。如果陈氏父子硬逼夫人，你也不用客气，该出手时就出手。陈武师在一旁见机行事。去吧，我随后就到。"

师徒二人赶到议事厅，孟氏正准备宣布由陈晞银承继陈家家业。福元上前说道："我是陈家的儿子，应由我承继家业。"

听到陈福元这么说，孟夫人便不再言语。陈家父子的美梦眼看就要实现了，不料被福元打破了，岂能罢休。陈晞银的三个儿子全都蹿了过来，围住福元，出言不逊道："你是哪里来的野种，敢冒充陈家人？"

武师陈慈见状，一步跨到福元的身前，正想出手教训这几个愣头小子，忽听一人喊道："慢！切莫动手！"

大家随声看去，见是唐先生。唐先生走到福元的跟前，对陈慈说道："这是陈家的家事，还是让少爷自己解决吧！"说罢便把陈慈拉到了一边。

陈慈不解地说道："唐先生你这是搞的哪一套，一会儿阴一会儿阳，来时说好的，让我见机行事，怎么到了关键时刻变卦了呢？"

可福元并不糊涂，他马上明白了唐先生的用意，于是说道："唐先生言之有理，这是陈家的家事，还是由我来处理吧！"

孟夫人说道："元儿既然这么说，那又为何不听娘的话？你叔叔是陈家人，理应他来承继陈家家业。"

福元说道："娘！你错了，而且还是大错！爹爹在世时，从未提过让叔叔承继家业。"

听福元如此说，陈晞银的三个儿子大怒，一起向他逼了过来。其中小儿子八抽一把抓住福元的衣襟，抬手就要打，福元冷笑道："我不与你打，容我问问叔叔，你们谁最能打，我就跟谁打。"

这话一出，可惹恼了八抽，上去就是一拳，福元身子一晃，闪到了一边，喊道："叔叔，你快说，他们三个谁最能打？不然你们一起上也行，这样也好在众人面前显示显示你们父子的威风。"

陈晞银看了孟夫人一眼，生气地说道："嫂子，别怪我欺负他，小小年岁如此狂妄，如不及早给他个教训，将来肯定不会把你我放在眼里。"

孟氏对福元说道："元儿，别闹了，你还小，不是问事立业的时候，待长大了再承继家业也不迟。"

福元像是没听到母亲的话似的，继续问陈晞银道："叔叔，他们三个到底谁最能打，您倒是快说呀！"

陈晞银说道："侄子，别说叔叔不疼你，在长辈面前一点儿规矩没有，不教训教训你，你就不知天有多高，地有多厚。"说罢看了八抽一眼。

八抽会意，伸拳就向福元打去。福元不慌不忙躲过拳头，伸手抓住八抽的手腕，然后往上一抬，照着肋骨处打了两拳，接着又啪啪打了两个耳光，而后飞起一脚把他踢出了议事厅，八抽鼻口蹿血地趴在了地上。

福元笑道："叔叔，我说让您找个能打的，怎么就找了个不能打的呢？"

老大、老二见老三被打得鼻青脸肿，又听陈福元大放狂言，顿时恼恨交加，哪里还能忍得下去，兄弟二人抄起棍子向福元扑去。见此，老奸巨猾的陈晞银赶紧大喊一声："住手！"

眼看一场恶斗在所难免，陈晞银为何让两个儿子住手呢？

姜还是老的辣。他原以为福元是个孩子，根本就不是小儿子的对手，可没想到小儿子输得这么惨，再结合福元的言谈举止，这哪里是个孩子所为，就是成年人也未必能做到这样。福元不但能文，还会武。陈晞银心里有些纳闷，他只知道堂哥为儿子请了一位老师，也就是唐先生，从未听说过福元学过武，这孩子何时习的武呢？

当看到与唐先生站在一起的那个人时，他心里全明白了，自言自语道："此人肯定就是教福元武术的老师了，原来堂哥早就有了准备。"

现在该如何办呢？陈晞银知道，单凭自己父子三人根本不是福元的对手，于是便想离开，而后再寻机会。可又一想不行，好不容易说服了堂嫂，必须得趁热打铁，不可错失良机，否则一旦堂嫂转过弯来，岂不是前功尽弃了吗？因此无论如何都不能失去这次机会，承继陈家家业就在此一举了。可话虽然这么说，做起来谈何容易，福元师徒二人就是个问题。

陈晞银向大儿子六抽使了个眼色，六抽赶紧来到父亲跟前，二人小声嘀咕了几句，而后六抽便离开了议事厅。

为拖延时间，稳住福元师徒，陈晞银说道："侄子，你年龄尚小，不懂祖上的规矩。你娘说得对，现在你应好好读书，争取功名，光宗耀祖，才是你的正本，又何必急于接管家业呢？……"说着还不断向外面瞧，当他远远地见儿子领着一帮人气势汹汹地赶来，话锋一转，说道："侄子，今天如果听话，就是个好孩子；如果不听话，可别怪叔叔下手重，可要好好教训教训你了。"

唐先生见陈晞银不断地向外看，未免心里起疑，便也往外看了一眼，只见六抽领着几十个人浩浩荡荡地向议事厅杀来，心里顿时明白了，原来陈晞银用的是缓兵之计。他急忙低声向陈武师和福元说道："六抽领着几十个人来了，你们能对付得了吗？这一战关系甚大，能不能保住老爷的家业，就在此一举了。"

陈武师说道："唐先生您放心，今天我陈慈豁出这条老命，也要保住陈家家业，绝不让陈晞银父子霸占了去。"

见六抽领着人进了议事厅，陈晞银得意地说道："侄子，现在醒悟还来得及，否则可不要后悔啊。"

福元说道："实话告诉你，别痴心妄想了。"

孟夫人见议事厅突然闯进了几十个人，心里不禁害怕起来，急忙说道："晞银你这是干什么，让六抽领这么多人来干啥，你想承继陈家家业，承继就是了，何必这样兴师动众呢。"

"嫂子不用怕，我就是吓唬吓唬福元，放心吧，我自有分寸。"陈晞银又对福元说道："侄子，小小年岁，话可不能说得太绝。我告诉你，今天如能老老实实地听从你娘的安排，咱们万事俱休，不然别怪叔叔绝情，可真要动手了。"

说罢手一挥，几十个人把福元团团围了起来。孟夫人见状，急忙喊道："元儿你还不快跑，逞什么能？"

唐先生见孟夫人一副惊恐害怕的样子，便走到她跟前安慰道："夫人放心，别说这些人，就是再来这么多人我们也能对付。"

陈福元高声喊道："且慢！我看厅内地方狭窄，人多耍不开，咱们还是到厅外耍去吧。"

说罢，师徒二人纵身冲出了议事厅。刚一来到厅外，陈晞银的三个儿子就一马当先地扑了过去，接着几十人蜂拥而至。福元尽管学了一身武艺，可毕竟年幼，从未经过这样的场面，心里未免有些紧张，不由自主地看了师傅一眼，但见师傅毫无惧色，嗖的一下从腰间抽出长鞭。福元见师傅如此，勇气倍增，也抽出腰间长鞭。六抽领来的这几十个人虽个个年轻体壮，平日里与人打斗，常常以多取胜，并且以前所遇对手皆是一些平庸之辈，而今他们所面对的却是高手。但见师徒二人舞动长鞭，如蛟龙出海，锐不可当，遇者皆被打倒在地。福元一鞭打去，六抽三兄弟全倒在了地上。眼见六抽三兄弟被打倒在地，剩下的人便乱了阵脚，一哄而散。

在场之人看到这一幕，无不惊骇万分，陈武师英武神勇自不必说，可万万没想到，小小年岁的陈福元竟也如此神勇。

就在大家交首称赞时，不见了陈家父子，唐先生暗道："大戏才将开始，没有了主角怎能行呢？"于是便去寻找，来到议事厅见父子三人正沮丧着脸，在厅内坐着，这才放下心来。众人见唐先生进了大厅，也都跟了进去，大家用鄙夷的目光盯着父子三人，而后纷纷说道："遭此难堪还不抱头鼠窜，赖在这里岂不更丢人现眼吗？"

　　一般人哪里知道陈晞银的用心，刚才的场面确实让他父子三人羞愧，可在陈晞银眼里，脸面算得了什么，最要紧的是陈家家业。他处心积虑多年，千方百计地接近堂嫂，好不容易说服了堂嫂，答应由他承继陈家家业，眼看就要得手了，岂能为一时的脸面而放弃呢？他之所以赖在这里不走，其意就在这里。而唐先生担心的是，他们父子走了之后，便无法当着这么多人的面，揭穿陈晞银的险恶用心。现父子三人俱在，正好抓住这个机会，撕开他恶毒的面孔，彻底打消他想霸占陈家家业的念头，为福元继承陈家家业扫清障碍。父子三人没有离去，正合他意。唐先生对孟夫人说道："趁今天人都在，到底由谁来承继老爷的家业，夫人您就给大家说明吧。"

　　陈晞银一听顿时来了精神，随声附和道："唐先生说得对，嫂子，您就说呗。"

　　孟夫人看了福元一眼，又看了陈晞银一眼，一时陷入了为难的境地。陈晞银看出了嫂子的心思，便高声说道："嫂子，你不用为难，按祖上的规矩办就是了。"

孟夫人听后便说道："按祖上规矩，陈家家业应由陈家人承继，老爷离世后应由其弟——"

没等夫人把话说完，唐先生便打断道："夫人，慢，你今天说的是你个人的意思，还是老爷事先的安排？"

孟夫人说道："这不关老爷的事，是我个人的意思。"

"夫人，我再问你，那陈福元是谁？"

"是老爷与我的儿子，但不是陈家的骨血，他是要来的孩子。"

唐先生说道："是要的也好，不是要的也好，夫人只要承认福元是老爷的儿子，不就明了吗？子承父业，天经地义，世人皆知的道理，难道夫人就不知道吗？"

唐先生又说道："如果少爷不能继承家业，老爷临终前还让我保存它干啥？"

他从身上掏出信封，取出里面的字条让大家传看，然后又说道："恐怕在场的人有不识字的，这是老爷临终时的嘱托，现在我就给大家读读，看看老爷是怎样安排的。"

唐先生念道："我一生无子，无奈天命之年要姑娘一子，视为亲生，以备百年之后承继陈家家业。如有违背，文武二师可以此遗嘱为据，代我讨之。立嘱人：陈晞金。"

陈晞银正在得意之时，忽见唐先生拿出了堂哥的遗嘱，还当众念了起来，便再也坐不住了。他猛地站了起来，恶狠狠地说道："姓唐的，你是哪门子人，胆敢在这里胡言乱语，干涉我们的家事。我大哥不在了，福元还小，夫人就是陈家的主人，现在这个家谁也当不了，只有夫人说了算，她说谁能承继谁就能承继，不是你姓唐的一个外人说了算的。"

唐先生蔑视地看了他一眼，说道："陈晞银，我郑重地对你讲，陈老爷的家业，谁都能承继，唯独你陈晞银不配，想知道为什么吗？那我就告诉你，我在陈家当老师也不是一年半载了，老爷在世时想的什么，做的什么；夫人现在想的什么，做的什么；你陈晞银想的什么，做的什么，我都一清二楚。为得到老爷的家业，你可谓挖空心思，丧尽天良，不择手段。陈晞银我问你，少爷六岁那年被土匪绑走，是谁出了五十块银圆作为杀人的定金，是谁充当引路人，还要我去问葛大吗？少爷七岁那年，是谁把他推进池塘，又是谁躲进芦苇丛里，还要我去愍库吗？现在又是谁丧尽伦理，不知廉耻，蛊惑夫人，还要我问夫人吗？陈晞银你以为老爷不知道这些吗？"

他又从身上掏出一张字条，扔到陈晞银的面前，说道："陈晞银，你自己看看上面写的是什么！"

陈晞银捡起字条，只见上面写道：暂欠葛老大银圆一百块，事成之后如实奉交。他倒吸了一口凉气，额上顿时冒出了冷汗。

唐先生低声道："怎样，是不是让夫人也看看，让官府也看看？"

陈晞银浑身颤抖着说道："别，别，咱们有话好说，一切全按先生说的办还不行吗？我再不敢打陈家家业的主意了。"

文武二师不负陈老爷所托，拆穿了陈晞银父子企图霸占陈家家业的阴谋，之后便告别福元，离开了陈家。

如此"大师"

闫登法心高气盛，望子成龙，不惜一切地培养两个儿子攻读，以求将来考上名牌大学，结果大儿子却名落孙山。为此他痛心不已，没办法只得让其跟随叔父外出经商。随后他又把希望寄托在了二儿子身上，希望二儿子能学业有成，将来出人头地。

突然噩耗传来，大儿子闫冲因贩毒被判有期徒刑十年。在这节骨眼上，他不想儿子因何判刑，却迷信在了风水上，认为家中的不幸皆因祖坟。因此四处打探起了风水先生，一连找了几天也没有请到高明的风水先生，这时他想起了高中同学周广生。周广生上学期间就爱钻研《周易》，如今应该精于此道了。闫登法去了周广生家，说明了来意。周广生听后摇头道："我对风水之道不甚明白，如果你想找风水先生，我可以给你推荐一个。这位先生是出了名的风水大师，老同学难道没听说过吗？"

闫登法说道："平日从未与这些人打过交道，因此不曾听说这位风水大师。"

周广生说道："也是。这位风水先生家住坤兑县，名叫金立斗，擅长玄学，不出屋就能知晓你所问之事。这位大师所施术法灵倒是灵，就是要钱过高，一般人请不起他。"

闫登法说道："钱不是问题，只要看得准，灵验就行。"

周广生说道："那好，你若真的要找他，我可与你一同前去，正巧我也想找他解一个疑惑。"

闫登法欣然答应，而后又问道："这位大师具体是住在什么地方，咱们去时好有个准备。"

周广生说道："坤兑县东北角的葛杨庄，离这儿有五十多里路。"

翌日，二人一同去了葛杨庄，结果金大师不在，其家人说他去了南京。再问什么时间回来，家人说不定，有时当天就回，有时十多天才回来。二人留下了电话号码，之后便回去了。

一周时间过去了，周广生突然接到金大师家人的电话，说金大师回来了，于是二人又去葛杨庄。见了金大师，周广生说道："登法，你先让大师看吧，完了之后我再看。"

闫登法也没推辞，周广生便到外边等候。

金大师看了看闫登法说道："我说几个问题，说对了你接着看，说不对你可不看，我分文不取。"

登法点头道："行！大师请讲。"

金大师拿出一个小本本，翻开在上面写了一个字，随后把这一页撕下来递给闫登法，让其观看。没容闫登法言语，大师便道："先生姓闫，对吗？"

闫登法一听，忙说道："对对对！"

金大师又说道："先生兄弟四个，老大是残疾人，你是老二。膝下有两男一女，女儿已出嫁，大儿子求学不成现在外经商。"

说到此突然停住了，而后惊恐道："不好，你大儿子有牢狱之灾呀，现在已进了牢房。小儿子正在上学，请问先生我说得对吗？"

闫登法惊讶道："哎呀！大师真乃姜子牙转世。"

金大师又道："老三有两个孩子，一男一女；老四也有两个孩子，也是一男一女，而且老四是位公职人员。"

闫登法听后，佩服得五体投地，再次称赞道："真神人也。"说罢又道："大师，可知我今天的来意吗？"

"知道，你是为祖坟而来。"

"大师既然知道，就与我指点迷津吧。"

金大师说道："你家祖坟所处位置倒是不错，乃兴家成龙之位，可惜两年前祖坟风水就被人破坏了，伤了元气，因此不能心想事成。"

闫登法惊问道："大师，有没有补救的办法？"

金大师说道："恢复元气谈何容易。兴自家，灭人家，风水先生一般是不会做这样的事情的，做了必遭天谴折损阳寿的。"

"照大师这般说来是没有办法了？"

"办法倒是有，不过要大费周折多耗资金，恐怕先生承担不起。"

闫登法说道："大师，您大可放心，只要能恢复我家祖坟元气，钱不成问题。"

金大师见闫登法一副诚恳的样子，迟疑了一会儿说道："看先生如此诚恳，我宁折阳寿也要帮你恢复祖坟元气。"说罢又问道："先生家祖坟的左侧是谁家的坟？东南方有一小坟又是谁家的？"

闫登法说道："两座坟都是本村张振宇家的，大师为何问此？"

"先生有所不知，这家必有两个儿子，并已考取了名牌大学，他家祖坟占去了你家祖坟的风水，特别是东南方的那座小坟。自从有了这座小坟，他家逐渐兴旺，你家逐渐衰败。要想扭转这种局面，必须施一大术。我担心的是一旦施起术来被他家发现，你能顶得住吗？"

闫登法说道："在我家坟地施术，谁又能奈何得了。"

金大师说道："不是先生所想的那么简单，施起术来必定牵连到他家祖坟，只有这样才能灵验。"

闫登法问道："不知大师怎样施术？可否选在夜间进行？"

见金大师欲言又止，闫登法赶忙说道："大师放心，这件事别说他家不会发现，即使发现了也不用害怕，绝对能保证大师的安全。"

金大师这才放心，说道："有先生这句话，我便可大胆施术了，只要按我说的去做，保先生家三代为官。"

"大师尽管吩咐，我保证办好。"

金大师说道："要做好两件事，一是九月二十日晚上施术时，必须保证没有外人干扰；二是准备八千元人民币，九月十六日上午九时送到焚香台。此事万不可告诉他人，包括先生的家人，否则施术不但不灵，还会带来灾祸。"

"大师放心，我懂。"

见事情已谈妥，金大师便让闫登法出去了。

闫登法出来后，周广生走了进去。金大师看了周广生一眼，说道："先生，最近你的母亲在南京住院，侄女在徐州住院，你的货物被查封，对吗？"

周广生惊诧道："大师所言极是，敢问大师，我家门屡遭不幸，问题出在哪里？是否有法破解？"

金大师说道："先生家中所遭不幸，皆源于你家祖坟，至于破解嘛……还是有办法的。"

周广生插话道："我家祖坟也是经风水先生指点过的，没有问题呀！"

"对！当时是没问题，并且墓穴也在福星之上，关键是后来出了问题。有人暗中做了手脚，在你家祖坟右侧压了青石，破了风水。不幸的事才刚开始，如不及时采取措施，后果将不堪设想。"

周广生也研读过《周易》，对此道虽然不精通，但也有所了解，心想哪里有你说的这么玄乎，于是大胆问道："真的如大师所说吗？"

金大师生气道："如先生不信，现在就可到现场验证，若没有青石之类的东西，我从此不再当这风水先生。"

周广生见大师生气了，急忙解释道："金大师，我对您所说深信不疑，只不过……"周广生停顿了一会儿，又接着说道："金大师，我回去后就派人过来接您，现场勘验，您看这样行吗？"

金大师点了点头，说道："先生好自为之吧。"

周广生谢过金大师，随即与闫登法返回了家。他到家立马带上铁锹，去了自家坟地。按金大师所说，他对祖坟进行了查看，发现右侧确有一片洼地，于是便在洼地处挖了起来，挖到近一米深时，果然看到一块青石。周广生很是惊奇，暗道："这金立斗果然名不虚传，不愧是风水大师。"之前对金大师所说，还持怀疑态度，但眼前的青石，使他不得不转变态度。风水先生常说："一入人家坟，便知其家人。"金大师连自家的坟地都没来过，在这种情况下，他能准确地说出自家祖坟旁埋着一块青石，真是太令人惊奇了。

这金大师是如何知道自家祖坟旁埋有一块青石呢？周广生想了好大一会儿也想不明白，于是自言自语道："算了，管它了，还是看看如何解决吧。"

周广生想，此举是何人所为？自家祖坟旁是陈家的坟地，两家关系虽不十分密切，但也未发生过什么冲突，陈家不可能做出这种缺德的事呀。要说不是陈家所为，那又能是谁呢？他再三思虑还是不得知。又想到金大师提醒要及时采取措施，什么措施呢？不外是在人家墓地压咒物，按金大师所言只要在陈家祖坟旁压上青石，自家就可兴，这不就是损人利己吗？父亲在世时经常告诫自己缺德的事不要做，心正是做人之本。他老人家乃一介平民，就有这样的思想境界，何况自己呢！周广生想了很长时间，最终把这块青石扔进了河里。

　　闫登法就不同了，他对金大师所言深信不疑，言听计从。九月十六日上午九点，他准时把八千元人民币送到了焚香台。九月二十日晚，又专车请来金大师。到了闫家祖坟，金大师绕着坟地转了一圈，又向东南方向望了望，嘴里咕哝了一阵，便让闫登法挖土刨坑，把两件所谓有利于闫家的法器埋在了张家祖坟旁。一切做完之后，金大师说道："放心吧，不出半年保你时来运转。"闫登法听后，感激道："多谢大师操劳！"之后又专车送金大师回去。

　　事隔两天，天空下起了大雨，闫登法高兴万分，自语道："真是苍天有眼，助我事成。"这话从何说起呢？原来大雨过后，新挖土坑的痕迹就会消失，张家也就不会起疑心了。就这样过了数日，转眼到了农历十月初一，为亲人烧纸钱的日子。这一天，张振宇带着纸钱去了自家坟地，烧纸期间他发现自家坟旁有一洼坑，闫家坟旁也有一洼坑，感到很是奇怪，怎么两家坟旁都出现了洼坑呢？难道坑里埋有东西？于是便回家拿来铁锨在洼坑处挖了起来，挖到约一米深时看到一块石头，再往下挖时，发现并不是石头，而是一对张着大嘴的青石怪兽，正对着自家坟中的棺材。见此张振宇不禁紧张了起来，他蹲下身子对着那青石怪兽看了四五分钟，而后又转身看了看闫家祖坟旁的洼坑。心想自家坟地旁的洼坑埋有东西，那闫家坟地旁的洼坑是否也埋有东西？张振宇拿起铁锹又挖起来，挖到约一米深时一支利箭赫然出现在他眼前，再看箭头所指方向，正对着自家坟中的棺材，张振宇马上意识到这是心存不良的人在对他家施展咒术，于是怒道："真是太可恶了！非得弄清是谁所为不可！"看看天色已晚，张振宇把洼坑填平，然后扛上铁锹，怒气冲冲地回家了。

到家后，张振宇将此事告诉了自己的二叔、三叔。二叔、三叔听后大为恼火，问道："振宇，知道是谁干的吗？是不是闫家？"

张振宇说道："不能确定是闫家干的。"

二叔张绍清说道："十有八九是闫家所为。最近闫家出了些不幸的事，闫登法到处寻找风水先生。他肯定认为是咱家的祖坟影响了他闫家，便请来风水先生施展了咒术。再者其他人家的坟地与咱家的坟地相距甚远，对他们来讲做这等事没有一点儿意义。因此，我看这事就是姓闫的做的。"

三叔张绍春点了点头道："按常理，除了闫家，其他人家确实没有理由去做这等事。"

二叔张绍清说道："振宇，你为何没有把那些东西挪走？"

张振宇说道："我是想移走后就没有了证据。"

三叔张绍春点了点头道："也是，要不咱们现在看看去？"

张振宇说道："三叔，那些东西没长腿，跑不了。天已黑了，明天再看也不迟。"

停了一会儿他又说道："二叔、三叔，这件事如果确定是闫家人所为，我们应该如何办呢？"

沉默了一会儿，三叔张绍春说道："我想到三种方法：一是神不知鬼不觉地把所埋之物调转方向，指向闫家祖坟里的棺木；二是去闫家问个明白，讨个说法；三是打上门去给闫家一个教训，看他们今后还敢再生事端。"

张振宇说道："这件事是不是闫家人所为尚未弄清，又怎好动武呢？"

二叔张绍清说道："这件事情百分之百是闫家人所为。"

张振宇说道："既然如此，我们还顾忌什么，就直接打上门去，给他们一个教训就是了。"

三叔张绍春说道："该如何教训？"

张振宇说道："姓闫的实在可恶，以我之见把闫登法的腿打折，让他知道这就是使坏的下场。"

三叔张绍春说道："也行，他用这样阴毒的手段诅咒我们，咱们这样做也不为过。但是咱们不能明做，必须得注意方式，他们暗做，我们也暗做，让他也尝尝暗中伤人的滋味。"

其他二人听了齐声说道："好！就这么办。"

张振宇又说道："什么时间动手？"

二叔张绍清说道："不急，等明日看过所埋之物再说。"

叔侄三人商定后，便各自回家去了。

再说闫登法，因所做之事毕竟是一件缺德事，心里总感觉不踏实，担心被张家人识破，所以处处谨慎，始终留意张家人的一举一动，特别是十月初一那天，当张振宇拿着纸钱去坟地时，他便悄悄地跟在后面。直到见张振宇烧完纸钱后回了家，闫登法方才放心。可少许他又见张振宇扛着铁锨去了坟地，闫登法顿感事情不妙，肯定是张振宇发现了什么，不然他怎会扛着铁锨去坟地呢？因此他又跟了过去。果然，张振宇来到坟地便挖了起来。闫登法料定事情已败露，如不及时采取措施，后果将不堪设想，可该怎么办呢？他急中生智，立即去了大队部，见了大队书记刘登栓，说要开一个证明，去探望狱中的儿子。证明开好后，闫登法拿着证明便走出了大队部，见张振宇还在坟地挖着，便喊道："刘书记你出来一下。"

刘书记出来后，闫登法用手指着自家坟地说道："刘书记你看那是谁，不知在我家坟地里挖什么。"

刘书记好奇地说道："是呀，那人在挖什么，我看像是张振宇。登法，你还不去看看。"

闫登法答应道："那好，书记您忙，我看看去。"

闫登法离开大队部往自家坟地走去，走了一段距离后他往右一拐，避开了刘书记的视线回家去了。

闫登法为什么突然间要去大队部呢？这自然有他的用意。

从料定事情败露那一刻起，他便想到了姓张的绝对不会放过自己，最终肯定会有一场拼斗。为了逃避责任，他必须得把这件事情颠倒过来，变被动为主动。因此，他故意让刘书记看到张振宇在坟地挖掘的身影，就是为他颠倒是非而做的准备，一旦东窗事发，两家打起官司，刘书记也可作个见证。可他认为单凭这些还不够，必须得再做点儿文章，才能坐实这件事是张家人所为。于是他又想到了调转咒物的方向，但不知咒物是否还在，有没有被张振宇移走，他自语道："不管移走没移走，自己必须到坟地看一下。"

待夜深人静时，闫登法独自一人去了坟地。来到坟地，借着手电光一看，埋咒物处平平整整的，心里不禁产生疑问，难道是自己多心了，张振宇根本就没有发现地下所埋之物？他挖开土，发现所埋之物原封未动，这一结果让他又喜又忧，喜的是所埋之物未动，忧的是张振宇为什么没把东西挪走呢？难道他没有发现所埋之物，还是另有所图？闫登法一时想不明白，自语道："管他呢，先做好手脚再说吧。"于是他调换了咒物的方向，又蹲下身子往四周瞅了瞅，见无动静，便急忙把土覆盖填平，之后鬼鬼祟祟地离开了坟地。

第二天吃过早饭，他又去了大队部，情绪十分激动地说道："刘书记您可要给俺做主啊，姓张的欺人太甚了！"

刘书记说道："咋啦，哪个姓张的欺人太甚了？"

闫登法说道："刘书记，这个人你知道的。昨天，他在我家坟地里挖掘，你让我看看去，没到地方，我就看出是张振宇了。顿时我心里就起了疑心，便想弄个明白，就在这时突然想起家中有件急事需处理。待办完事天已经黑了，也就没再去坟地查看。今天一大早我就去了坟地，见有两片新土。我扒开新土，发现埋有一对青石怪兽和一支利箭，兽嘴和箭头正对着我家坟中的棺木。刘书记您想这是安的什么心，这不是诚心诅咒我们家吗？我必须得讨个说法。"

刘书记说道："真有这事吗？"

"千真万确，如您不信，现在就可以到坟地看看。"

刘书记喊来治保主任刘兴武，三人一同去了闫家祖坟。到了地方，闫登法用手一指道："你们看，东西就在这底下。"

说着便拿起铁锹挖了起来，不一会儿工夫果然挖出了咒物。刘登栓、刘兴武二人见状，都很气愤。刘登栓说道："都是一个村的人，能有多大的疙瘩，难道非得用这种卑劣的手段吗？兴武，你去喊张振宇，让他到大队部来，我要问问他为什么要这样做。"

三人离开坟地，回了大队部，中途刘兴武去了张振宇家。刚到张家门前，正巧碰上张家叔侄三人要出门。刘兴武说道："正好你们叔侄都在，刘书记让你们去大队部一趟。"

张振宇放下铁锹不解地问道："刘书记有啥事，让我们去大队部？"

刘兴武说道："走吧，去了就知道了。"

叔侄三人也就没再问，便和刘兴武一同去了大队部。刚一坐下，刘书记就面带怒色地问道："振宇，怎么好端端的日子不过，偏要生出事来不成？"

　　叔侄三人听了刘书记的话，无不感到莫名其妙。张振宇问道："刘书记，你这话是什么意思，我们生什么事啦？"

　　"说个屁！你们做的好事，难道自己还不知道，非得让别人说出来才好吗？"

　　"刘书记，我们到底做了啥事，让你如此生气？"

　　"振宇，你是真不知道，还是假不知道？"

　　"我是真不知道，刘书记，你就直说吧。"

　　"那好！我就直说了吧。我问你振宇，你为何在闫家坟地里埋咒人之物？这样做是何居心？"

　　叔侄三人听了刘书记的话，顿时火冒三丈。张振宇忽地从板凳上站起来，大声说道："刘书记你这是听谁说的，为着此事我们正要去找那姓闫的讨个说法来，现在倒好我们不告他，他反倒告起我们来，明明是他在坟地里埋下东西诅咒我们，怎能说是我们埋下东西诅咒他呢？真是岂有此理！"

　　刘书记说道："振宇，做了就是做了，怎么敢做就不敢当了？难道我刘登栓堂堂大队书记，还冤枉你不成？"

　　张振宇说道："刘书记你到底是听谁说的，你确实是冤枉我了，我可对天发誓，要是做了此事，天打雷轰，大人孩子不得好死。"

　　刘书记说道："好啦振宇！你也不用发誓啦，我与兴武已去看过，地下确实埋了咒人之物，如不亲眼所见我还真不信，就现在心里还感到含糊，但事实胜于雄辩，我不得不信。"

　　刘兴武说道:"振宇,你就别嘴硬了,我与书记已去过坟地,闫登法祖坟旁确实埋有咒人之物。你埋时,闫登法和书记都看到了。"

　　张振宇更加不解了,问道:"刘书记你看到啥了?"

　　刘书记说道:"昨天,你在闫家坟地里挖什么?"

　　刘书记这么一说,倒是提醒了张振宇,于是张振宇说道:"刘书记,你不说昨天的事,我还真给忘了。昨天是十月初一,为亲人烧纸钱的日子,我也去烧纸钱了。烧纸钱的时候我发现坟旁有个洼坑,感到很奇怪,于是就回家拿了铁锹来挖,不大一会儿便挖出了所埋之物。回去后我把此事告诉了二叔、三叔,他们当即就要去坟地查看,因天已黑就没去。今天,我们正准备去坟地,刚出门就碰上了刘主任。来了大队部,方知是说此事。要说我在闫家坟地埋了咒物,实属冤枉。"

　　刘书记听了张振宇的话,心里也起了疑,于是说道:"登法,你说说这到底是咋回事。"

　　闫登法听到喊声便从里间走了出来,见到张家叔侄三人,生气地说道:"闫家与张家世代和睦相处,无冤无仇,可你们千不该万不该暗箭伤人,咒我闫家。"

　　张振宇厉声喝道:"闫登法你真是贼喊捉贼,明明是你使了坏,反而诬陷别人暗箭伤人,你良心何在?"

　　闫登法见张振宇一副恼羞成怒的样子,便心平气和地说道:"有理不在言高。振宇,你激动啥,不做亏心事,还怕夜半鬼敲门？你说我诬陷你，就算我诬陷你，难道书记、主任，他们也诬陷你吗？"

张振宇气愤地说道："你我说了不算，咱们到坟地看去，看到底谁诬陷谁。"

闫登法说道："振宇做了就是做了，书记、主任都是刚从坟地回来，还有必要再折腾吗？"

刘书记说道："行，就按振宇说的，去坟地，免得我们冤枉了他。"

一行人去了坟地，到了地方，刘书记直接让刘兴武来挖。张振宇胸有成竹地说道："这下我看你闫登法还有何话说。"可他哪里知道闫登法早已动了手脚。不一会儿，一对青石怪兽就被挖了出来。张振宇兴奋地说道："怎样？都看到了吧，闫登法你还有什么话要说？"

闫登法说道："不错，我是没话要说。我憨我傻，可我再傻也傻不到自己诅咒自己吧？"

一句话提醒了大家，在场人仔细看时，咒物正对着闫家祖坟，张家叔侄三人顿时傻眼了。张振宇大惊失色地道："怪了，怪了，怎会这样呢？这肯定是有人做了手脚，调换了咒物的方向。"

张振宇本想揭穿闫登法，没想到自己却落了个百口莫辩，一时陷入了窘境。

闫登法见张振宇一副局促不安的样子，得意地说道："振宇，你也不要不好意思，其实这算不了什么，诅咒不诅咒的，我闫登法从来不信这一套，咱们相处还长远着呢，权当就没有这回事。"说罢将咒物投进坟前的河中。

大家正准备回去，张振宇突然大声说道："且慢！我必须与大家说明，这件事大家肯定认为是我张振宇做的，我要说没做可一时又拿不出证据来，因此这个黑锅我背也得背，不背也得背。不过按故老相传，所施咒术灵与不灵，三个月内便可知晓，现在正是晌午，我对天发誓如果我张振宇做了此事，就活不过三个月，你闫登法敢说这个话吗？"

闫登法说道："振宇，或好或歹我都不与你计较了，还说这些无用的话干啥！"说罢扛起铁锨回家了。

到家后，闫登法让媳妇王莲荣炒了两个菜，拿了一瓶酒，一人独自喝了起来。他边喝边想，为施术花了一万多元，如果就这样算了，实在是太亏了。又一想钱花了倒也无所谓，关键是祖坟风水关乎子孙后代，绝对不能放弃，况且金大师说只要按照他说的去做，可保三代为官。不行！必须做下去。

其实，他当着众人面把诅咒之物扔进河里时，就想到了这一点，因此也就有意没往河中心扔，而是扔在了河边。

什么时间再做这件事呢？是现在就做还是等再过一段时间？闫登法反复斟酌了几遍，终于下定决心，自语道："对！最好是立马就做，一是此时张家人无论如何也不会想到我会再次施术，而且烧纸钱的日子已经过去，也不会有人再去坟地；二是坟地里都是刚挖的新土，施起术来也不会引起别人的怀疑。"闫登法决定今晚就把诅咒之物挪回原处。

　　夜里一点多钟时，闫登法去了坟地，他先把诅咒之物从河里捞出来，搬到张家坟地，按照金大师指定的位置，重又埋了进去，之后匆匆回家去了。

　　闫登法自以为把事情做得神不知鬼不觉，其实不然，他刚来到河边就被本村的赵六看见了。当时赵六正在河边下笼子，抬头忽见有人从坟地出来，心里猛一惊，忙躲到暗处，定睛仔细看时却是闫登法。当闫登法从河中捞出诅咒之物走向张家坟地时，他便猫着腰跟了过去。赵六躲在一座坟包后面，偷偷观察着闫登法。他见闫登法在张家坟地旁挖了一个坑，然后把从河中捞出之物埋了进去。赵六感到很疑惑，因此当闫登法离开后，他快步走到埋东西的地方，用手扒了起来，不一会儿就扒出了所埋之物，见是不祥之物，又急忙埋了回去。他本想把这件事告诉张家人，但想想还是算了，多一事不如少一事。

　　这且不提，再说那日张家叔侄三人受了冤枉，心里很难咽下这口气。二叔问张振宇道："是不是当时看错了利箭、怪兽的摆放方向？"张振宇坚定地说道："二叔、三叔，我肯定没看错！"

　　听振宇这么说，二叔、三叔也没了办法，疑惑地说道："这到底是咋回事呢？莫非是那闫登法做了手脚？按讲姓闫的不可能这样做啊，这并非儿戏，他怎会诅咒自己呢？"

　　如果不是姓闫的，那又会是谁呢？叔侄三人再三分析，还是不得而知。二叔对张振宇说道："振宇，你去封州问问你父亲，看他有何看法。"

张振宇说道："也好，明日我就去封州。"

第二天一早，张振宇就去了封州，见到父亲把坟地发生的事情说了一遍。父亲听后笑道："振宇，这件事一开始你们就没必要管，随那姓闫的施术，看他能结个什么果。若是这样就可改变家族命运，那么就不用再做事了，只需守着祖坟就是了。这纯是骗人之术，我虽不懂阴阳，但我却知一个人必须积德，然后可以享受到好的风水。一个人的品德十分重要，姓闫的使用咒术，本就是一种缺德行为。这种人即使祖坟占了风水，恐怕家族也难以兴盛。因此，无论姓闫的怎样，你们都不用管，看他能有什么好结果。"

张振宇来见父亲本想讨个主意，结果父亲却持不闻不问的态度，因此他没有停留，又返回了家中，将父亲所言与二叔、三叔说了。二叔听后说道："你父亲既然这么说了，我看咱们也就没必要再纠缠这件事了。俗话说，公道自在人心。只要咱们没做伤天害理的事，心就不亏。"

听二叔也这么说，张振宇松了口气，自此就再没提这件事。就这样一连过了数日，均安然无事。这天早上张振宇刚起床，突然听到闫家发出号啕大哭的声音，于是出门去看。刚一出门，就看到闫家人出出进进忙个不停，问邻居闫家出什么事了，说是闫登法死了。张振宇心里猛一惊，自语道："不可能呀，好端端的一个大活人，怎能说死就死了呢？"正在他疑惑不解时，却看到闫家人气势汹汹地向自家冲来。张振宇见来者不善，便急忙告知张家人，一会儿张家也聚集了一大群人。只听闫家人高声喊道："张振宇，你出来……"

张振宇也高声喊道："谁喊我？出来说话。"

闫家人本以为张振宇还没起床呢，突然听到张振宇在他们背后说话，一群人呼啦一下全转过身来。闫家人本意是想痛打张振宇一顿，但见张振宇也领着一群人，且个个都年轻体壮，见到这一阵势，闫家人的气势顿时弱了下来。

张振宇继续喊道："是谁找我？出来说话。一大早这么多人到我家门前，吆五喝六地想干什么？难道是想打架不成？"

闫登法的弟弟闫登朝站出来，说道："张振宇，我们闫家与张家无冤无仇，你为什么使坏咒死我大哥？"

为此事张振宇憋了一肚子冤气，一段时间以来，好不容易才把怒火消下去，今见闫登朝又提及此事，勃然大怒道："你这不是放屁吗，我连你大哥啥时间死的都不知道，怎能说是我咒死的？他本就该死！"

闫登朝说道："张振宇你不要把话说得那么绝，这件事大队书记、治保主任，包括你的二叔、三叔都知道，难道你还想抵赖不成？今天说好了还罢，说不好这就把我哥的尸体抬到你家来。"

张振宇说道："姓闫的有种你抬呀！要胆敢往我家走半步，立马就打断你的双腿。"

停了一会儿，又说道："本来这件事你们不找我，早晚我也要找你们的，现在居然登上门了，那么正好，你问问当初

同着刘书记、刘主任二人的面，我是怎样说的，难道闫登法
没告诉你？为了闫家的面子，今天在众人面前我就不说了，
不然姓闫的三辈子人也抬不起头来。闫登法死了只能说是
报应。"

张振宇的话一时镇住了闫家人，只见他们你看我我看你
都愣住了，谁也不知张振宇对闫登法说过什么。正当闫家人
不知所从时，闫登法的媳妇王莲荣走了过来，上前劝走了闫
登朝。闫登朝一走，其余的人也都散了。

到家后，没等闫登朝发问，王莲荣就说道："你不知内里
怎么就领人去张家了呢？今天姓张的算是给咱面子了，不然
在大庭广众之下万一说出什么，不更是丢人现眼吗？你大哥
死了，只能说是他自找的，好好的日子不过，谁让他偏偏生
出事来呢？"

闫登朝听后，生气说道："嫂嫂你说的这是啥话，我大哥
人已经死了，你应该悲痛才是，现在不但不悲痛，反而怨起
了我大哥，这到底是咋回事，难道他真做了见不得人的
事吗？"

王莲荣说道："当初在坟地掩埋诅咒之物时，姓张的根
本就不知道，后来被张家发现，你大哥及时采取了应对措
施，瞒过了大队书记及姓张的，弄得张振宇有苦难言。无奈
姓张的发了毒誓，说要是他做了这件事，他就活不过三个
月，要是你大哥做了这件事，他也活不过三个月。现在你大
哥死了，不正验证了张振宇的话吗？登朝，你说这不是报应

又是啥?"

闫登朝问道:"嫂子,这件事你是怎么知道的?"

王莲荣说道:"是你大哥酒后说的,不然我怎会知道呢!"

二人正说话时,治保主任刘兴武来了,让闫登朝和他的几个侄子到大队部去,闫登朝不解地问道:"人都死了还去大队部干啥?"

刘兴武道:"不耽误事,到地方就知道了。"

闫登朝同几个侄子到了大队部,见张家叔侄三人都在。刘书记见人已到齐,便开口说道:"你们两家坟地埋咒物的事,当时认定是振宇所为,现在看来是冤枉了振宇。登法已经死了,我作为大队书记,不能让你们两家因此事而闹下去,必须尽到责任,让你们两家知道事情的真相,不冤枉任何一家,以便今后和睦相处。"说罢便领着张、闫两家人去了坟地。

到了地方,刘书记仍让刘兴武挖开土坑,当大家看到利箭与青石怪兽时,无不感到愕然。

刘书记说道:"现在你们都看清了吧,登朝你也看清了吧,现在总明白是谁诅咒谁了吧?"

见此情景,闫家人张口结舌,满面羞愧。

张振宇等人大为不解地问道:"刘书记这到底是咋回事,所埋之物不是被闫登法扔河里了吗?"

刘书记说道:"这你就不必问了,我只能告诉你们,也许闫登法的死与此有关。记住今后不要做亏心事就行啦。"

其实事情的真相刘书记也不知道，他听到闫登法死了，又听到张、闫两家发生了冲突，为了不使事情闹大，他必须把问题解决好。在去大队部的路上，他无意之间听赵六说道："自己做了缺德事，还有脸去别人家闹事，该死！"

真是说者无心，听者有意。刘书记当即就喊住了赵六。赵六转过身见是大队书记刘登栓，于是叫了声："刘书记。"

刘书记温和地说道："赵六，刚才你自言自语什么？"

赵六有点儿不知所措，忙说道："刘书记，我没说什么呀。"

刘书记说道："赵六，你不愿与我说真话，这不能怪你，只怪我平时没与群众打成一片，不得人心，不配当这个书记，现在我就辞职。"

赵六说道："刘书记这是啥话，你永远都是我们的好书记。"

刘书记说道："真正的好书记是受到群众信赖，不被群众所惧，群众在书记面前敢说实话，而你连实话都不敢对我说，我能是好书记吗？"

赵六见刘书记如此坦诚，便把两个月前的一个夜里在河里下笼捉虾时看到的事，告诉了刘书记。刘书记了解到事情的真相后，感到张振宇确实背了黑锅，蒙了冤。为此，他立即召集张、闫两家的主事人，还了张振宇的清白。自此张、闫两家的关系又恢复如初。

闫登法死了，周广生听到这一消息，无论如何也不肯相信，为弄清事情的真假，他来到黑儿庄闫登法家，向闫登法的妻子王莲荣问了闫登法的情况，当得知闫登法确实死了后，顿时伤感不已，然后诧异地问道："登法一向体格健壮，怎么突然之间就死了呢？是什么病如此厉害？"

王莲荣说道："他没得病，就这么突然死在了床上。"

周广生惋惜道："那怎么可能呢？"

王莲荣说道："登法确实没有病，至于怎样死的，我也说不清，我估摸十有八九是那风水大师所致。如果不去求那风水大师，登法也不会在人家坟地里弄出那些乌七八糟的事来。"

听了王莲荣的话，周广生心里很是愧疚，安慰了王莲荣一番，便匆匆离开了闫家。到家后，他总是感觉心神不宁，特别是想到王莲荣所说，登法是因那风水大师而死，他心里更为不安了。大师所言即便不灵，但也不致人死呀，自己不也拜见那大师了吗？不过不同的是，闫登法按照大师所言去做，而自己没有按照大师所言去做。照办了丧了命，没照办的平安无事，反而还赚了一笔大钱，这该如何解释呢？

他又想起父亲的话："丧良心缺德的事不要做，心正才是立世之本。"他似乎从闫登法的死中悟出了一些个道理，不禁感慨万分。真是：

盼儿学业有所成，名落孙山一场空。

无奈求师何处是，巫蛊之术保官升。

得意一时兴几天，不料灾祸命九泉。

劝君莫信大师言，心术不正皆枉然。

欢喜姻缘

　　尹庄村刘老汉的女儿岭英，年方十八，天生丽质，聪慧过人。上门求亲者络绎不绝，且多是富贵之家。刘老汉心里非常高兴，暗忖："苦日子总算是过到头了，可以安享清福了。"可事情并不如此，刘老汉的女儿没看中一家，所来之人皆被她拒之门外。眼看就要过富贵日子了，刘老汉岂能轻易让女儿错过？他强行要求女儿从中选定一家，可女儿宁死不从，气得刘老汉双脚齐蹦，眼冒金星。刘老汉就这一个宝贝女儿，无奈只好撒手不管，随了女儿的心。让人不可思议的是，她看不中这些富贵之家的子弟也就算了，可她偏偏看中了本村一个叫憨生的小伙子。憨生头大如斗，腰弓似虾，相貌奇丑无比，可她却感觉良好，非要嫁与他不可。有人问她原因时，她说道："没什么原因，就是看中了而已。"

　　对此，人们只能说道："人啊！好是好，恶是恶，王母娘娘搂着曲蟮睡，相中就是一盘龙，这就叫大千世界无奇不有！"

　　不长时间她便与憨生成了婚。婚后一个多月了，仍有不少人对她念念不忘，与刘老汉说道："尽管你女儿已成婚，如果现在她肯离婚，我们绝不嫌弃，还愿娶她为妻。"可岭英是铁了心跟定了憨生。因此凡是认识她的人都说："可惜啊！一朵鲜花插在了牛粪上。"

　　与尹庄临近的方庄，有个律师叫鲁强，听说了这件事后颇感好奇，心想自家与尹庄一地之隔，怎么从来没听过此二人呢？心中便产生了见见二人的念头。一次趁回老家之际，鲁强暗中窥视二人，当看到憨生时，不禁一阵大笑；当看到岭英时，顿时心猿意马起来，他目不转睛地盯着岭英，恨不得一下扑过去，将其搂在怀里。他暗暗发誓一定要得到此女。鲁强失魂落魄地离开了方庄，一路上脑子里想的尽是岭英。

　　事情也巧，回到县城后鲁强接到一个案子，需往乌集镇核实有关材料。鲁强带着两个助手去了乌集镇，当路过县城粮行时，突然发现岭英、憨生二人在粮行卖粮，于是便走近前看了看，心中暗喜："真是天赐良机，该我鲁强事成。"鲁强离开粮行后，不大一会儿又返回了粮行。他走到憨生跟前，将手插进憨生的粮食中搅了搅。之后他与两个助手小声嘀咕了几句，助手听后便离开了。他又假扮买粮人与憨生交谈了几句，忽而大声说道："这粮食怎么像我家的粮食，莫非我家粮食被盗是你所为？"

　　憨生听他这么说，顿时气攻于心，说道："青天白日的，你怎能这般污蔑人，这分明是我家的粮食，怎能说是你家的呢？"

鲁强说道："是与不是，必须得有证据才成。"

"什么证据？我家的粮食就是我家的粮食，要什么证据。"

二人正争论时，来了两个警察。鲁强见警察到来，赶忙上前说道："警官，昨晚我家粮食被盗，现在总算找到了盗犯。"边说边用手指憨生。

憨生又急又气，憋得脸红脖子粗，说道："胡说，我啥时偷了你家的粮食！"

警察看了看鲁强说道："你也是个有身份的人，怎能与老百姓争论是非呢？你说他偷粮，有什么证据吗？"

鲁强沉吟了一会儿，说道："有，有证据。"

"什么证据说来听听？"

鲁强说道："为防粮食被盗，我家粮中暗藏了头发渣子，不信你们可以看看，粮中有没有头发渣子。如果没有就算我污蔑了他，任凭处置，如果有就说明他偷了我家的粮食。"

憨生说道："可以，看就看，反正粮食是我家的。"

警察走到粮食前看了看，又把手插进粮袋中翻了翻，并没有发现头发渣子，于是对鲁强说道："无凭无据的，怎能说别人偷了你家的粮食呢？你说粮食中有头发渣子，哪里有头发渣子？"说完狠狠地瞪了鲁强一眼，转身就要走。

鲁强高声喊道："警官慢走，粮中肯定有头发渣子，您之所以没发现，是因为卖粮人把它埋在了深处，您可再往粮食深处翻翻，如果没有就算我污蔑他，任凭处置。"

　　警察不耐烦地又往深处翻了翻，果然翻出了头发渣子。憨生一看也傻了眼，大声喊道："我没偷他家的粮食，这是有意陷害！"

　　警察拿到了证据，再不听憨生辩解，扛起粮食带上憨生夫妻二人去了警察局。正走着，憨生看到了堂弟欣土，于是喊了声欣土，警察问憨生道："他是你什么人？"当警察得知欣土是憨生的堂弟时，便对欣土说道："你赶快回家，告知他的家人，就说他因偷盗被抓了。"

　　欣土心里一颤，自忖道："堂哥堂嫂都是老实人，怎会偷盗呢？"他看了堂哥堂嫂一眼，无论如何也不相信他们会做这等事。这时只听憨生喊道："欣土，放心！我们没做亏心事，告诉你大伯没事，警察问过话我们就回去了。"

　　欣土再没停留，急忙赶回家中，见到大伯说了哥嫂之事。陈老大听后，惊慌不已，一时方寸大乱，口中直说道："这该如何是好呢？"

　　欣土见大伯一副六神无主的样子，便说道："大伯，咱们在家着急有什么用呢？还是赶快到警察局问明情况吧。"

　　陈老大听了侄子的话，急忙去了警察局。

　　憨生夫妻二人被带到警察局，见了负责案件的宋警官。宋警官说道："你们年纪轻轻，怎能做这等偷盗的事呢？"

　　憨生一口否认道："这纯是诬陷，我们没有偷盗。"

　　宋警官说道："你说是诬陷，可人家却有证据，你有证据证明你没偷人家的粮食吗？"

　　夫妻二人为难地说道："宋警官，这到底是咋回事？我们分明是从自家粮囤中装的粮食，装的时候没看到有头发渣子，怎么到了县城粮行就有头发渣了呢？"

　　宋警官说道："这只有你们自己知道。"

　　夫妻二人左思右想也想不明白，岭英忽然想起鲁强到粮行的举动，于是说道："宋警官，只要你们能秉公办案，我们也能提供出证据来。"

　　宋警官不高兴地说道："你怎能乱说，我们哪里不公正了？"

　　岭英说道："宋警官您别生气，我并没有说你们不公正。可否借一步说话？"

　　"有什么话直说就是了，为何还要借一步？"

　　"这牵连到案子，必须单独与宋警官说。"

　　宋警官把岭英带到另一个房间。

　　岭英说道："如今粮中有头发渣子已成事实，但这粮中的头发渣子是何时放进去的，又是谁把它放进去的，我给宋警官提供一个信息，你们到地方一问便知。"

　　宋警官说道："可以。"

　　岭英说道："你们可以去粮行附近的理发店，问理发师上午有没有一个衣冠整齐、面目白净、头发梳得光亮的人来过，问他到理发店做了什么。宋警官您只需问明了这些，便可得知答案了。"

　　宋警官不解地说道："这些能说明什么，这又与偷粮有什么关系?"

岭英说道:"宋警官,难道您还不明白吗?头发渣子只有理发店才有,我们在家装粮时,分明没有头发渣子,现在粮中突然有了头发渣子,显然有人暗中做了手脚,这个人不是别人,正是鲁强。他曾到过粮行,用手翻搅过我们的粮食。"

宋警官听了恍然大悟,于是亲自来到粮行附近的理发店询问理发师,得知上午确有一个衣冠整齐、面目白净、头发梳得光亮的人来过。宋警官回到警察局,让鲁强脱下上衣。宋警官拿过鲁强的上衣,翻开衣袋,往桌子上摔了摔,桌子上便落了一层头发渣子。见此,宋警官厉声问道:"鲁强,这衣袋中的头发渣子从何而来?你的衣袋中为何有头发渣子?今天上午你到理发店做什么去了?"

宋警官一串连炮珠似的质问,让鲁强措手不及。可他毕竟是律师,应变能力还是很强的,因此稍停便答道:"我没去理发店,更不知粮行附近有理发店。"

宋警官说道:"喊理发员前来对质!"

鲁强满脸堆笑地说道:"且慢!宋警官,我有话与您单说。"

宋警官说道:"有话就在这里说,没必要单说。"

鲁强说道:"他们就可与您单说,我为何不能?我也是给你们提供破案线索的。"

"提供线索,为何要单说呢?"

"这里人多嘴杂,我担心走漏风声,让盗犯有了准备。"

警官听鲁强说的有道理，于是便把他带到了另一个房间。

鲁强说道："宋警官，实话与您说，我是一名律师，我绝对不会诬陷他人。"说着从衣兜里掏出五块银圆塞给宋警官，又说道："咱们和尚不亲帽子亲，总不能眼睁睁地看着偷盗犯逃脱法网吧。"

见宋警官露出迟疑的神情，鲁强又说道："宋警官，您放心，事成之后我还有重谢。"

宋警官说道："鲁强，我不明白你堂堂一个律师，为什么非要与一个平民老百姓过不去呢？这到底为何？"

鲁强说道："宋警官，实不相瞒，按常理我确实不会与他过不去，这样也有失身份。不过事出有因，我是不得已而为之。"

"何因让你如此啊？"

鲁强犹豫了一会儿说道："都是岭英所致，说白了就是我看中那个女人了。宋警官，务必帮我这个忙。"

宋警官点了点头，说道："原来如此，我能帮你什么忙呢？况且偷粮与要人这是两回事，它们之间并没有什么牵连啊，你怎能想出这样的主意呢？"

鲁强说道："怎么没有牵连呢？你就威吓他，偷了人家的粮食是要坐大牢的，那憨生必定不愿坐牢。你就说不愿坐牢也可以，但你们两个必须离婚。"

宋警官忍不住笑道："亏你还是律师，怎能这样荒唐，如果因此判他们离婚，传扬出去岂不让人们笑掉大牙。"

鲁强说道："那就让他坐牢，不想坐牢就拿赎金，拿不起赎金就得拿人作抵押。"

二人密谋好后一起来到审讯室，宋警官不容憨生夫妻再说什么，一拍桌子，大声说道："憨生，现在人证物证俱在，不用再抵赖了。"说罢便让人将憨生夫妻二人关了起来。

待憨生的爹陈老大赶到警察局时，人早已被关了起来，没办法只好去找宋警官。宋警官说道："你儿子偷了人家的粮食，犯了大罪，是得坐大牢的。"

陈老大一听，吓得一屁股坐在了地上。宋警官说道："别坐在地上了，快点起来，回去想想办法吧。"

陈老大恳求道："警官，我能想什么办法呢？还是您给我想想办法吧！"

"他犯的就是坐牢的罪，我也没有办法呀！"

"警官，我儿子儿媳都是老实本分的孩子，怎么会偷人家的粮食呢！"

"人证物证俱在，想赖也是赖不过去的，还是想想该如何办吧。"

"我也不知怎么办是好，还是您给俺想想办法吧！"

"我也没什么办法，那就等着坐大牢吧。"说罢宋警官就要走。

陈老大上前拦住苦苦哀求道："警官，您说啥都行，无论如何都不能让我儿子儿媳坐牢啊。"

宋警官见火候已到，便说道："办法是有，就看你愿意不愿意了。"

陈老大一听有了办法，忙问道："有什么办法您只管说，我一定照办。"

宋警官说道："不想让你儿子坐牢也行，拿钱来赎。"

陈老大忙问道："得多少钱可赎回二人？"

"不多，一百块银圆。"

陈老大叹道："天啊！你就是把我卖了，也弄不到一百块银圆啊！"

宋警官听陈老大说拿不出一百块银圆，便说道："如果拿不出银圆，还可再想想其他的办法嘛。"

"您还有什么办法不让他们坐牢？"

宋警官说道："如果实在拿不出钱来，用人换也行。"

陈老大不解地问道："用人换？什么人？"

"就你家儿媳呗。"

"警官，您这话是什么意思？"

"没什么意思，我是为你考虑，没钱可把你儿媳抵押给人家做活。不过还得看原告同意不同意。"

陈老大问道："警官，原告姓啥叫啥啊？现在在哪里？"

宋警官说道："原告叫鲁强。如果你愿意的话，现在就可通知原告过来。"

陈老大叹了一口气，说道："我愿意。"

鲁强来到了警察局。陈老大见到鲁强，顿时怒火中烧，大声喊道："你就是鲁强？我们前世无冤后世无仇，你怎能昧着良心诬陷我儿子呢？……"

　　陈老大越说越愤怒，恨不得扑上去咬鲁强几口。宋警官见状大声喝道："陈老大，如果你再这样大喊大叫，现在就把你儿子送进大牢。"

　　听宋警官这么说，陈老大赶紧闭上了嘴。宋警官又说道："陈老大，吵闹不能解决问题。要想你儿子不坐牢，只有与原告和解，让原告不追究你儿子的责任。"

　　陈老大问道："怎样和解？"

　　鲁强说道："想和解，必须得交赎金，没有赎金用人抵押也行。"

　　陈老大活了大半辈子，从未遇到过这等事，他根本就不懂用人抵押的意思，于是问道："什么是用人抵押？"

　　鲁强说道："用人抵押就是让你儿媳龄英到我家做用人，三年后再回家。"

　　宋警官问道："陈老大，这样行吗？如果同意的话，立马就放你儿子出去，如果不同意就送你儿子去坐大牢。"

　　陈老大沉吟了一会儿，说道："宋警官，容我回去与亲家公商量商量再定行吗？"

　　"这样吧，给你一天的时间，后天必须得来回话。"

　　陈老大回去后与亲家刘老汉说了此事。

　　刘老汉听后直摇头，他无论如何也不相信自己的女儿会做偷盗的事情，于是说道："这不可能，绝对不可能。"

　　陈老大说道："是啊！我也不相信。现在事情紧急，不是细说的时候，还是看看该如何应付眼前的事吧。"二人一时也想不出一个好办法来，无奈之下请来了本庄的几个名人进行商议。

一个叫陈金元的人说道："现在不是想法不想法的问题，法子再好没有钱也是枉然。"

又有一人说道："我看这件事不是咱们几人能办的，不如去求乌集镇上的王绅士，他儿子王雨清在地区行署做官，也许他能办了这事。"

大家齐声附和道："对对对！眼下之计只有去求王绅士了。"

事情紧急，陈老大立即去见了王绅士，把律师鲁强诬陷儿子的事说了一遍。王绅士听后大怒道："身为律师竟如此龌龊，真是可恶至极。"说罢提笔给儿子写了封信，交给陈老大。

陈老大拿着信直接去了地区行署，见到王绅士的儿子王雨清递上信。王雨清看过信后又问了一些具体的情况，然后对陈老大说："陈大伯，你暂且先回去，此事我自有安排。"

待陈老大走后，王雨清自忖道："作为一名律师，应是为民伸张正义，怎能做出这等卑鄙无耻的事情来呢？"

为核实情况，王雨清亲自去了县警察局，见了警官宋效山。宋效山见警察署长亲自驾临，岂敢怠慢，老老实实地说出了事情的原委。王雨清听后怒斥道："宋效山，你身为一名警察却不顾王法，与这等败类同流合污，幸亏尚未造成严重后果，否则定将你严办。看在你能实话实说的态度上，就给你一次悔过的机会。"

宋效山见警察署长如此大怒，吓得大气都不敢出，唯唯诺诺地说道："今后一定尽职尽责。"

王雨清看了宋效山一眼，说道："还愣着干啥！去，把律师鲁强喊来！"

鲁强来到警察局，百般讨好王署长。王署长不为所动，厉声喝道："身为律师不为百姓伸张正义，却做出这等卑劣之事，还在此大言不惭，现在剥夺你的律师资格。"

憨生夫妻二人无罪释放，一场虚惊过后按理一家人应高高兴兴才是，可偏偏又生枝节，憨生突然提出要与岭英离婚。这可把岭英气坏了，当即气愤地说道："离婚可以，但你必须与我说清为啥离婚。"

憨生说道："不为啥，就是咱们夫妻缘分已尽。"

岭英原以为与憨生成了婚，日后二人必能白头偕老，可她万万没想到憨生会提出离婚。岭英一气之下回了娘家，把此事告知了老爹。刘老汉听了火冒三丈，大骂憨生是个不知好歹的东西。刘老汉心中实在难以接受，忽地一屁股坐在了地上。岭英见状慌忙把他扶起，说道："爹爹您别气了，都是女儿不好，让您受此折磨。"

过了一会儿，刘老汉冷静下来后，想到事情绝不是那么简单，按理说陈家绝对不会提出离婚，其间必有隐情。其实刘老汉想的一点儿不错。自从儿子憨生娶了昤英，陈老大总是忧心忡忡，他感觉儿子配不上昤英，迟早是要出事的。这次儿子从警察局出来，更加剧了他的担忧，于是他把自己的担忧告诉了儿子，憨生听后也有同感。在这种情况下，憨生毫不犹豫地提出了离婚。可昤英父女并不知道陈家父子所忧，因此父女二人伤心地哭了起来。正哭时，昤英的二叔来了，见状，不解地问道："咋啦？又出什么事了？"

刘老汉见二弟来了，便与其说了实情。二弟听后说道："陈家提出离婚是对的，你们没什么可恼的。"

刘老汉生气地说道："二弟，你怎能这样说话。"

昤英也生气了。

二弟说道："大哥，人贵有自知之明，陈家男儿什么模样，咱家女儿什么模样，他们父子清楚得很。你打心底说，他配得上咱家昤英吗？憨生娶咱家昤英，这本身就潜藏着祸患。这场官司不就是例证吗？陈家父子是担心围绕昤英再生是非，而又无能力应对，因此才提出离婚的，你们又有什么可恼的呢？"

接着又对昤英说道："昤英，不是二叔说你，当初不知你中了什么邪，非得嫁给憨生，结果怎样？现在看到了吧。以二叔之见，不要认死理了，离婚就离呗。"

可昤英不听劝，非要去陈家。刘老汉也没办法，心想是福不是祸，是祸躲不过，随她便吧。

陈家见昤英回来了急忙关上院门，无论昤英在外怎样拍

　　打喊叫，陈家就是不开门。一直到了下午，陈家听外面没了
动静才敢开门。门一开，见岭英正在门旁坐着。岭英见门开
了，随即走进屋里。陈老大满眼噙泪地说道："孩子，陈家不
是不要你，而是陈家无能，享不起这个福。要你嫁给憨生实
在太委屈你了，我们良心上也过意不去！你要真为陈家着想，
就离开陈家吧，我们不想再过担惊受怕的日子了。今天有鲁
强，明天就还会有张强、王强！"

　　岭英说道："爹，你说的这是啥话。想我的人再多，只要
我不想他们，他们又能怎样？"

　　"孩子，别再认这个死理了，鲁强不就是例子吗？要不是
王绅士父子，咱们还不定咋样呢！"

　　憨生说道："岭英，就听爹的话吧，权当咱俩缘分已尽，
我不想再过这种担惊受怕的日子了。"

　　岭英见陈家父子把话说到了这个份上，也就不再强求，
夫妻就此缘尽。

　　岭英与憨生离婚的消息一出，很快传遍了十里八乡，于
是又引起一场求婚热。追求她的人虽不如当初多，可为数也
不少，其中就有留洋学生王雨飞。当日，王雨飞骑着车游览
乡间风景，路过岭英家，见其院落特具风格，于是便停住车，
观赏起来。正当他看得津津有味时，岭英从院中走了出来，
正好与王雨飞撞了个对脸。二人不由得相视一眼，这一眼不
打紧，留洋学生王雨飞乍然一愣，全身似过电一般。岭英从
未见过洋学生，乍一看也觉新奇，随后羞涩地回了院中。留

洋学生待了多时，再不见岭英出来，于是快快不乐地离去了。回到家，他一头倒在床上，脑子里想的都是岭英。他做梦也没想到，在这么个穷乡僻壤的地方，竟有这般美丽的女子。中午，用人喊他用餐时，方才起身。到餐厅胡乱地吃了点儿东西，又回到了卧室。母亲荣氏见儿子一副六神无主的样子，心里起了猜疑。于是去到儿子的卧室，问道："飞儿，你咋啦？一副无精打采的样子，饭也不好好吃。"

王雨飞见母亲问，便如实地说出了自己的心事。荣氏听后说道："你说的是不是尹庄刘老汉的女儿岭英，我认识她，此女确实俊俏，不过她是个离过婚的女人，你想她还有何用？"

王雨飞说道："她若是已成婚倒也罢了，现在她离婚了，不正好向她求婚吗？"

荣氏听儿子这般说，当即生气地说道："儿呀！你好痴迷，咱们名门望族，你又是个留洋的学生，无论如何也不能找一个这样的女子呀！不然，爸妈今后还如何见人，届时谁不笑话咱们王家喝了迷魂药。不行，绝对不行，你趁早打消这个念头。"

王雨飞说道："我不在乎她结过婚，只要她现在未婚，我就要娶她。"

"儿呀！这个使不得，万万使不得。你想过没有，爸妈让你出国留学，为的是将来你出人头地，光大门庭。现在功名未就，你却腻上了一个乡间女子，况且还是一个离过婚的女子，如此没有卓识，让妈如何说你是好呢!"

无论怎么说，王雨飞就是要娶岭英。荣氏气得心肝疼，没办法只好告诉了雨飞的爸爸。雨飞的爸爸听后沉默多时，而后说道："如果儿子执意要娶岭英，我们也不必强拦。他是留洋学生，无论是知识还是道理都比咱们懂得多。既然他如此执着，咱们还有什么可阻拦的呢? 就随其心愿吧，也许这就是命中注定吧!"

荣氏心里尽管不愿意，但也毫无办法，最终还是让媒人去刘家提了亲。听说留洋学生是王绅士的小儿子，刘老汉父女万分欢喜，他们正感无以报答王绅士的恩情呢。因此，自然是满口答应。

媒人又说到迎娶之事。刘老汉说道："小女是再婚，还是不要张扬得好，选个吉日嫁过去就行了。"

其实王绅士夫妻二人也是此意，可儿子王雨飞却坚持明媒正娶，花轿相迎。

媒人说道："那可不成，王绅士可是大户人家，儿子婚事岂能潦草，总得吹吹打打，花轿迎娶才是。"

刘老汉乐不可支地说道："一切由您安排，您就看着办吧。"

诸事都谈妥后，正待吉日迎亲，突然警察局来人把岭英给带走了。这下刘老汉可慌了手脚，他急忙找到媒人，说了此事。媒人不敢怠慢，又急忙告知王绅士。王绅士听后也感到莫名其妙，赶忙派人去地区行署问大儿子。结果前去送信的人回来说大儿子正被隔离审查。王绅士大惊，自言道："儿子为官一向清正廉洁，怎么会被隔离审查呢？"

别说王绅士不知内里，就是王雨清也不知为何会被隔离审查。那么，这到底是怎么回事呢？后来才知道是律师鲁强搞的鬼。起先他想得到岭英，费尽了心机，眼看就要得手时，却被王雨清破坏了，不但毁了他的美人梦，还剥夺了他的律师资格，他便怀恨在心。当他听说王绅士的小儿子将要迎娶岭英时，更觉妒火中烧，同时心中窃喜，这正是自己报仇的良机，随即写了一张状纸递到了行政公署。

　　　　地区行署警察署长王雨清滥用职权，欺压良民，为其弟强夺民女为妻。

　　　　　　　　　　　　　　　告状人：鲁强

行署长官接到状纸后大怒，派专员办理此案。办案专员来到县警察局，随即让人把有关人员带到县警察局。因此，当岭英到警察局时发现憨生、宋警官、鲁强等人都在。鲁强见到岭英，狞笑道："与我鲁强作对，这就是下场。"

待涉案人员到齐后，办案专员对他们一一进行了审问，几人所说与警察署长王雨清所说完全一致，根本就不存在欺压良民、抢夺民女之事。办案专员回到地区行署，把情况汇报给了行署长官。行署长官对王雨清秉公办事、扬善惩恶的

举动高度赞扬，对鲁强诬陷他人、知法犯法的恶劣行径进行
了严惩。

　　事后，王家鼓乐齐鸣，八抬大轿把岭英娶回家中。

智慧学子

　　智村的林丰清和慧村的邱舒，幼年时一起读书识字，直到初中。二人感情甚笃，所用之物不分彼此。唯一在乎的是考分的多少，在此方面，二人皆有妒心，一人的考分哪怕高出另一人一分，心里都不是滋味。初中毕业时，二人均以高分被县第一高中录取，二人拿到通知书后便匆匆赶回家向父母报喜。

　　林丰清走进家，见奶奶躺在床上，父母满面忧愁地在一旁坐着，他犹豫了一会儿便想出去。这时，他的父亲说道："丰清，有啥事？"

　　丰清见父亲问，便走进屋里，把录取通知书递给了父亲。父亲接过后看了看，不但没有惊喜，反而唉声叹气起来。看了一会儿，他又把通知书递给了丰清的母亲。母亲看后用乞求的目光看了儿子一眼，也没吭声。

　　丰清见此情景，自然理解父母的心情，遂说道："爸妈，你们不用担忧，我就是想让你们看看，我初中三年没虚度光阴。其实我早已厌倦了学校里的生活，现在我正在找工作，一旦找到了工作就可以挣钱还债了。如果在家找不到，我就去温州。"

母亲听见儿子如此说，再也忍不住内心的悲痛，小声地抽泣起来。过了好一会儿，父亲说道："孩子，我的好孩子，爸爸对不起你，家中的情况你也看到了，奶奶生病已近一年，亲友邻居全借了一遍，还不够给你奶奶治病呢，爸爸没能力再供你上学了。"

丰清说道："爸，咱家的情况我知道，我不上学了，明天就去温州打工。"

父亲说道："你小小年纪，我们怎么忍心让你去千里迢迢之外的温州打工呢！万一出了事情，我和你妈咋办？"

丰清说道："爸，我都初中毕业了，不会出事的。"

林丰清回到房间，躺在床上，心想，如果现在就外出打工实为下策，我一个初中生能做什么呢？即便能挣一点儿钱，对于家中现在的情况，也不过是杯水车薪。学业中途而废，三年的努力都将前功尽弃。随着时代的发展，今后一个人如果没有知识没有文化，怎能立足于社会呢？

话虽这么说，可现在家中已到了山穷水尽的地步，自己又怎好与父母再提上学的事呢？父母不是不想让自己上学，而是形势所迫，没能力再供自己上学了。唉，自己到底该怎么办呢？

正当丰清陷入思索时，弟弟丰贺突然喊他道："哥哥，外边有人找你。"

"谁找我？人在哪儿？"

"就在院子外面。"

丰清忙走到院外，见是同学邱舒，于是便把她领进自己屋里。邱舒说道："明天就开学了，你准备好了没有？明天八点，咱们在坦集汽车站见，一块去县里上学。"

丰清说道："邱舒，我不去上学了，明天就去温州打工。"

邱舒诧异地说道："为什么？怎么突然说出这样的话？"

丰清说道："实不瞒你，我奶奶病了近一年了，家中负债累累，父母已无能力再供我上学了。"

邱舒惋惜地说道："咱们才十几岁，即使不上学也不能外出打工呀，人家老板也不会要呀。"

丰清说道："不是你说的那样，车到山前必有路嘛。"

邱舒见丰清一副无精打采的样子，便再没说什么。邱舒回到家，把丰清的情况如实地告诉了妈妈。妈妈听后叹息道："成绩如此优异却要弃学务工，实在是可惜。"

邱舒的妈妈又把这一情况告诉了邱舒的爸爸。邱舒的爸是乡党委书记，听了也感到很可惜，于是就把女儿喊来，说道："女儿，去告诉你同学，就说他上学的事爸爸全包了。"

邱舒随即去了丰清家，见了丰清，说了这一情况。丰清听后感激不已，可他转念又一想，说道："邱舒，王老师不是常说不食嗟来之食吗？"

邱舒哭笑不得地说道："丰清，都到什么时候了，还说什么不食嗟来之食，真是穷酸书生一个，真乃孔乙己再世。"

丰清说道："道理我自然明白，不过此事一旦我父母知道，他们必定会不同意的。他们甚至会想大人背债，孩子也背债，何时能有出头之日呢!"

邱舒说道："那就不让他们知道，到时就说去温州打工不就完事了?"

丰清点头道："那就这样。"

之前丰清告诉父母不想再上学了，为何现在又变了呢?

其实一点儿都未变，他自始至终都想上学，原先说不想上学了是对父母的宽慰，以此减少父母的愧疚。现在邱舒的爸爸说要帮他，他怎能舍得放弃呢? 因此同意了邱舒的说法。

第二天一大早，二人来到坦集汽车站，一同乘车去了路城县。到了县一高，报过名，分过班，二人都被分到了加强班，林丰清在加强一班，邱舒在加强二班，自此二人正式进入了高中生涯。时间一晃，一个学期就要结束了。这天中午，吃过午饭，其他同学还没去教室，林丰清便到了教室。不一会儿教室里又来了三名同学，其中有一个叫万保顺的，手拿一根高粱秆站在教室的最后一排，学着上午体操课上老师投掷标枪的动作，把高粱秆当作标枪往教室前面掷去。这时刚好有一叫刘成山的同学走进教室，没容他躲闪，那高粱秆就嗖的一下飞了过去，正巧扎住了他的右眼，当即就血流不止。见状，万保顺吓得大惊失色，他没有去查看同学的伤情，而是领着另外两位同学慌慌张张地走出了教室。

林丰清看在眼里，大声喊道："万保顺，你伤了人，怎能走呢？"万宝顺假装没听见，加快了往外走的步伐。林丰清快步来到刘成山跟前，二话没说背起他就去了校卫生室。快到卫生室时，见班主任牛老师和万保顺等几个同学也跑了过来。林丰清顾不上与牛老师打招呼，背着刘成山直接来到卫生室。校医说伤势太严重，无能力处理。几人又慌忙把刘成山送进县医院，等一切安排好后，牛老师说道："丰清，你千不该万不该在教室内投掷高粱秆，现在伤了人该怎么办？"

林丰清本以为万宝顺主动去找牛老师承认了错误，谁知他不但没承认错误，反而诬陷起自己来，于是气愤地说道："牛老师，分明是万保顺投掷的高粱秆伤到了刘成山，怎能说是我投掷的呢？"

万保顺恶声道："林丰清，你血口喷人，我们都看到了，就是你投掷的高粱秆。自己怕承担责任，却把罪责推到我身上。"

二人你一句我一句地争吵起来。这时牛老师厉声喝道："都给我闭嘴，这里是医院，在此大吵大闹成何体统。"

二人顿时停止了争吵。这时医生把牛老师叫到一边，低声道："该学生眼球严重破损，已无法补救，快通知家长吧。"

牛老师见事情严重，急忙告知了校长。校长也感事态严重，一边让治安室把当时在场的几个学生控制起来，一边派人通知学生的家长。学校又成立了调查组，专门处理此事。

第二天，调查组在校领导班子会上，汇报了调查到的情况，结论是林丰清在教室投掷高粱秆，误伤了刘成山。针对此情，学校领导研究后做了如下处理：一是班主任牛老师对学生管教不严，作出书面检讨；二是林丰清误伤他人，后果严重，开除其学籍并赔偿医疗费。

邱舒听到消息后，心急火燎地去找林丰清。没到一班教室时，她就看到林丰清正往外走。于是紧走几步，来到林丰清跟前，问其原因，林丰清如实地说了事情发生的经过。邱舒听后，愤愤不平道："不行！咱们不能就这样听之任之，必须得给他们一个有力的反击。"

丰清说道："这个自然，我已把想要说的话都写在了信上，现在就是去见王校长。邱舒，你给看看我写的是否合适。"

邱舒接过信，只见上面写道：

尊敬的王校长：

我是加强一班的学生林丰清，11 月 20 日午饭后，刘成山同学的右眼被误伤，调查组把责任归在了我身上，并做出了对我的处罚。王校长，如真是这样，我林丰清可要比窦娥还冤。

开除我的学籍，赔偿医疗费用，这些并不足惜，汗颜的是堂堂路城县一高，处理问题竟如此草率，事实真相竟被几个小人的只言片语蒙蔽。真相一旦大白于世，试想人们将会对一高是何种看法，将会使一高的颜面置于何地？难道辉煌百年的一高，伟大的盛誉，就这样给玷污了吗？恐怕这不是王校长的意愿，更不是一高全体师生的意愿！

因此，我强烈抗议。作为一高的一名学生，出于对校长、老师的尊重，我用一种文明的方式诉说冤情。如果学校不查明真相，妄下结论，我明日就告到县委。看看在这个法治的社会里，还有没有真理。

加强一班：林丰清

邱舒看完后，不禁伸出大拇指连声赞道："好好！棒极了，不愧是一高的高才生。走！咱们一块见校长去。"

到了校长室，把信呈给王校长。林丰清本想当着校长的面陈述一番，可王校长却挥了挥手，没容他再说。二人只好离开了校长室。

二人走后，王校长展开信，一字一句地看了起来。他心中暗道："没想到一个孩子，功力竟如此深厚，言辞竟如此犀利，将来必定成才。"看完又慨叹了一番，然后喊来牛老师，让他看了林丰清的信。牛老师看后感慨道："这孩子好厉害的笔锋，将来必是个人才。"

王校长问道："牛老师，针对此事，你有何看法？"

牛老师说道："看了林丰清同学的陈述，我感觉学校下结论过早，应进一步地核实。"

王校长说道:"如何核实呢?"

牛老师说道:"以我之见,应该报警,让公安人员来审讯那几个学生,肯定能问出实情来。"

"这是为何?"

"校长你想,老师对学生一贯是以说服教育为主,这样做对大多数学生有效,可对一些调皮的学生来讲未必就有效。他们认为学校不能把他怎么着,无形之中就形成了有恃无恐的态度。而公安人员出面审讯就不同了,他们知道警察是专抓坏人的,这无形之中就形成了一种威慑,因此公安人员出面必能查出实情来。"

王校长听后,认为有道理,于是到公安局找了有关领导,说明了情况。公安局随即派人把涉事的几个学生带到公安局,分别进行了审讯。方知万保顺、侯立商、吴大江三人是拜把子兄弟,为逃避责任,万保顺想出了诬陷林丰清的点子,三人统一了口径,咬定是林丰清所为。

查明真相后,限于学生年龄,公安局并未做出处理,而是把实情反馈给了学校。得知真相后,王校长随即召开了领导班子会。会上,王校长宣读了林丰清同学的信及公安局的审讯结果,是万保顺等三人合伙诬陷了林丰清。王校长颇有感触地总结道:"这件事对学校来讲,绝对是一次极其深刻而又沉痛的教训,试想如果按照学校调查的结果,对林丰清同学实施了处罚,岂不冤枉了林丰清同学。我们一定要从这件事中吸取教训,认真做事。"

　　而后又商讨了对万保顺、侯立商、吴大江三名同学的处理决定，大家一致认为：作为一名高中生，互称兄弟，诬陷同学，实在可恶，对待这类品行恶劣的学生必须严惩。最后，学校做出开除三人学籍的决定。

　　转眼到了期末，就快期末考试了，同学们心里都很紧张，林丰清虽然没有像其他同学那么紧张，但也不敢怠慢。他把列入考试的学科在脑中过了一遍，然后针对自己的薄弱之处，进行重点突破。就在他全神贯注复习时，邱舒来了，问了一些关于期末考试的事情，而后郑重地说道："林丰清，你相信吗？期末考试你必落后于我。"

　　"何以见得？"

　　邱舒说道："凭感觉。"

　　"凭感觉？那我感觉你落后定了。"

　　邱舒说道："一点儿不谦虚，骄兵必败你知道吗？"

　　丰清说道："你何尝不是如此，你谦虚过吗？每次不都是你逼我这样说的？"

　　邱舒说道："无须多说，成绩榜上见分晓，吹牛不算本事。"

　　"那咱们就成绩榜上见分晓，你赶快回去复习吧，从现在起我大睡三天，大玩三天，看你能不能超过我。"

　　邱舒拿起书本在丰清头上拍了一下，笑着说道："我叫你吹牛。"说完一溜烟地跑了。

　　一周时间的考试结束了，同学们紧张的心情并未因考试结束而放松，反而比考试之前还要紧张，学习好的担心能否列入前一百强，学习差的担心被列入后五十名。就在大家忐忑不安时，学习园地处张贴出了成绩榜。同学们纷纷前去观看，邱舒也急不可耐地前去观看。到了地方她首先关注的不是自己的名次，而是林丰清的名次，当她看到林丰清名列榜首时，一下子愣住了，过了好大一会儿，才反应过来。当看到自己排在第十名时，她再也待不下去了。原本是要去教室的，这时也不去教室了，而是直接回了寝室，蒙头睡了起来。

　　按说全校这么多学生，能进入前十名已是很了不起的了，可邱舒在乎的不是自己在学校的名次，而是与林丰清相比，哪怕自己排在倒数五十名，只要能在林丰清之前，她都会很开心。这种心理并非进入高中后才产生的，而是从小学就有了。二人曾经为了考试分数，不知红过多少次脸，为此常常引起同学及老师们的大笑。至于二人为什么会在考试成绩上较劲，直到现在人们也弄不明白。初中时，班主任老师说，林丰清、邱舒这两个孩子，各方面都比较好，关系好得更是形同一人，唯有在考试成绩上针锋相对，显得格外幼稚。现在进入高中了，二人依然这样。邱舒虽然落后丰清十名，可在班内却是第一名，也是非常荣耀了。当全班同学都在为她欢呼时，主角却不在，班主任丁老师问道：“邱舒怎么不在？”

　　与邱舒同寝室的郭凤霞答道：“她蒙头大睡呢。”

　　丁老师说道：“怎么，是身体不舒服吗？”

　　郭凤霞说道：“不知道。”

丁老师感到有点儿奇怪，于是领着几个女生去了寝室。到了寝室一看，邱舒果然正蒙头大睡。郭凤霞走到邱舒跟前，伸手晃晃她道："邱舒，丁老师来了。"

一听丁老师来了，邱舒猛地坐了起来。

丁老师问道："邱舒，你怎么啦？身体不舒服吗？"

邱舒说道："谢谢丁老师，没事，我身体好着呢。"

丁老师说道："既然没事，怎么在寝室蒙着头睡觉？"

邱舒低着头也不言语，一会儿却哭起来。几个人一时都不知所措，最后在丁老师的再三追问下，邱舒说这次期末考试林丰清超过了她。当大家知道是这个原因后，都不禁笑起来。

丁老师说道："你这孩子，平日里如此聪明，怎么在这件事上如此幼稚呢！这是很正常的现象，不值得你蒙头大睡。"

邱舒说道："他让我太难堪了，考试前我在他面前夸下了海口，这次考试名次一定会在他之前，谁知反而落后于他，还落这么长的距离，我有何脸面去见他！他该扬眉吐气了。"

几个人听后，又是一阵大笑。大家觉得邱舒今日与往日相比简直判若两人，太让人不可思议了。在这个问题上，她怎么如此幼稚呢！

丁老师见邱舒总是纠结于她与林丰清的名次，于是说道："邱舒你平日那么聪明，怎么现在就这么糊涂呢？这仅仅是一次期末考试，又不是最后的决赛，往后考试的次数还多着呢，鹿死谁手还不一定呢！"

　　丁老师的这番话总算说到了邱舒心里，解开了她的心结，她也就不再蒙头大睡，而是和老师与同学们一起回到了教室。

　　林丰清全校第一，名声大震，原来不认识他的同学和老师都想看看这个全校第一名长什么样。当真的见到他时，无不感到出乎意料，只见他面黄肌瘦，犹如大病初愈一般，因此又都啧啧称赞道："真没想到全校第一名就是他啊，真可谓奇才。"可也有一些同学说："看他那面黄肌瘦的样，怎么是第一名呢，这次肯定是侥幸。"可不管怎么说，成绩榜上林丰清名列第一，却是一个不争的事实。

　　自此，林丰清进入了老师及同学们的关注视野。一班班主任牛老师对林丰清的考试成绩没有任何疑惑。他疑惑的是林丰清是怎样获得这样优异的成绩的。在平时学习过程中，也未发现他有什么过人之处，居然在期末考试中获得了全校第一名，他到底是怎样学习的呢？带着这种疑惑，牛老师开始留心林丰清的一举一动，多日观察也没发现什么异常之处，唯一与其他同学不同的是，每天林丰清都是最后一个离开教室，待同学们都吃过饭了，他才去吃。为什么要这样呢？为弄清这一问题，这天中午牛老师见林丰清去了食堂，也跟了过去。他见林丰清并未去食堂窗口买饭，而是吃起了餐桌上同学们的剩饭。见此情景，牛老师心里一颤，自语道："为什么要这样呢？难道是家里困难吃不起饭，还是另有他因？"一连观察了几天，林丰清都是如此。由此牛老师又联想到平日的一些情况，林丰清几乎没穿过新衣服，更没去逛过县城，又想到林丰清早间上操晕倒的事情，当时是一位女生照看的他，至于晕倒的原因一直没弄明白，现在想来很可能是营养不良所致。于是牛老师便去查找当时照看林丰清的那位女同学，原来是加强二班的邱舒。牛老师心想，邱舒是加强二班的，还是位女生，她为什么会照看林丰清呢？这里面肯定有事儿。牛老师把邱舒叫到办公室，问了一些林丰清的情况，可邱舒只是说与林丰清小学初中在一所学校，其他什么也没说。牛老师见从邱舒口中得不到自己想要的答案，便又去问了林丰清，林丰清如实地回答了牛老师的问题，唯独没有告诉牛老师家中困难的事。牛老师听了心里更为不解，心想既然林丰清生长在一个正常的家庭里，起码穿衣吃饭是没有问题的，可为什么要捡同学们的剩饭吃呢？他想当面问林丰清，可话到嘴边又咽了回去，唯恐伤了林丰清的自尊心，因此也没再往下问，便暂且放下了此事。

　　牛老师把这一情况告诉了邱舒，邱舒不信。为证实牛老师的话，当天中午吃饭时，邱舒故意躲到食堂一边，待同学们吃过饭离开食堂后，她见林丰清来到食堂，直接去了卖饭窗口，买完饭吃了起来。第二天中午吃饭时，邱舒又躲到食堂一边，这一次林丰清没有去窗口买饭，而是吃起了别人的剩饭。邱舒看到这一幕心里一阵难受，她当即就想到林丰清跟前，可又怕他尴尬。下午放学后，待同学们都离开了教室，邱舒走进一班教室，来到林丰清跟前，她从身上掏出三十元钱放在林丰清的课桌上，说道："丰清，只有吃上热饭，才会有好身体，有了好身体才能好好学习，难道这个道理你不懂吗？我爸既然答应供你上学，难道还怕你吃不成？"说罢，走出了教室。

林丰清看着她离去的背影，百感交集地说道："邱舒，等着吧，日后我一定报答叔叔对我的恩情。"

期末考试结束后不久学校就放假了，同学们纷纷回了家。邱舒也要回家，她猛地想到林丰清，于是便去了一班，见到林丰清，问他是否回家，丰清说暂时还没确定。邱舒知他家中的情况，因此也没再问，又给了他二十元钱。

邱舒走后，林丰清心里踌躇起来，自己是回家还是不回家呢？回去也没什么好的，看到的不过是奶奶躺在床上，父母一脸的忧愁，可不回去又该去哪儿呢？他越想心里越难受，于是便出了学校，没走几步，便看到墙上贴了一张广告，仔细看去是一家旅馆招临时工的广告。他心中一喜，便按广告上的地址，找到了那家旅馆，说明了来意，老板答应聘用他。待一切就绪后，他又把学校奖励的五百元钱寄回了家，之后便在旅馆做起了临时工。

父亲林道志正在为过年发愁时，突然收到儿子寄来的五百元钱，顿时激动不已。往事一幕幕浮现在他眼前，特别是儿子拿着录取通知书的情景，他至今难忘。此时他拿着儿子寄来的钱，看了又看，不由得掉下了泪来，自语道："儿呀！你才十五岁，是父亲无能啊，父亲对不起你呀。"

这时，丰清的母亲冯氏从娘家借钱回来，见他满眼噙泪，以为是婆婆出事了，忙问道："孩子他爸，咱娘咋了？"

林道志没吭声，把儿子寄来的钱给了她，冯氏接过一看，惊喜道："这是清儿寄来的吗？好啊！我儿子能挣钱了。"

一股喜悦刚挂脸上，霎时又布上了阴云，接着潸然泪下。直到婆婆在屋里喊他们时，二人方才止住悲痛，于是急忙起身，来到母亲跟前。母亲额头的皱纹已经绽开，老人见儿子、儿媳来了，她吃力地抓住儿子的手，嘴张了几张才说道："后院有你父亲藏……"话没说完便闭上了眼睛。林道志喊了几声娘，再也没听到回声，母亲永远离开了儿子。

林道志夫妻二人痛哭一场，安葬了母亲。待料理完母亲的后事，时间已到了腊月二十八，新年将近，但此时家中却一无所有。

冯氏对丈夫说道："后天就是除夕了，年关少不了亲戚要来，无论如何还是要置办些东西，以作应酬。"

母亲离世，儿子在外，林道志心里已难受不已，哪里还有心思过年呢？但妻子说的也有理，没办法便带着家里仅剩的一百多元钱去了集市。买完年货，回来路过集市桥头时，老远便看到黑压压围了一圈人，待走到跟前看时，见一对老夫妇领着一个十来岁的小女孩在表演杂技。女孩正在那高高的钢丝绳上走着，不时迎来阵阵喝彩声。女孩正得意地沿着钢丝绳走时，突然刮来一阵旋风，猝不及防，女孩从钢丝绳上掉了下来，老汉一个箭步冲到女孩身边，万幸女孩只是摔断了右臂。老汉忙安排老伴向观众收钱，谁知观众见老妇收费，便一哄而散。

林道志看在眼里，愤愤不平道："人岂能没有德行。"

他走到女孩跟前，看了她的伤势，问了老汉一些情况，方知三人来自河北。老汉的儿子儿媳遇车祸死了，唯独撇下个女娃。为了生存，老汉靠着一技之长，在外挣点小钱，谁知今日孙女从钢丝绳上掉下来，摔断了手臂，老汉一时没了主意，口中直道："这该咋办啊？"

三人围在一起，哭了起来。林道志忙道："大哥在此伤心也不是个办法，走，我领你们到医院看看去。"

到了医院，林道志带他们去看了骨科医生，又把买年货剩下的三十元钱掏给了老汉。

冯氏见丈夫只买了这么一点儿东西，不满道："咱们亲戚那么多，你买这几斤肉还不够剁饺子馅，到时如何招待客人呢？"

林道志坐在那里没吭声，过了一会儿才说道："幸亏没买那么多东西，才省下这三十元钱。"

冯氏说道："这话是什么意思，我看你是糊涂了，省下这三十元钱，咱家就能富起来？"

林道志说道："这三十元钱却发挥了大作用。"

冯氏不解地问道："发挥什么大作用？"

"这三十元钱救了一家人的命。"林道志随即向妻子说了回来的路上遇到的事。

冯氏听后生气地说道："道志啊，不是我说你，你怎么就分不清大小头呢。咱家现在的处境是泥菩萨过河，自身都难保，哪里还有闲钱救济别人呢？"

林道志说道："事情已经过去，别管给谁，只要没丢心里就不亏，你也别再计较了，过完年我就去南方找儿子，好好地挣钱就是了。"

冯氏再没言语，自己又去集市买了些年货，七拼八凑总算度过了年关。

年关已过，当务之急是想法尽快挣钱，偿还债务。于是林道志便与妻子商议，让妻子看家，自己去南方找儿子，父子一起挣钱，很快就能还清债务。二人拿定主意后，林道志正准备起身去南方，猛地想到只知道儿子在温州打工，可具体是什么地方却不知道。

冯氏说道："汇款单上应该有具体的地址。"

"取款时给了银行，现在去哪里找呢？"

冯氏说道："这个不怕，银行肯定有存根，一查不就知道了吗？"

二人去了银行一查，发现汇款单上的地址是路城县，银行工作人员说道："你们的这个钱根本就不是从南方汇来的，而是从咱们路城县县城汇来的。"

二人一听糊涂了，儿子分明是去了温州，钱应该是从温州汇来的，怎么会是从县城汇来的呢？

银行工作人员说道："汇款单上所盖印章是路城县邮局，这点足可证明钱是从路城县县城汇来的。"

林道志说道："钱虽然是从路城县县城汇来的，但我儿子肯定是去了南方，这是确定无疑的。"

银行工作人员看了林道志一眼，再没吭声，于是夫妻二人便离开银行回了家。到家后，二人又商议起寻找儿子的事，可没有具体的地址，到哪去找呢？二人正焦急时，林道志突然想起了母亲临终时说的话："后院有你父亲藏……"

冯氏也恍然大悟道："对呀！咱们只顾着处理咱娘的后事，却忘了咱娘的临终之言，幸亏你想起来了。"

林道志说道："想倒是想起来了，可咱爹在世时，从未听他说过在后院藏了什么，会不会是娘临终前的呓语呢？"

冯氏说道："咱娘都到那时候了，哪里还会有呓语。藏没藏东西，咱们到后院看看不就知道了吗？"

二人去了后院，来回找了数遍，也没找到藏的东西。林道志说道："我就说是咱娘的呓语，你还不相信。"

冯氏不死心，说道："反正这后院也不大，不如咱们用铁锹挖开来，看到底有没有藏东西。"

林道志说道："行！做就做个彻底，免得后悔。"

夫妻二人各自拿了一把铁锹在后院里挖了起来，直到把后院挖了一遍还是没有找到所藏之物，二人兴趣顿失，收起铁锹离开了后院。

回到前院，林道志陡然转变了思维，心想，母亲当时绝对不是呓语，她老人家在世时从未说过呓语。还是妻子说得对，当时那种情况下，母亲哪里还能说呓语呢？晚上，躺在床上，他久久不能入睡。刚睡了不到一个时辰，就又醒了过来，心中一直惦念着母亲临终前的话，他坚信母亲绝不是胡说。此时，他再没有一点儿睡意，于是悄悄起床，拿着手电筒，带上铁锨，来到后院。他手扶铁锨，站在后院里向四周看了起来。当他正看时，不知怎么铁锨却脱手而出，倒在了地上，铁锨把所指方向正是院子的西北角。他感到很是奇怪，铁锨自己分明拿得好好的，怎么就脱手而出呢？况且铁锨把左不指右不指，偏偏指向了西北角，莫非是父母在天有灵，暗示我东西就藏在西北角？想到这里，林道志弯腰捡起铁锨，在院子的西北角处挖了起来，挖到将近一米深时，再也挖不动了。他用手电筒往坑里照了照，像是有块很厚的木板。他又沿着木板向外挖了一圈，而后用铁锨撬开木板，发现下面是一个小小的地窖，里面藏有两个坛子。他放下手中的铁锨，把那两个坛子搬了出来。掀开坛子盖一看，坛子里装的全是银圆。他又惊又喜，当即双膝跪地，向父母跪拜一番。把所挖之坑填平后，他小心翼翼地把两坛银圆搬回卧室，藏在床下。一切弄好后，看看妻子还在熟睡着，于是悄悄地上了床。也许是心情激动，他躺在床上，没有一点儿睡意，直到天色大亮，才蒙蒙眬眬地睡着。

　　冯氏起床，做好早饭，把林道志喊起，一家人吃过早饭，冯氏愁眉苦脸说道："道志，咱们也不知清儿到底在哪儿，实在找不到他，你也不能这样一天天地在家等，得想法赚钱，尽快把欠人家的钱还上。"

林道志漫不经心地说道："急什么，就那点儿钱还不好还。放心，三天后我就把所有欠款全部还清。"

冯氏听丈夫这么说，顿时睁大了双眼，直直地看着他，然后又走到他跟前，伸手摸了摸他的额头，又对着他的脸瞅了瞅，自语道："额头不热，眼也未红，精神正常呀，怎么突然之间说起胡话了呢？"

冯氏又吩咐二儿子丰贺道："你爸恐怕是中邪了，赶快去村西头，把张神汉请来，为他祛邪。"

林道志见妻子一副认真的样子，哈哈大笑道："好好的祛什么邪呀。"

随即领着妻子来到后院的西北角，用手点了点，而后又领着妻子来到卧室，从床底下搬出那两个坛子，放在了妻子面前。

冯氏不解地问道："这不就是两个破坛子吗？"

林道志说道："破坛子？你真认为这是破坛子吗？这是咱们的命根子。"

林道志伸手揭开坛盖，当冯氏看到坛子里装的都是银圆时，惊得瞪圆了两眼，许久都没说出话来。

林道志说道："怎样，还是破坛子吗？有了这两坛银圆，还清欠款没问题吧？"

冯氏一脸迷惑地问道："这是咋回事？昨天咱们把后院翻了个遍，也没发现什么东西，怎么今天突然就弄出两坛银圆来了呢？"

林道志说道："刚才不是到后院指给你看了吗，就是从那个位置找到的。"接着又把铁锨从手中脱落的事向妻子说了一遍。

冯氏听后，千恩万谢道："这真是神灵庇佑，父母在天有灵啊！帮咱们渡过了难关。"

为感谢父母恩情，夫妻二人又到集市买来丰厚的供品，先是祈祷天地，而后又来到二老坟前跪拜。随后夫妻二人拿出部分银圆与人兑换了人民币，还清了债务。

卸掉了沉重的债务包袱，夫妻二人终于松了一口气，这时又想起了大儿子，不免心里又是一阵难受。林道志说道："借款已还清，咱们不能再等了，明天我就去温州，找回儿子，让他继续读书。"

第二天一早，林道志便去了温州。在温州寻找了一个多月，也没找到儿子。之后又是贴广告，又是登寻人启事，但还是杳无音信。尽管如此，林道志依然没有放弃，可他找遍了整个浙江省，还是没有找到儿子，最后没办法只得返回家中。

冯氏见林道志回来了，料想他一定找到了儿子，谁知一问儿子没有找到，顿时心里便害怕起来，说道："不会出什么意外吧？清儿从未出过远门，不知世道险恶，会不会被人骗进了黑工厂？若是这样，咱们可就造大罪了。"

"我也正担心这一点儿呢！"

夫妻二人你一言我一语讨论了好长时间，也没讨论出个结果来。冯氏自我宽慰道："咱们也不能因儿子说去温州打工，就深信不疑，银行工作人员不都说了吗，钱是从路城县县城汇来的，那不就说明清儿还在咱们路城县嘛。"

林道志心中豁然开朗道："是啊！这么明显的事，我怎么就如此犯傻呢，偏偏在温州苦寻！"

冯氏说道："这也不是犯傻，主要是咱俩太相信孩子了。"

夫妻二人商定后，林道志决定去路城县县城寻找儿子。

这时，林丰清已在县一高读书两年，其间他省吃俭用，刻苦学习，每每考试均名列榜首，很受老师的青睐，一些同学也纷纷向他求教学习之道。班主任牛老师认为有必要召开一个主题班会，让林丰清主讲，介绍一下他的学习经验。此想法一经传出，不但本班的学生叫好，还引起了同年级其他班学生的关注，大家都想来参加这次主题班会。鉴于这种情况，牛老师不得不请示学校的有关领导。领导听后，认为这是一件有利于促进学习的好事，当即就同意了牛老师的请示，而且主题班会改为在学校大礼堂举行，全校学生都可以参加。

主题班会上牛老师致辞后，林丰清走上主席台，对着下面深深鞠了一躬，然后说道：

尊敬的校领导、老师、同学们好！

按圣人之道，我是没资格在此发言的，因为我不是一个诚实的孩子。两年前我瞒着父母，偷偷来到了一高。目前为止父母还不知我在一高读书，他们只知道我去了温州打工。这是为何呢？

当时我接到一高的录取通知书后，高兴地拿给父母看，满以为他们会很惊喜。谁知非但没有惊喜，父亲反而含泪说道："孩子，我的好孩子，爸爸对不起你，家中的情况你也看到了，奶奶生病已近一年，亲友邻居全借了一遍，还不够给你奶奶治病呢，爸爸没能力再供你上学了。"

当时听了父亲的话，我万念俱灰，但为了不让父母伤心，我强忍着眼泪，故意说道："爸，咱家的情况我知道，我不上学了，明天就去温州打工。"就在我失去对美好未来的憧憬时，洪龙乡党委书记邱明义闻知了此事，他让女儿邱舒告诉我愿意承担我上学的费用，于是我便背着父母来到了一高。入学两年来，我深知自己读书不易，因此格外珍惜，无论在校内还是在校外，我没花过一分闲钱。今天当着老师及同学的面，说一句实话，我曾多次吃同学们剩下的饭菜。每到节假日，大家都快快乐乐地回家时，我也想回家，可一想到家中的情景，回去只会让父母更加伤心，因此节假日从未回去过。每到节日来临，我只能站在学校大门口面对着家的方向，在心里默默向父母祝福，而后把节假日打工所挣的钱以及所得的奖学金寄回家。

至于学习之道，我确实没有经验可言，只能对大家说，常人不能忍的我能忍，常人不能做的我能做。受挫时，咬紧牙关再接再厉，不徒然自馁。我认为青年人只要肯登攀，就能达到光辉的顶点。

　　林丰清发言结束了，长期压抑的情绪得到了释放，顿时身上轻松了许多。下面坐着的老师和同学们无不泪流满面，他们一个个都陷入了沉思之中。牛老师湿润着双眼走上主席台，哽咽着说道："同学们！今天林丰清给我们上了一节很有价值的课，说是千金难买也不为过。平日老师把刻苦学习这类话讲了无数遍，可转瞬之间就化为云烟。今天林丰清的这节课，相信同学们将会终生难忘。在座的每位同学，今后还有什么理由不刻苦学习呢。至于学习之道，我认为林丰清同学说的'常人不能忍的我能忍，常人不能做的我能做。受挫时，咬紧牙关再接再厉，不徒然自馁'，就是学习之道。同学们一定要认真思考领会，只要理解了这两句话的含义，你就有了学习的力量，何愁破解不了学习上的难题，何愁看不到险峰之上的无限风光呢？"

　　牛老师讲完后，各班代表踊跃发言，决心以林丰清同学为榜样，刻苦学习，发奋图强。

　　主题班会即将结束时，牛老师又发起了救济林丰清的倡议，大家纷纷走上主席台进行捐款。林丰清急忙登上主席台，双膝一跪，大声喊道："谢谢老师和同学们的关心，你们的盛情我领了，但还请你们领回捐款。我自己能够自食其力，大家要是坚持捐款，我就退学，我再次感谢大家！"牛老师见他如此，只得作罢。

林丰清为什么要拒绝大家对他的帮助呢？

他心想，我刚发完言大家就捐款，那么我的发言岂不成了捐款广告了吗？我林丰清以后还怎么能在一高好好学习呢？鉴于此，他极力反对捐款。当然老师与同学们是决不会这么想的。

第二天，学校黑板报上连篇都是林丰清的感人事迹，加强二班的邱舒也因此受到学校的表扬。

再说林丰清的父亲，在路城县县城寻找儿子，一连几天，所有能找的地方都找了，就是不见儿子。这天中午，旅店老板见他一副唉声叹气的样子，便问道："同志，这几天老是见你唉声叹气的，是否有心事？"

"老板，不瞒你说，我确实有心事。"

"什么心事？说来听听，看我能不能帮忙。"

林道志说道："我儿子去温州打工，都两年了一直没有回来。前一段我去温州寻找，也没找到。这不又来县城寻找，这都几天了还是没找到，你说我能不急吗！"

老板问道："你儿子今年多大了？叫什么名字？"

"今年十七岁了，叫林丰清。"

老板在口中反复念叨了几遍林丰清这个名字，而后问道："他上学了没有？"

林道志说道："本来考上一高了，因家里没钱就没上，这才外出打工的。"

老板说道："我认识一个名叫林丰清的，可是他正在一高上学，与你所说的林丰清不是一回事，这个林丰清假期时好到我店里打工。"

林道志心想，一高的学生，难道是清儿？不过清儿亲口说过，他不想上学了，不可能是清儿。于是问老板道："你说的这个林丰清长什么样？"

"大脑门，偏瘦，个头一米七以上。"

林道志自语道："身材相貌倒与清儿相同，但清儿不可能在一高呀。"

老板说道："同志，不管这个林丰清是不是你儿子，到一高打探一下不就知道了。是你儿子更好，不是你儿子也无妨，继续找就是了，总比坐着空等强。"

即使老板不说，林道志也准备去一高看看。经老板这么一说，他就更急不可耐了，立即起身去了一高。到一高校门前没容他发问，门卫便问道："同志，有事，还是找人？"

林道志说道："找人。"

"请问，找谁？"

"找我儿子林丰清。"

一听是找林丰清，门卫来了精神，忙招呼他到屋里坐下，倒过茶水便慌忙去喊林丰清。

不大一会儿门卫就回来了，说道："大叔，不巧，林丰清去南信地区参加学科竞赛了。"

"什么时间回来，你知道吗？"

门卫说道："前天去的，今天应该能回来。不过今天是周六，他们回来后，是直接回家还是回学校，我就说不准了。"

　　林道志心想，这个林丰清肯定与我儿子重名，自家清儿两年没回家了，今天怎能回去呢？想到这里，便与门卫说道："同志，我就不等了，麻烦你待他回来时转告一声，就说林道志来了，在风光旅社06号房间等他。"说完就走了。

　　这天下午四点半，参加竞赛的同学回到了学校。门卫见了林丰清，说道："丰清，上午一个叫林道志的人来找你。"

　　林丰清突然听到父亲来了，心里一颤，忙问道："他在哪？"

　　"风光旅社06号房间。"

　　此时邱舒也在，丰清用疑问的眼光看了邱舒一眼。邱舒自然明白他的意思，于是说道："没事儿，走！咱们一块儿见见大叔去。"

　　二人连寝室都未回，直接去了风光旅社。

　　风光旅社06号房间，林道志坐在床上正想着儿子的事情，突然听到敲门声，忙问道："谁呀？"边问边去开门。

　　打开门，彼此都愣住了，林道志一时竟没认出儿子丰清。丰清见父亲胡子刮了，衣着整齐，一时也没认出父亲。二人互看了好一会儿，方才认出彼此。此时父子二人再也控制不住自己的情绪，丰清猛地扑到父亲的怀里，紧紧抱住父亲，失声痛哭起来。邱舒见此情形，含泪劝道："丰清、大叔，你们父子二人相见本是件喜事，应该高兴才是。"

　　父子方才止住哭声，化悲为喜。父亲问道："清儿，当初你说要去温州打工，怎么现在又上起学了呢？这是咋回事呀！"

丰清不得不把当时的情况如实地告诉了父亲。父亲听后感动道："多亏了邱舒和她爸爸，你才能继续上学。滴水之恩，当涌泉相报。清儿，你一定要牢记这份恩情，不管到任何时候，都要爱护邱舒。"

"父亲放心，我知道。"丰清点点头，接着又问父亲道，"奶奶好了吗？"

"你奶奶已经去世一年多了。"

丰清听后，又大哭了一场。

父亲说道："你奶奶虽然去世了，但父亲并没有遗憾，该尽的孝都尽了。你奶奶还帮咱家渡过了难关，家中所有欠款都已还清。"

丰清听后颇感糊涂，心想别说奶奶已经去世，就是不去世，她老人家也没有这个能力呀。于是便问父亲，父亲却说："今后你慢慢就知道了。"

丰清见父亲不愿说，也就不再问了。这时天色已黑，林道志对邱舒说道："走吧孩子，今天大叔领你们两个到路城县最好的饭馆吃饭，也好弥补弥补叔叔内心的愧疚。"

邱舒说道："大叔，我就不去了，我先回学校。你们父子俩好久不见了，在一起好好聊聊。"

"那哪儿成，天这么晚了，不吃饭大叔心里过意不去！"

邱舒也就没再推却，三人去了路城县最好的饭店，点了一桌子的菜，饱餐了一顿。

吃罢饭，林道志说道："今天是周六，你们正好回家看看。"

邱舒说道："这么晚了，还咋回去？"

"不用担心，咱们坐出租车回去。"

林道志在路边拦了一辆出租车，三人上车。父子二人先把邱舒送到家，方才回自己家。母子相见自然是悲喜交集，母亲高兴地说道："现在咱们家的借款已还清了。"

丰清说道："父亲已说过了，可咱们家借了那么多钱，怎么还清的呢？"

父亲说道："靠祖上庇佑呗。"

林丰清不解地问道："靠祖上庇佑？"

父亲便把得到银圆的过程从头至尾说了一遍，丰清听后仍是满腹疑问，问道："地下挖出银圆，不足为奇，其他地方也有过。但说是奶奶显灵指点，这却让人不可思议。"

父亲说道："谁说不是呢，但事实的确如此。"

母亲说道："这也没什么不可思议的，叫我说就是祖上积了阴德，咱们活着的人也没缺德所致。"

三人你一言我一语地直说到深夜，父亲说道："明天清儿还要回学校，今后见面的时间还多着呢，有话改日再说吧。"

三人便都去休息了。

第二天，父亲领着丰清来到祖坟，祭拜了奶奶。午饭后，丰清与邱舒一起乘车回了学校。车行驶了一段距离，丰清发现车上一长发青年目不转睛地盯着邱舒，于是起身让邱舒坐在了里边，自己坐在了外边。长发青年见二人调换了座位，便怒气冲冲地走到丰清跟前，挑衅道："起来，我坐这里，你坐那边去。"

丰清说道："我坐在这里好好的，为什么要坐那边去呢？"

长发青年说道："叫你去你就去，废什么话。"

丰清见长发青年是故意找碴，因此就不再搭理他。青年见丰清不搭理他，便阴沉沉地说道："我看你是欠揍！"

长发青年抡起拳头就要打丰清，这时坐在邱舒后边的小胡子说道："住手，怎能随意打人？"

长发青年缩回拳头，悻悻地坐到了一旁。当车即将到站时，长发青年又来到林丰清跟前，威胁道："浑小子，快滚，我要坐这里。"

而此时，小胡子则伸手把邱舒的挎包抢了过去，转身向车门跑去。林丰清见状，纵身抱住小胡子。小胡子用力甩了几下，林丰清死死地抱住小胡子。小胡子见挣脱不掉，便把挎包扔给了长发青年。长发青年伸手接过挎包，拉开车门跳了下去。小胡子则从身上拔出匕首，向林丰清腹部连捅两刀，然后甩掉林丰清蹿下了车。

由于事情发生得极为突然，待乘客明白是怎么回事时，歹徒早已逃之夭夭。

邱舒哪里见过这种场面，见丰清倒在了车厢中间的走道上，腹部鲜血直流，竟哭了起来。这时有乘客喊道："师傅，快点开车，救人要紧。"

司机一看也慌了，油门一踩到底，飞也似的开进了县医院。丰清被送进了急救室，因失血过多，已昏迷过去。医生检查发现丰清腹部有两处刀伤，好在没触到要害部位。医生对伤口进行清洗、缝合、包扎，一个多小时后，丰清醒了过来，见邱舒正守在他身旁，默默地流泪。

林道志突然接到儿子被歹徒刺伤的消息，差点儿没晕倒过去。夫妻二人不顾一切地赶到县医院，见到儿子，话没出口眼泪就簌簌地掉了下来。好大一会儿，冯氏说道："清儿，前几年家里困难，让你饱尝生活之苦，现又遭此大难。儿啊，你的命咋就这么苦呢？"

邱舒内疚地说道："叔叔、阿姨，你们别这么说，都是我不好，丰清是为了夺回我的包才被歹徒刺伤的。"

邱舒又看了丰清一眼，愧疚地说道："丰清，真对不起。"

林道志说道："孩子，你不必自责，清儿这样做是对的，只可惜没有把包夺过来。"

不知不觉间，时间已是晚上八点多了，林道志忙起身去给邱舒买吃的。邱舒拦住无论如何都不让去，说道："现在就是山珍海味也难下咽。"

既然如此，林道志也没勉强，说道："现在时间也不早了，我送你回学校吧。"

邱舒没有推辞，与林道志一起去了学校。待邱舒进入学校大门后，林道志方才转回医院。

　　次日又来了许多老师、同学来医院看望林丰清，父子二人表示感谢。在医院住了一个多月，林丰清的伤口还是没有愈合。林道志心想，正常情况下，刀伤半个月就可大见成效，现在已经一个多月了，清儿的伤口怎么还没有愈合呢。林道志心里不免急躁起来，问医生，医生却说别急，再等几天。林道志只得按照医嘱耐心等待。

　　这天中午林道志趴在儿子的病床上睡着了，蒙蒙眬眬之中，他看见母亲来到跟前，说道："儿呀！你要知道有福不可享尽，有财不可占尽。记住做任何事情一定要有一个度。"

　　林道志刚想搭话，可眨眼之间母亲却不见了，醒来发现竟是个梦。他心里感到很是奇怪，自语道："人们常说，日有所思，夜有所梦。最近自己一心扑在儿子身上，怎会做这样的梦呢？"他想了多时也没悟出其中之意，于是便把梦中母亲的话告诉了妻子、儿子。妻子听后，不屑地说道："这有什么稀奇的，这几句话不就是人们常说的吗，看把你神乎的。"

　　丰清说道："大白天做这种梦是有点儿奇怪，梦中奶奶的话很有道理，她是在告诫父亲，做事要留有余地，不要把事做得太绝。财不可占尽，这句话很有道理。前几年咱们家家徒四壁，自从得了银圆，家境才有所好转，可地下的银圆都让父亲挖了出来，这不是把财占尽了吗？"

　　林道志听儿子说得很有道理，便问道："清儿，那咱们今后应该如何办呢？"

　　丰清说道："我只是帮忙分析一下，至于怎么办还是你们做主吧。"

林道志听了儿子的分析，心想母亲梦中之言是否暗示两坛银圆不可占尽，否则会出事的，现在儿子不就出事了嘛。想到这里，他留下妻子照顾儿子，自己赶回家中，待夜深人静时，把没动过的一坛银圆重新埋进了地窖。

说来奇怪，银圆埋进地窖后的第二天丰清的伤口便愈合了。又在医院住了几天，丰清便出院回了学校。这时已进入紧张的高考复习阶段。牛老师问林丰清道："最近一段时间，你也未得看书学习，感觉怎样？"

丰清说道："现在说不好，还是看结果吧。"

其实，林丰清在住院期间并未忘记学习，他有计划地对各科进行了复习，并把问题记在本子上。针对这些问题，回到校后各个击破，取得了事半功倍的效果。集中突击了两个月，高考便开始了。大家摩拳擦掌都想考出一个好成绩，以报答父母的养育之恩、老师的教导之恩。

考试结束了，可紧张的情绪并没有消失，大家都在祈祷自己考出一个好成绩。林丰清也是如此，他不断在心里盘算着自己的成绩，与此同时他又想到邱舒家人对自己无私的资助，自己一直是老师、同学们的关注对象，自己能考上大学吗，这一切都给他造成了极大的压力。

正在这时，邱舒来到他跟前，问他考试情况。

丰清低声说道："感觉差极了，别说北大清华了，就是普通大专也很难考上，看来这最关键的一次考试要败给你了。"

邱舒说道："真的吗?"

丰清说道："咱俩从小到大在考试成绩上，何时谦虚过，从来都是有大不说小，何况这是最后一次，我岂愿落在你后面?"

邱舒说道："这么说来还是我笑到了最后。"

丰清说道："很可能是这样。"

邱舒高兴得当即就要拉着林丰清去县城里逛逛，可她又一想，不对呀，这绝对不是林丰清的风格，平时只要提起学习，林丰清从来都不谦虚，今儿怎么一反常态低调起来了呢? 于是问道："林丰清，我怎么感觉不对呀，今儿你怎么这么低调呢?"

林丰清说道："也许是岁月所致吧。"

"这与岁月有何关系?"

丰清说道："这就是一个人的阅历，以后你自然就会明白。"

邱舒还是不明白，她感觉林丰清变了，变得自己有点儿不认识他了。其实不光邱舒有此认识，连林丰清自己都感觉自己变了，当他回想起与邱舒争论分数高低的情形时，觉得太幼稚可笑了，因此这次邱舒提起高考时，他再不像先前那样牛气了，变成了一个老成的青年。其实这种变化过程每个人都会经历，邱舒也不例外，只不过她还没到那个时候罢了，所以她一时理解不了林丰清的话。

两人又说了一会儿话，见大多数同学都收拾好东西回家了。他们也觉得在学校待着无聊，因此也收拾好东西回了家。

　　回家后的第二天，父亲林道志说："高考无论结果怎样，咱都不能忘记邱家对咱的恩情。现在你毕业了，咱们一块去邱家表达一下谢意。"

　　丰清说道："肯定要去邱家表达谢意的，不过我想等高考成绩出来再去。"

　　林道志说道："若能考上大学，那当然是再好不过了。"

　　丰清说道："父亲放心，相信儿子的汗水是不会白流的，您就安心等候佳音吧！"

　　一天两天过去了，这天丰清正在地里做农活，弟弟丰贺喊他道："咱家来人说你考上大学了。"

　　林丰清赶紧停下手中的农活，跟随弟弟回到家中，见王校长、班主任牛老师，还有几位老师正在屋里坐着，丰清忙向前问好。牛老师把录取通知书递给林丰清。当看到自己被清华大学录取时，林丰清流下热泪，激动地说道："学生林丰清能考上清华大学，全靠校领导及各位老师的辛勤教导。"说完向各位老师各鞠了一躬。王校长说道："你考入清华大学的消息，学校已上报了县政府，县领导还要前来祝贺呢。"

　　丰清忙说道："王校长千万不能让他们来，咱们平民之家怎能劳驾县领导来祝贺，承受不起啊。"

　　王校长说道："你是咱路城县第一个考上清华大学的学生，为全县争了光，县领导前来祝贺也是理所当然的，你也不用过于恭谦。"

　　王校长说完便起身告辞，丰清父子再三挽留也没留住。

　　第二日，丰清父子备了丰厚的礼物去了邱舒家。丰清见到邱舒的爸妈，二话没说，双膝一跪，磕了三个头。邱舒说她考上了复旦大学，又问丰清的情况。丰清没有言语，而是拿出了录取通知书。当看到丰清被清华大学录取时，邱舒玩笑道："好你个林丰清，当初问你考的情况时，你可怜兮兮地对我说连一个普通大专都难考上，结果居然考上了清华大学。你真是个包藏祸心的家伙，竟敢哄弄我，看来笑到最后的还是你。"

　　林丰清激动地说道："没有你邱舒的帮助，哪有我林丰清的今天啊！"

　　邱舒见林丰清一片真情，心里怦然一动，一种从未有过的感受涌进心头，两颊顿时泛起了红晕。与此同时，丰清心里也产生了一种异样的感觉，彼时两人都不再言语，眼看就要陷入尴尬，丰清的父亲林道志说道："邱书记，你工作忙，我们就不打扰了。"说罢拉着儿子就要走，邱舒的爸爸生气地说道："你们父子今天来我非常高兴，但带这么多东西，我又感觉非常生气，难道感谢人都要带上东西吗？我邱明义不适应，你必须把东西带走，否则就是对我人格的污辱。"

　　林道志见邱书记把话都说到这个份上了，只得把礼物带走。父子二人正准备走时，县政府通讯员突然来了，说县委刘书记、王县长到智村祝贺林丰清，并让邱舒也去林丰清家等候。邱明义一听书记、县长到了，二话没说，带上女儿跟随林丰清父子一同去了智村。见了刘书记及各位领导，一番热情后，刘书记拍着林丰清、邱舒的肩膀，深情满怀地说道：

"青年人可畏呀！清华大学、复旦大学可是全国名牌大学啊，不知有多少人梦想进入这两所大学，可真正实现这一梦想的，实在是微乎其微呀，你们两个能脱颖而出，了不起呀！我代表县委、县政府向你们表示祝贺！"

现场响起一片掌声。林丰清激动地说道："感谢刘书记、王县长及各位领导的关心鼓励。刘书记，其实真正可贺的不是我，而是邱明义邱书记，没有他就不会有我的今天。"

此话一出，县领导们都愣住了，不解地把目光投向林丰清。这时刘书记微笑着说道："小林，这话又从何说起呀？"

林丰清便把自己当初身处绝境的情况述说了一遍，大家听后不禁发出一番慨叹。刘书记说道："宝剑锋从磨砺出，梅花香自苦寒来。正是有了昨天的艰辛，才有了今天的花香。这件事，虽然邱书记功不可没，但关键还是你刻苦努力的结果。希望你们充分发挥地名之优势，不忘初心，砥砺奋进，开拓创新，将'智慧学子'之名进一步发扬光大！"

听刘书记这么说，在座之人无不露出疑惑的神情。刘书记见状，忙说道："怎么我说错了吗？"

林丰清一副学生的模样，向刘书记请教道："刘书记，您没说错。只是学生想问，何谓充分发挥地名之优势？"

刘书记笑着说道："你们两个，一个在智村，一个在慧村，合在一起不就是智慧村吗？正是这样优雅的村名，才使我有感而发，称赞你们为'智慧学子'。"

一番话说得大家都高兴地笑了起来……

红尘笑柄

　　朱楼村本是一个不出名的小村，可自从几十年前出了一起桃色事件后，方圆几十里的人就都知道了这个村。那么这起桃色事件，该从何说起呢？

　　追源起来，得从宁福兰的儿媳说起。宁福兰的丈夫去世已一年，好在一男一女两个孩子都已完婚，且生男育女，也就省去了很多麻烦。况且儿子田士镜在外做工，挣了不少钱。因此，尽管没了丈夫，但她整日领着孙子，自得其乐，日子过得倒也顺心。美中不足的是儿媳王大香，为人过于热情直率，常常给她带来些烦恼。这天上午，烦恼又来了。宁福兰正与本村的几位老人玩骨牌，七岁的孙子田海旺突然跑到她跟前，说道："奶奶，你看看去吧，孙喜富爷爷光着屁股在我家洗澡呢。"

　　几人正玩得高兴，忽听孩子这么一说，不禁都哈哈大笑起来。宁福兰瞪了孙子一眼，责怪道："孩子家胡说什么，去！一边玩去！"

小海旺见奶奶一副不高兴的样子，便跑一边玩去了。其他人见宁福兰如此，心里便有了数，笑一笑也就过去了，大家又玩起了骨牌。宁福兰表面看似不在乎，心里却犯起了嘀咕，她心想孙喜富已是六十岁的人了，儿孙一大群，怎能这样不正经，光天化日之下竟敢到儿子家洗澡。这哪里是洗澡？这是作践糟蹋人，欺我寡妇家中无人吗！她心里腾的一下升起一股怒火，再也玩不下去了，便起身去儿子家。到了儿子家问起孙喜富洗澡一事，儿媳王大香不以为然地说道："是的，洗澡时他还喊我给他送毛巾呢。"

气得宁福兰用脚狠狠地朝着地上一跺，她用手指点着儿媳说道："你呀你！该让我如何说你才好呢！"说罢，愤愤地走了。

到家咕咚咕咚喝了一碗凉水，之后一屁股坐在床上，宁福兰是越想越恼，她猛地站起身来，走进厨房，拿起菜刀，脖子一拧，头也不抬地往外走去，不承想却撞上了八十一岁的牌友三老妈子。只听扑腾一声，三老妈子四脚朝天地摔倒在了地上。宁福兰一看慌了，急忙去扶三老妈子，边扶边喊。可三老妈子一声也未回应，霎时一命呜呼了。

这时另一牌友谢桂英也来到了院中，见三老妈子倒在地上，宁福兰手持一把菜刀，她误认为宁福兰杀了三老妈子，吓得掉头就跑，边跑边喊："不好了，宁福兰杀人了……"

街坊邻居听到喊声，纷纷往宁福兰家中跑，一会儿工夫，大人孩子就挤满了一院子，此时宁福兰一副不知所措的样子，嘴里直喊道："我没杀人，我没杀人……"

三老妈子的大儿子闫士丰听说老娘被宁福兰杀了，赶忙向宁福兰家跑去。到了一看果不其然，宁福兰手持菜刀，老娘躺在地上。这还了得，他一个箭步冲到宁福兰跟前，一脚把宁福兰踹倒在地，接着又从宁福兰手中夺过菜刀，举刀就要砍。就在这时一人大声喝道："住手！"

此人不是别人，正是三老妈子的二儿子闫士宇，他二话没说，上去抢过闫士丰手中的菜刀，然后看了大哥一眼，说道："大哥，杀一个寡妇还不容易吗？但总要问清是非曲直，再动手也不迟呀。"

闫士宇把宁福兰从地上扶起，而后问道："大婶，为什么要杀我老娘呢？"

"侄子！你是个通情达理的孩子，我没杀你娘，真的没杀你娘，不信，看看刀上、地上，还有你娘身上，有没有血？如果真是用刀杀死了你娘，岂不血流成片，可你们看到一滴血没有？况且无缘无故的，我为什么要杀死你老娘呢？"

几句话不但提醒了兄弟二人，也提醒了在场的其他人。大家恍然大悟，紧张的气氛一下子缓了下来。

闫士宇说道："既然你没杀死我娘，那么我娘又是怎样死的呢？你又为何手持菜刀呢？"

宁福兰先是把院中的其他人劝了出去，关了院门，然后对闫家兄弟说道："事情到了这个份上，我也不怕丢人了。今天上午，我与你娘等几个老人玩牌时，孙子海旺跑来，说孙喜富光着屁股在他家洗澡，我去儿媳家问明情况后，气愤至极，回家越想越气愤，于是就拿起菜刀准备与孙喜富拼命，谁知刚出门却撞倒了你娘。随后谢桂英就来了，见到我拿着菜刀，你娘倒在地上，以为是我杀了你娘，就大喊起来。不信，你们可以去问谢桂英，她肯定知道内里。"

兄弟二人又找来谢桂英，问她为什么去宁福兰家，谢桂英说道："上午我们几个玩骨牌时，宁福兰听了孙子的话，便走了。我与你娘出自好意，担心宁福兰气极之下做出什么过激的事来，便来看看。你娘先来，我随后也跟了过去。我刚走进宁福兰家院子，就见你娘倒在地上，宁福兰手里拿着一把菜刀，于是以为宁福兰杀了你娘，吓得我转身就跑。"

弄清了事情的原委，兄弟二人商议道："母亲岁数大了，我们与她家素无冤仇，宁福兰也不是有意害死咱们老娘，因此此事也就不再追究了。"

尽管闫家没有追究她的责任，但宁福兰心里很是愧疚，无论怎么说，毕竟是她撞倒了三老妈子，因此她拿出三千元钱交给闫家兄弟，用来办理三老妈子的丧事。

三老妈子的事虽然过去了，但因孙喜富引起的怒火并没消失，相反燃烧得更加剧烈了。宁福兰心想，要不是孙喜富，自己也不会撞死三老妈子，更不会赔了三千元钱。她越想越恼恨。

孙喜富所为固然使宁福兰恼恨，但比起事情的真相来，这仅仅才是一点儿皮毛，真正值得她恼恨的事，至今她还不知道呢。

那么，事情的真相又是什么呢？

说来也是奇怪，朱楼村那么多户人家，孙喜富为什么不去别人家洗澡，而偏偏去宁福兰儿媳家呢？

原来孙喜富是位刚退休的工人，五十岁时丧妻，至今未娶。现在虽然六十岁了，但身子板却很硬朗，好独自一人走街串巷。这天中午，他路过朱楼村最后一家，也就是宁福兰儿媳王大香家，当他走到王大香家的偏房的窗户底下时，听到哗啦哗啦的水声，于是便止住脚步，立起脚往窗户里窥视了一眼，看见了王大香一丝不挂正在洗澡。女人那白皙而又丰盈的身体，使他神魂颠倒起来，顿时把持不住自己，当即就想扑进屋去。可就在这时，走过来了一群孩子。自此王大香便住进了他心里，走着坐着都想着。

其间他也想过，自己已是六十岁的人了，王大香才三十多岁，这是根本不可能的事情，因此他也竭力克制自己，打消这种非分之想。可无论如何都打消不掉这一念头，最终竟达到夜不能寐的程度，王大香成了他的一块心病，该怎么办呢？

他绞尽脑汁，终于想出了一个办法。第二天，他梳洗打扮一番，去集市买了一套化妆品、一套时尚衣服，称了二斤糖果，一并装入袋中，直接去了王大香家，说道："大香，土镜没在家，你自己在家带孩子，往集市多有不便，因此，我在集市上买了些东西，拿给你用。"

　　王大香不解其意，无论如何也不要他的东西，可他花言巧语地说了许多，最终说动了王大香，临走时又嘱咐王大香："此事你知道就行啦，不要往外说。"

　　隔了两天孙喜富又从集市上买了些东西送与王大香，王大香仍是坚持不要，他却说道："我经常赶集，捎这些东西不算啥，不用外气，我主要是可怜你一个女人家，无依无靠的。"说罢便走了。

　　这样次数多了，王大香感激不尽，心中也没了戒备。一天夜里下着大雨，孙喜富带了一瓶酒及一些熟食又去了王大香家。王大香把熟食装入盘中，二人吃喝起来。当一斤酒喝得只剩半斤时，孙喜富突然从矮凳上起来，双膝跪在王大香的面前，大哭了起来。王大香忙问道："大伯，这是咋了？"

　　孙喜富没有言语，依然不停地抹眼泪。王大香再三追问，他终于开口说道："外面下着大雨，我不想回去，即使回去也睡不着。"王大香问道："为什么？"

　　他说道："主要是想你。"

　　王大香脸一红，不再言语。孙喜富上前抱起王大香，上了床。自此，孙喜富隔三岔五就去王大香家。

　　这样持续了一段时间，外面也没传出什么风声。孙喜富得到了身体上的享受，王大香得到了物质上的享受，二人可谓互惠互利，倒也心悦。

　　自从孙子告诉她孙喜富在他家洗澡后，宁福兰便监视起儿媳来，白天黑夜一连监视了好几天，也未发现什么不轨之事，宁福兰也就放下心来。

这时一个人出现了，是他让不起眼的朱楼村出了名，也是他让孙喜富蒙羞丧失了人生，这个人又是谁呢？

此人不是别人，正是朱楼村的算命先生常兴贵。常兴贵中等身材，肤白面净，耳不聋眼不花，虽五十多岁了，但仍有中年人的风采。一生相处许多女人，却没有成婚，至今仍是光棍一条。前段时间平川县他一至亲，因官司一事，请他前去帮忙。待官司一结束，他便急忙返回家中。到家见院中杂草丛生，一片混乱，于是便进行打扫清理，整整忙到天黑，又洗洗身子，换换衣服，到吃罢晚饭，已是深夜。尽管如此，他也没有休息，而是急不可耐地去了王大香家。

一个五十多岁的老光棍，劳累了一下午，到了深夜，还不休息，还要去王大香家，这是为何呢？不言而喻。

事情的确如此，王大香嫁到朱楼村的当天晚上，二人就发生了关系。这事听起来让人感到荒唐，但事实就是如此。有人可能要问，别人家的媳妇，他怎能第一夜就给占了去呢？

常兴贵是个算命先生，村里婚丧嫁娶的日子都请他算定，王大香与田士镜的喜日也不例外。在为王大香批生辰八字时，他大动脑筋，费尽了心思，最终得出一个结论：王大香无论嫁与谁都有一个大劫，即不是夫死，就是爹亡。

王大香听后惊慌不已，便问常兴贵如何破解。常兴贵一副大师的模样，说道："要想避过这个大劫，也不是没有办法，不过得费一番周折，一定要按我说的做好配合。"

"先生要我怎么配合，你只管说就是。"

常兴贵说道："你必须找一位未婚的男性，利用他的阳刚之气为你驱邪消灾，方可保你亲人平安。"

王大香大为不解，问道："找一未婚男性驱邪消灾？"

"是的，找一个你最相信最可靠的未婚男性，新婚之夜你要先与他行房，祛除你体内的邪气，把男人的元气注入你体内，只有这样，才能避免克夫伤爹的大灾。"

王大香说道："世上哪有你这样的算命先生，莫非看我年轻，欺我不成！我宁愿不嫁，也不能做这种事。"

常兴贵假装生气地说道："你这姑娘说的是啥话，我常兴贵走遍了大江南北，谁人不知，谁人不晓，啥样的事我没经过，啥样的姑娘我没见过，可从未见过你这样说话的。你以为我的话是假的，与你闹着玩的吗？要知道，我所说的每句话都是要付出代价的，是泄露天机。如错了，保管让你割掉我的舌头，挖去我的双眼。"说罢起身就要走。

"先生，我一时口快，你不要介意。请你坐下，继续说。"

常兴贵重又坐下说道："我说的话你可能没听明白，我让你找一男性并不是让你跟他发生关系，而是在仙人的助力下破解劫难，就好比男医生与女人治病一样，哪能如你所想的那样。况且此事除了天知、地知，连同你本人都不知，因为这是仙人所为，所以你不要有任何的顾虑。"

王大香似乎听明白了，于是说道："按先生所言，即使我同意了，我丈夫不明内里，他岂能愿意？"

"这个你不用担心，到时仙人自有办法，保证做事时人不知，鬼不觉，安全无恙就是了。"

此事王大香本来是接受不了的，可经常兴贵这么一说，便信以为真，于是说道："我一个黄花大闺女，哪里找这么一个未婚男人？"

"如果找不到，我也没办法请来仙人施术，那你就只好不嫁人了。"说罢起身便走。

王大香沉不住气了，急忙问道："先生，难道再没有其他办法了吗？"

常兴贵迟疑道："其他办法倒是有，不过都没有这种办法有效。"

王大香说道："可我找不到最可靠最信任的未婚男人，也不行啊！"

常兴贵显出一副为难的表情，说道："姑娘如果实在找不到的话，我也不能见死不救，我就勉为其难吧，但在这之前要请来三炷香，跪拜观音菩萨，经她许可方可。"

王大香来到村东头的胡师师家，请来三炷香交给常兴贵。常兴贵接过香，从挎包中请出观音菩萨像，然后点燃香，常兴贵用手指着香说道："你看，香的烟直飘向西方，说明观音菩萨同意了。"接着又说道："要不是看在你诚心的分上，无论如何我是不答应的，这样做起码折损我三年阳寿，还好征得了观音菩萨的许可，或许阴司能网开一面，不再责罚于我。但不管如何，也算做了一件好事。"

　　常兴贵蒙骗住王大香，新婚当夜又编了一套谎话支开了田士镜，让其在外暂避几个时辰，自己则与王大香做起了好事。完事之后，离开了田家。

　　在以后的日子里，他又暗中送了王大香一些钱物，让王大香感到很满意，因此直到现在二人还保持着亲密关系。也因此从平川县回来后，常兴贵首先想到了王大香。快要到王大香家时，常兴贵突然发现一个人正向着王大香家走来，他心里不禁疑惑起来，赶紧止住脚步，躲在了一边。一会儿，那人到了王大香家门前，往四周瞅了瞅，见没人，便抬手敲了敲门。门被人从里面开了一道缝，那人侧身而入。常兴贵心想，深更半夜的谁会到王大香家呢？莫非田士镜打工回来了？可要是田士镜的话，回自己家还需要鬼鬼祟祟的，生怕被别人看见似的？再者从身材看，也不像是田士镜。那么，这个人到底是谁呢？常兴贵轻手轻脚地来到王大香家门前，对着门缝往里看了看，一片漆黑，什么也看不到。他又到院墙西边的槐树下，顺着树爬上院墙，下到院内，而后蹑手蹑脚地来到堂屋门前，轻轻地推了推门，门紧紧地反锁着。他又看到最东边的一间屋里亮着幽暗的灯光，于是来到这间屋子的窗户下向里张看，可隔着不透明的玻璃，什么也看不到，只能隐隐约约听到屋里有吱吱呀呀的响声。常兴贵顿时妒火中烧，他想把门踹开看个究竟。可一想不行，万一真的是田士镜，岂不解释不清。即便不是田士镜，自己这会儿闯进屋里，也容易让人产生怀疑。想到这些，他没有贸然行动，而是站在窗下静静地思考，王大香平日里除自己，也没有与其他男人来往，难道自己最近一段时间没在家，她又和其他男人好上了？按照她的性格，这不可能呀？要么就是田士镜，不可能再有其他男人了。不知不觉半个多小时过去了，屋里突然大亮起来，他赶忙躲到暗处。不大一会儿，堂屋门开了，王大香穿着睡衣出来了。只见她打开院门伸头往外看了看，而后又转身回了堂屋，接着便从堂屋里走出一个老头子。常兴贵在暗处看得一清二楚，此人不是王大香的丈夫田士境，而是本村的孙喜富。他顿时醋意大发，自己最心爱的女人竟被一个老头给睡了，此时他再也沉不住气，随手抄起一根木棍，纵身来到孙喜富跟前，对着孙喜富的腿，狠劲打了下去。只听孙喜富号叫一声，倒在了地上。此时王大香正准备关灯，但没摸到开关，猛地听到孙喜富的号叫，吓得浑身一哆嗦，没等她转过身来，常兴贵上前抓住她的头发，啪啪啪连打几个耳光，然后又一脚把她踹倒在地，随后拔腿出了院门。

人们正在熟睡，临近的几户人家忽地听到一声惨烈的号叫，都惊醒了，慌忙起身出外查看，只见王大香家的院门敞开着，灯亮着，于是便都匆匆往王大香家跑去。

孙喜富虽然挨了一棍，疼痛难忍，但大脑还是清醒的，常兴贵刚出院子，他就急忙催促王大香赶快关门。可没容王大香关闭院门，邻居们就都跑来了，灯光下见孙喜富倒在地上，王大香满脸是血，无不感到惊讶，便问发生了什么事。

孙喜富毕竟经过岁月，眼珠子一转就想出了应对之策，于是答道："巧了，我与士镜等从外边回来，进院正遇上一伙歹人，搏斗时我被歹人打伤了腿。歹人吓跑了，士镜他们去追赶了，一会儿就回来。深更半夜的，我一人在院中躺着也不好，况且腿疼痛难忍，你们几个赶快把我送回家吧。"

众人也没多想，随即把孙喜富送到家中，并告知了孙喜富的大儿子孙启立。

再说常兴贵出了王大香家并未回家，而是攀上了那棵大槐树，蹲在树上看孙喜富、王大香怎样收场。当他听到孙喜富的回答时，心中不禁笑起来，自语道："好个孙喜富，都到这个程度了，还能编出一套瞎话来。"说罢又捂着嘴偷笑起来。

常兴贵看到自己最心爱的女人被孙喜富占有了去，心里恼恨至极，可这会儿他为什么又偷笑起来了呢？

其实他笑的不单单是打断了孙喜富的双腿出了一口气，更笑的是孙喜富被打断了双腿，不仅不能说出实情，还得百般想法隐瞒。这真是哑巴吃黄连，有苦说不出。

邻居们抬走了孙喜富，王大香随后关上院门，转身去了卫生间。不一会儿，她从卫生间出来回到了堂屋。常兴贵蹲在树上向四周查看一番，周围除了虫子的叫声之外，再无其他声音，一切又都恢复了平静。常兴贵从槐树上下到院墙上，然后跳进院中，来到堂屋门前，伸手敲了敲门。王大香关了灯，刚准备睡下，又听到敲门声。她有如惊弓之鸟，失声问道："谁？"

常兴贵闷声道："是我，快开门！"

王大香一听是常兴贵，心里又紧张起来，唯恐再惹出什么事来。开门还是不开门，她一时犹豫起来。常兴贵又在外面敲起门来，最终王大香还是开了门。

进了屋，常兴贵张口就问道："王大香，你给我说清楚，啥时跟那个老东西好上的？"

王大香说道："你也不比人家年轻，只许你放火，就不许人家点灯了？也不看事情都到哪一步了，还有心问这些事？"

"到哪一步了？谁能奈何得了我？"

"劝你不要高兴得那么早，还是想想如何躲过眼前这一大难吧。"

"什么大难？"

"什么大难，你打断了人家的腿，就要大祸临头了，还不算是大难吗？"

"打断他腿咋啦，他还不照样是哑巴吃黄连，有苦说不出吗？"

"你不要太自信了，他几个儿子可不是善茬，一旦知道他老爹的腿被人打断了，势必要问个究竟，孙喜富被逼无奈，必然要编出一套谎话来掩藏自己，到时他把黑的说成白的，让你也尝尝有苦难言的滋味。"

常兴贵说道："你也不用长他人志气，灭自己威风，我看透了那姓孙的，绝对是个死要面子活受罪的人，至死他也不会说出真相的。"

"你不要侥幸，一个人绝望的时候，啥事做不出来，又有啥事不敢去做，腿都断了要面子何用？到时他就算承认与我有私，可与你何干。你是个干啥的，深更半夜到我家，打断了他双腿？要说我丈夫田士镜这样做，从情理上是没得说的，可你这样做能说过去吗？凡是有一点儿脑子的人，都能想到你居心不良，一旦到那时，你还有啥话说？我劝你还是赶快回去想想对策吧。"

常兴贵正得意时，被王大香浇了一盆冷水，再没有了求欢的兴致，灰溜溜地回家去了。

孙启立兄弟几人见父亲断了双腿，一副痛苦不堪的样子，心里又是疼又是急，因此便顾不上问明详情，便匆匆送去了医院。到医院，大夫检查包扎好后，孙喜富却不愿住院，没办法只得带上药回了家。安顿好后，兄弟几人便急急问父亲："到底发生了什么事情，是哪个该杀的如此凶狠，把您伤成这样？"

孙喜富早已做好了被儿子审问的准备，于是答道："人，生死都有定数，只要在劫都难以逃脱，我命中注定该有此一劫，就认命吧，你们兄弟几个也就不要再问了。"

兄弟几人说道："您怎能这样说呢？您生了我们兄弟几个，现在您被人打断了腿，我们不管不问，就这样无声无息地过去了，街坊邻居会如何看待我们？人家不说我们是熊包吗？如果只是皮外伤还好，可现在您断了双腿，我们兄弟岂能不管不问呢？无论如何也得找到凶手，报这个仇。"

"你们就听老爹的话吧，让我安静地养伤多活几天吧，千万别再生事了。"

兄弟几个听后很是吃惊，父亲为什么会说出这样的话呢，一点也不像他平日的处事风格。老大孙启立问道："爹，今儿您是咋啦？伤得这么重却不让我们过问，是不是有什么难言之处？"

"我不叫你们问就别问，哪来那么多的废话！"

兄弟几人见父亲不肯说，心中便犯起了猜疑。老三见势与老大哥使了个眼色，走出房间。到了外面，老三说道："咱爹既然不肯说，必定有他的难言之处。大哥我问你咱爹出事你是怎么知道的，咱爹又是怎样到家的？"

"是咱村郭春元他们把爹送到家的，也是他们通知我的。"

"既然是郭春元他们把爹送回来的，不用说，他们肯定知道情况，去问问他们不就清楚了？"

"对呀！我怎么把郭春元给忘了呢。"

孙启立去了郭春元家，问郭春元他父亲昨晚是怎么受的伤。

郭春元说道："具体情况我也说不清，正睡着时听见有人号叫，出外看时见王大香家亮着灯。赶到王大香家时，王大香满脸是血，你父亲躺在地上。他说他与田士镜等人从外边回来，到院中正遇上一伙歹徒，搏斗时被歹徒打断了腿，还让我们几个送他回家。"

孙启立听后心中更加疑惑，因此又去了王大香家。王大香说道："当时我在屋里睡觉,外面的情况我也不清楚。"

"那郭春元怎么说你满脸是血?"

王大香顿时惊慌失措起来,支支吾吾地说道："我……我是听到外面有打斗的声音出来看时,一不小心摔倒在地上。"

"那田士镜现在在哪儿?"

"他今天一大早就走了。"

"往哪儿去了?"

"去他打工的地方了。"

"他在哪儿打工?"

"福杭省九州市制伞厂。"

孙启立见王大香一副惊慌失措的表情,就觉得事有蹊跷,心想王大香心中肯定有鬼,于是他又去了王大香的婆婆宁福兰家,问了田士镜在外打工的地址,所说与王大香一致。确定田士镜打工地址无误后,孙启立便与两个弟弟商议去田士镜打工的制伞厂找田士镜。

第二天,孙启立和三弟秘密地去了田士镜打工的地方。见了田士镜问起此事,田士镜说道："我根本就没有回家,怎可能与你父亲一块儿回家,还遇上了歹徒?这根本就是无稽之谈。"

孙启立说道："士镜,今天我们兄弟来可不是与你开玩笑的。实不瞒你,前天夜里,我爹在你家院里被歹徒打断了腿。"

田士镜惊愕道: "这到底是咋回事?你们来找我有什

么用？"

"因为事情发生在你家，你是一家之主，不找你找谁！况且王大香说那天晚上你在家，为核实情况，我们才来这儿找你的。"

兄弟二人见田士镜根本没有回过家，也确实不知道情况，便离开了。到家见了田士镜的母亲宁福兰，说了那天晚上的事情。宁福兰听后惊诧道："发生了这么大的事情，我怎么没听大香说呢？"

孙启立说道："王大香与你说没说这是你们的事，反正我爹是在你们家出的事，没个说法可不行。"

本来宁福兰就对孙喜富没有好感，今听其儿子说他深夜在儿媳院中被打断了双腿，心中更是厌恶，于是说道："你家老头子深更半夜到我儿媳院中是何居心？我还得讨个说法呢，我们清白家庭，无论如何也不能让人给玷污了。"

孙启立听了宁福兰的话，当即就想与她理论理论，但考虑到事情直到现在还没个眉目，现在理论也是白理论，除了多费口舌外，也没其他意义，于是便装作没有听见，满不在乎地走了。

其实孙家兄弟就是太相信自己的父亲是个正人君子了，他们哪里知道父亲背地里干的勾当呢？如果不是过于相信父亲，从父亲深更半夜在王大香院中被人打断了双腿，到死活不让儿子过问此事，就应该能猜中其中的奥妙。他们由于过于相信自己的父亲，压根就没往坏处想，认为父亲是为田家而受的伤。因此，非得问田家讨个说法不可。孙启立回到家后，马上召集二弟、三弟进行商议。商议后决定向田家提出三条要求：一是田家必须出医疗费；二是田家必须说出凶手；三是田家如不答应，就把父亲抬到田家。

孙家兄弟所提要求，如能实现，也算是为父亲出了口气，长了自家威风。可惜的是一切都想赖在田家头上，手中却没有证据。

孙家老三说道："提什么要求，直接把咱爹抬田家就是了。"

孙家老二说道："这样做肯定不行，别说田家不会同意，就是咱爹也不会同意。"

孙家老三说道："那该怎么办？"

孙启立说道："实在不行，咱们就报案，让派出所来处理。届时咱们就说咱爹夜间巡逻时，在田家被人打断了腿，田家必须承担医疗等费用。"

兄弟三人达成共识后，便向派出所报了案。

宁福兰虽然说要讨一个说法，但这件事的真相到底是什么，她心中也没个底，因此孙启立刚一离开，她就去了儿媳家，问了那天夜里的事情，可儿媳王大香却一口咬定她没出屋，什么也不知道。

宁福兰见儿媳不肯说出实情，便用无比亲昵的口吻说道："大香，咱们可是一家人呀！对娘要实话实说，真有什么为难的，娘会为你想办法的。"

王大香说道："娘，你放心，咱们没有什么问题。"

"那好，娘问你，那天夜里你满脸是血，是咋回事？"

王大香说道："那是事情都已经结束了，我起来去外面看时，不小心栽到地上摔的。"

宁福兰说道："士镜根本就没有回来，你为什么对孙家儿子说他回来了？"

"娘，这你就不懂了吧。深更半夜的我一个女人在家，院中躺着一个男人，如果我不说士镜回来了，外人将会如何说呢？为避免外人的闲言碎语，影响田家的名声，我才说了瞎话。"

宁福兰想起孙喜富在儿媳家洗澡的事，结合孙喜富被打断腿的事，顿时心里便明白了八九，但有一个问题她想不明白，即便孙喜富与儿媳有那种关系，儿媳怎么可能打断他的腿呢？那么，是谁打断了孙喜富的腿呢？

宁福兰问道："孙喜富的腿到底是谁打的？"

王大香说道："我当时吓得不敢出屋，咋知道谁打的。"

宁福兰垂头丧气地说道："大香呀！你不与娘说实话，早晚会引火烧身，孙家肯定不会就此罢休的！"

果不其然，第二天，王大香就接到了派出所的传唤，与此同时派出所还传唤了郭春元、孙喜富等人。孙喜富以腿不能动为由，没有去派出所。办案人员去孙喜富家讯问他，他又推托身体不适，拒绝接受讯问。郭春元等人去了派出所，办案人员问了一些情况后，就让他们回来了。王大香很不配合破案，不管办案人员问什么，她的回答都是三个字：不知道。最终，办案人员只好把她暂押派出所。

宁福兰见其他人都回来了，唯独儿媳没回来，心里颇为着急，于是去了派出所，问明情况。办案人员说二十四小时后方能回去，得知情况后宁福兰稳定了情绪，返回了家。

派出所为尽快查明案情，决定兵分两路：一路由副所长带人继续讯问王大香；一路由所长丁凤奇带人去朱楼村。所长丁凤奇一组来到朱楼村，首先见了孙启立，由他领着去了孙喜富的住处。几人刚一进屋，就闻到一股刺鼻的农药味。孙启立急忙来到父亲的卧室，发现父亲已不能说话了，他背起父亲就往村卫生所跑去，孙家老二、老三也跟了过去。到了地方，医生说人已断气，没救了。

孙启立气愤地踹了老二一脚，怒声喝道："让你守着咱爹，你是怎么守的？"

"我守了他一夜，没离开半步，直到天色大亮，他说想吃鸡蛋煎饼，于是我便回家让红英去做。红英夜里发烧了，身子困乏，起得晚了点，待做好送去时，就见你背着咱爹慌慌张张地往村卫生所跑。"

老三插话道："咱爹喝药与不喝药，二哥离开不是关键，如果他真的想寻短见，即便你在跟前，也阻止不住。现在我们所要考虑的是，咱爹为什么要寻短见？"

听老三这么一问，老大、老二也感到奇怪。

老三又说道："大哥、二哥，你们还记得从医院回来后咱爹说的话吗？"

孙启立说道："什么话？"

老三说道："当时咱爹说，你们就听老爹的话吧，让我安静地养伤多活几天吧，千万别再生事了。"

孙启立说道："不错，当时咱爹是说了这话，不过这与他喝药有什么关系？"

老三说道："怎么没关系？他不让我们再过问此事，而我们却报了案。派出所来人讯问咱爹，咱爹本应当立即与办案人员说明情况，可他却以种种理由拖到今天。他知道今天派出所的人要来，所以就喝了农药，寻了短见。按理讲，咱爹的腿被歹人打折，受如此大的折磨，应主动配合办案人员查明真相，抓住凶手，可他为什么就是不愿意说，而且还在这个时候寻死呢？"

这件事从表面来看，有此结果确实让人不可思议，但从实际情况来说，孙喜富的死也在情理之中。为什么这样说呢？

儿子报了案，孙喜富料定事情必定会大白于天下，想到自己已是六十岁的人了，儿孙满堂，事情若是败露，还有何面目见家人，因此喝了农药。基于这个原因，孙喜富的死也在情理之中。难道他就真的这么心甘情愿地去死吗？事情不是那么简单。死之前，他想了许多，特别是想到王大香与常兴贵二人时，嫉妒之心顿起，加之常兴贵又打断了他的腿，这又燃起了他的仇恨之火。他心想自己无论如何也不能白死，死也得拉一个垫背的，绝不能让他们二人逍遥快活，但要怎样做呢？内里的事明说又不行，可不说更不行，思来想去，他想出了一个法子，在纸上写下两人的名字，放在了床头。

再说孙启立背着父亲走后，丁所长一行对孙喜富的卧室进行了察看，发现了床头上的纸，上面只有两个人名：常兴贵、王大香。丁所长沉思了一会儿，随后把这张纸交给了其他办案人员。随后他们又仔细地搜查了一遍孙喜富的卧室，除了这张纸外，再没发现什么可疑之物。完事后，丁所长一行又去了治保主任凡金贤家，问了常兴贵的情况，治保主任说道："常兴贵是个算命先生，平日里除与人算命、测吉日外，也参加劳动，可以说是个安分守己的人。"

丁所长说道："凡主任，你去通知常兴贵，现在就让他去派出所，有事问他。"

凡金贤立马去了常兴贵家，常兴贵听说让他去派出所，顿时脸色大变。他原以为派出所讯问了郭春元、王大香等人，也就没自己什么事了，谁知正在得意时，却接到了去派出所的通知。他问凡金贤道："让我到派出所有啥事？"

"具体啥事我也不清楚，可能还是孙喜富的事吧。"

其实常兴贵不问，也清楚是为着孙喜富的事，他不明白的是，孙喜富没死之前，派出所都未传唤于他，为什么死了后又传唤他呢？难道是王大香供出了自己，想想这是不可能的事。要说是孙喜富暴露了自己，那是更不可能的事。全村人谁都知道孙喜富没有接受派出所的讯问，就喝农药了。照这么分析只能是王大香暴露了自己，但到底是不是这么个情况，他也没把握。那么，自己是去派出所，还是不去派出所呢？

如果去了派出所，到时可是想逃也逃不掉了。况且孙喜富已死，便是人命案了，问题可就严重了。如果不去派出所，也不是个办法呀，总得有个适当的理由，否则岂不是此地无银三百两吗？最终常兴贵还是决定去派出所。因此他与凡金贤说道："行，我换下衣服就去。"

常兴贵换好衣服，出门刚走几步，脑中突然闪出一个念头："不能去，必须先去见王大香，弄清楚后再作打算。"

于是他紧走几步，赶上凡金贤说道："凡主任，我还有点儿事，能不能晚一点儿去派出所？"

凡金贤说道："这哪儿成，丁所长与我说，今天上午你一定要去派出所。"

常兴贵靠近凡金贤跟前，低声说道："实不瞒你，土楼村刘宝亲戚家的孩子结婚，让我给他选定喜日，一会儿他们过来，见不到我岂不耽误人家的喜事吗？见面怎好与人交代呢？"

凡金贤说道："即便是这样，你也不能耽搁了去派出所，今天上午早晚都要去。"

"行！凡主任，今天上午我一定去。"

二人说定后，凡金贤去了派出所，常兴贵急忙回到家中，带上所需东西，从屋后翻过院墙，直往正北方向去了。

凡金贤到了派出所，左等右等也没见常兴贵来，心里不免急躁起来，没办法又去了常兴贵家。到了常兴贵家，见院门紧闭，敲门也没有应声，问其邻居都说未见。于是又来到土楼村刘宝家说明情况，刘家人却说根本就没有结婚这回事，更没有请常兴贵选喜日。

凡金贤顿感事情不妙，慌忙报告给了丁所长。丁所长听后眉头直皱，懊悔自己太大意了，明知那张纸上所写人名必是本案的重要人物，怎能轻易让人通知他去派出所呢，这岂不是明摆着告诉嫌疑人吗？可事情已然成为事实，再后悔又有什么用呢？丁所长加派人手，同村干部一起四处寻找，最终也没发现常兴贵。

那么常兴贵能跑到哪里去呢？

其实，他并没跑远，大天白日的他担心被人发现，为避人耳目，他躲进了村后的玉米地里，直到天黑才出来。次日，村里人还没起床时，他便起床，乔装打扮一番后去了派出所，见到值班民警，装出一副可怜相，哀求道："同志，我是王大香的爷爷，我想见见我家大香。她性格刚烈，我怕她寻短见，想劝导劝导她。请您给个方便吧，我这把年纪了，来一趟不容易呀！"

值班民警见他一副可怜模样，于是简单问了一下，便让他见了王大香。二人见面，常兴贵悄声道："情况怎样？暴露我没有？"

王大香一听是常兴贵的声音，显出一副惊奇的样子，看了他一眼，悄声道："我什么也没说。"

"好！只要不暴露我，他们就拿你没办法，二十四小时后自然会放你回去，一定要坚持住！"

匆匆说了几句话后，常兴贵与值勤民警道声谢，便离开派出所，直接回了朱楼村。

他明知警察正四处找他，为什么还要回去呢？

这主要是王大香之故，他见过王大香，得知自己没有暴露，便认为自己是安全的，因此，才敢大模大样地回到了家。可他万万没想到，虽然王大香没供出他，但孙喜富却在临死前咬了他一口。他到家没多大一会儿，治保主任凡金贤就到了他家，说道："兴贵哥，你怎能言而无信呢？"

常兴贵不好意思地说道："对不住啊凡主任，昨天去优宝家，中午未得脱身，喝多了酒，今天一早才清醒过来。这不，我正准备去你家说明情况，正巧你来了。"

凡金贤疑惑道："优宝家？哪个优宝？昨天你不是说去刘宝家吗？怎么今天又说去优宝家了呢？"

"我何时说去刘宝家了，一开始就是说去优宝家呀。他是外村的，你不认识。"

凡金贤说道："那可能是我听错了，怪不得昨天去刘宝家问时，刘宝家人都说不知道呢。"

其实凡金贤没有听错，刘宝说成优宝，是常兴贵故意的，他预料到凡主任在派出所等不到自己，必定要到刘宝家去问，一早就想好了说辞。凡金贤果然释了对他的怀疑，二人再没说什么，直接去了派出所。

到了派出所，见了丁所长，凡金贤说道："丁所长，这就是常兴贵。"

丁所长说道："常兴贵，你这把年纪了，怎么不知法度，随意不听派出所的传唤呢？"

"对不起！丁所长，昨天实在无奈，我检讨承认错误。"

"常兴贵，听说你到处搞封建迷信活动，有这事吗？"

常兴贵原以为派出所传他过来，是为孙喜富的事，谁知丁所长却问起了这事，心里顿时放松下来。他心想你丁所长千问万问，只要不问孙喜富的事，其他一切都无足轻重。于是答道："丁所长，哪有这事呀，本人思想最先进，最讨厌搞封建迷信活动的人了。"

丁所长又问道："常兴贵，你与孙喜富是啥关系？"

提到孙喜富，常兴贵心里又紧张起来，惊慌地说道："没有啥关系，他是一位退休工人，吃的是皇粮。我就是普通一社员，谈不上什么关系。"

"那你与王大香又是啥关系？"

"王大香是个三十多岁的年轻女人，我已是六十岁的人了，与她更谈不上有啥关系。"

"常兴贵，你的所作所为自己最清楚。主动坦白，配合办案人员，说清自己所做的事情，争得一个宽大处理。"

"丁所长，我坦白什么呀？一个糟老头子又能做什么呢？"

丁所长说道："你敢说孙喜富之死与你没有关系吗？与王大香没有关系吗？你应该清楚，派出所既然传唤了你，就一定有证据，不然成千上万的人，为何偏偏传你来呢？"

常兴贵心想，难道丁所长真的知道自己干的事了吗，不然他怎么能提到孙喜富、王大香二人呢，又问自己与他二人是啥关系。转念又一想，不对呀！如果他知道内情，为什么不直接对自己采取措施，何必再讯问呢？王大香绝对不会供出自己，这肯定是丁所长在使诈。

当常兴贵在脑中急速地思考着应对之策时，丁所长也在反复地考虑着一个问题，常兴贵是不是凶手？

常兴贵、孙喜富、王大香三人之间到底有什么牵连呢？从表面上看，三人之间确实没有什么关联，可疑惑的是孙喜富为什么临死之前写下这两个人的名字呢？孙喜富为什么深更半夜在王大香院中被人打断了腿？要说是治安巡逻，也轮不到他一个老头子啊？再者王大香的丈夫田士镜在外打工，根本就没回来，孙喜富为什么说与他一块儿遇上歹徒呢？

三人之间显然有着某种不为人知的关系，那么他们是为何事而牵连在一起的呢？难道是为了女人？丁所长为自己的猜想感到荒唐。

为验证自己的这个荒唐猜想，他把所有办案人员都聚在了一起，大家的疑点与丁所长相同。

民警邵经龙说道："针对案件，我分析有两种可能：一是孙喜富确实是巡逻，路过王大香家；二是孙喜富与王大香有男女关系，去了王大香家。"

邵经龙话刚说完，大家就否定了，说道："孙喜富六十岁的人了，怎么可能会与王大香有男女关系。"

大家都把目光投向了丁所长。沉默了一会儿，丁所长问凡金贤道："凡主任，你们是一个村的，孙喜富与王大香有没有男女关系的迹象？"

凡金贤说道："没有直接发现过，不过王大香的儿子曾说孙喜富大天白日的在他家洗澡，为着这件事还引起一场风波。"

听凡金贤这么一说，丁所长坚定自己的分析是正确的，于是让邵经龙继续说。

邵经龙说道："至于孙喜富为何临死前写下常兴贵、王大香的名字，我认为孙喜富的腿被打折，肯定与这两个人有关，不是常兴贵打的就是王大香打的，常兴贵的可能性最大，甚至王大香脸上的血，也是常兴贵所为。"

听邵经龙这么说，其他人都笑起来："经龙，你这不是天方夜谭吗？常兴贵已是五十多岁的人了，怎么可能打断孙喜富的腿呢？即便是他打断了孙喜富的腿，又怎能说王大香脸上的血也是他所为呢？"

邵经龙说道："至于常兴贵为什么会打断孙喜富的腿，我认为是争风吃醋。这二人都与王大香有着不正当的男女关系，二人那天夜里都去了王大香家。可能是孙喜富先到了王大香家，常兴贵后到，当他发现孙喜富与王大香在一起时，醋意大发，既妒孙喜富又恨王大香，恼怒之下打伤了二人。"

喝了口水，邵经龙又接着说道："孙喜富之所以拒不配合讯问的原因也在这里，六十岁的人了，因为争风吃醋被人打断了腿，他怎好意思说出来？但他知道我们早晚会查明真相，一旦到那时，他就丢尽了脸面，因此喝了农药。可他又不甘心这么死了，让打断他腿的人还好好活着。因此便在纸上写下常兴贵、王大香这两个人的名字，料定死后，我们必定能发现这张纸，这样一来就能抓住打他的人。"

邵经龙的分析，大家一致认为有道理。可怎么能让常兴贵、王大香二人开口呢？

丁所长眉头一皱，计上心来。散会后，他让邵经龙留下来，低声安排了一番。邵经龙听后称赞道："妙！唯有如此才能让二人开口。所长，我这就去办。"

吃过午饭，丁所长去了审讯室，问道："常兴贵，你考虑好没有，是交代还是不交代？"

常兴贵仍是一副抵抗到底的样子，说道："丁所长，你让我交代什么呀？最近一段时间因亲戚家的官司，我去了平川县，这不刚回来不久，村中发生的事我一概不知呀。"

丁所长见常兴贵仍是不肯交代，便问道："你识字吗？"

"识字。"

"识字就好！"

丁所长看了邵经龙一眼，邵经龙会意，随即走到常兴贵跟前，把一张纸放到了他面前，问道："你认识这两个名字吗？"

常兴贵一看是自己与王大香的名字，心里一惊，假装镇静地说道："这两个人名能说明什么呢？"

邵经龙说道："说明不了什么？但这是孙喜富临死前写的。"

"那又怎么样？"

邵经龙说道："朱楼村这么多人，孙喜富为什么不写别人的名字，偏偏写了你俩的名字，这是为什么，难道你不清楚吗？"

常兴贵仍旧嘴硬地说道："啥意思，我不清楚。"

"常兴贵，你真想抗拒到底吗？"邵经龙又拿出一张纸来，放到了常兴贵的面前，厉声道，"那你睁大眼睛再看看这个！"

常兴贵已有畏怯之色，低头看去，只见上面写道：

我叫王大香，女，现年 36 岁，证明孙喜富双腿是被常兴贵打折的，经过如下：

八月二十日深夜，常兴贵越墙到我家院中，发现孙喜富从我房内出来，大怒之下，用木棍打断了孙喜富的腿，又将我踹倒于地。

看完，常兴贵明白王大香供出了自己，脑袋顿时耷拉下来，老老实实地交代了自己为何打断孙喜富的双腿，以及与王大香的男女关系。

交代完，常兴贵长叹一口气，说道："坦白从宽，牢底坐穿。要不是因为这句话，我早就交代了。"

　　常兴贵苦苦哀求丁所长，看在他已这么大的年纪，能不能宽大处理。

　　丁所长说道："我们是执法人员，只能依法办事。"

　　后来他们又用同样的方法，让王大香据实交代了她与孙、常二人的不正当关系。自此，案件告破，真相大白于天下。

　　孙喜富为淫断了腿，丧了命；常兴贵为淫判了刑，收了监；王大香为财出了名，沦为笑柄。消息一出，人们无不拍手称快。

往返奇遇

中午时分，何道银接到一封信，信封上写道：闸北市万花镇万楼村万立成缄。信中写道：

> 道银哥，你要的加重永久牌自行车，大哥托人，在闸北市买好了，请速来提货。来时骑那辆旧自行车即可，这里不通车。

何道银与妻子说道："眼看就要收麦子了，这时候怎么能去呢？"

二儿子何文知道了这件事，与父亲说道："爹，让我去吧，保准办好这件事。"

何道银说道："你刚下学，从未一人外出过，怎能让你去呢？况且所去之处与咱们相距百余公里，又不通车，全靠骑自行车，你受得了吗？这些也还没什么，我最担心的是途中的安全问题。一个孩子家，骑着一辆崭新的自行车，必定惹人注目，难免有人起歹心。歹徒们连大货车都敢劫，何况你一个小孩子家呢？前几天，村里刘延亭的儿子，从万楼村回来的途中，不慎掉进了路边的机井里，活活被淹死了，实在让人痛心。爹无论如何也不能让你去。"

何文说道："爹您说的这是哪里话，我一个高中生，怎能与他相提并论呢？不知他长眼睛是做啥的，咋能掉机井里。至于歹徒，父亲就更不必担心了，儿子的功夫您是知道的，收拾三五个歹人，还是没问题的！总之请爹放心，我去保证万无一失。"

何文在村里是出了名的倔脾气，只要是他认定的事，是不会改变的，何道银原知道儿子的脾气。尽管如此，他还是坚持不让儿子去，并严厉地说道："做人做事不能太任性，一旦出了差错，你将悔恨终生，就你这个脾气早晚是要吃亏的。"

何道银所说，何文不但不听，反而说道："爹，你也太小看儿子了，儿子习武十多年，如果连这样的小事都办不好，何谈今后做大事呢？"

何道银见劝说不过儿子，心想去就去吧，见见世面也好，于是与儿子说了路线。第二天一早，何文便骑车去了万楼村。当他行至一座大桥时，发现大桥正中间盘着一条红花蛇。见何文到来，那蛇昂起头，直起身。何文心里一惊，暗忖道："响晴天，阳光普照，大桥上怎能有蛇呢？"他试图躲过蛇，可蛇一纵身，挂在了车把上。何文忙从车上跳下来，走到路旁，折断一根树枝，把蛇挑到一边。转身推车就要走时，那蛇又昂头直身竖在了车前。一般来讲，蛇见到人后，总是逃之夭夭。像今天红花蛇这样，见到人后不但不逃，反而主动接近人，真是让人奇怪。何文久居校园，哪里见过这种稀奇事。出于好奇心，他停下车子，看看这蛇到底能弄出一个什么花样来。谁知他刚一停下车子，那蛇便缠住了车轮，于是他又拿起树枝，往外拔蛇，可蛇死死缠住车轮，动也不动。正在没办法时，迎面来了一位身着黑衣，白发苍髯的老者。见此情形，老者伸手抓住蛇尾，晃了几下，随即把蛇扔进草丛中。

何文甚为感激，连忙向老者道谢。正要走时，老者问道："敢问年轻人往哪儿去？"

何文答道："去闸北市万楼村。"

老者看了何文一眼，说道："年轻人，最好今日不要去。"

何文不解地问道："为什么？"

老者说道："年轻人应该有点儿悟性，朗朗天空，万里无云，为什么会有蛇出现？而蛇又为什么死死缠住你的车轮不动呢？你不感到奇怪吗？"

何文虽然感到了奇怪，但不解其意，于是问道："老先生您说这是为何？"

老者说道："这就是今天最好不要去的原因，至于为什么你自己想吧。"

停了一会儿，何文恍然大悟道："老先生您看是不是这个意思，蛇现身于桥上，是要下雨的预兆，莫非今天要下大雨吗？缠住车轮，莫非是不让我前行，让我回去吗？"

"能悟到这种程度，也堪称聪明了。"老者说罢便往西而去。

何文心想，老者是谁，说话如此高深莫测。待要问时，那老者已走远。

何文扶着自行车站在大桥上，抬头向天空看了看，万里无云，哪里会下雨呢？他不禁自语道："什么最好今日不要去，我偏去。"于是骑上车子继续往前驶去。

中午十二点了，何文顿感身饥体乏，于是便停下来，推着车子来到路旁的树荫下休息。他从包里拿出糕点和一瓶水，吃喝起来。稍作休息后，他又向路人问了去万楼村的路程，当得知还有十来里路时，他心里猛一轻松，不由自主地加快了速度。当他来到赵集大街时，天空突然布满了乌云。待驶出赵集大街来到一河堤时，天空又响起了雷声。何文心想十来里的路别说不下雨，即使下雨，一会儿也就到了，压根就没考虑避雨的事。就在这时，一道闪电划破天空，紧接着是一声炸雷，瓢泼大雨随之而下。幸亏河堤上都是砂石，不粘车轮，车子照样飞驶前行。忽而又是一阵电闪雷鸣，何文猛地发现一道深沟横陈在眼前，此刻他来不及多想，极力刹住车子。但由于刹车过急，致使车子横倒于地。何文从车上摔了下来，直往深沟滚落。在这千钧一发之际，他一把抓住了自行车的横梁，才没落入深沟，但身体却悬在了半空中。何文屏住呼吸，稳住身子，用右脚尖在沟壁上一点一点地弄出一个洼坑，然后把右脚踩在洼坑上，总算是支撑住了身体。

幸运的是，雨停了。必须尽快想法爬上去，不然时间一长，自己可能就支撑不住，可有什么办法呢？自己练过武，可以凭借腰部力量用力向上爬，可这样一来车子就会滑动，就有可能连人带车一块儿掉下去。一连想了几个办法都行不通，在此左右为难之际，何文真正感受到了想哭都哭不出的滋味。真是不听父母言，吃亏在眼前啊。这时，他想起了许多小时候的事。就在他陷入绝望之中时，额头上突然一凉，他猛地清醒过来，脑海中似乎有个声音在说："何文，你要坚强起来，不能被一道沟打倒啊！"

何文顿时来了劲头，只见他用右手抓住车横梁，腾出左手在沟壁上抠出一个洼坑，随即抬起左脚踩在洼坑上，而后再用左手抓住车横梁，腾出右手在沟壁上抠了一个洼坑，抬右脚踩在洼坑上，用右手按住沟沿。稍息片刻，集聚气力，猛喝一声："上！"身子一纵，蹿出了深沟，然后一屁股坐在了地上。又休息了一会儿，总算缓了过来，他站起身看时，只见沟宽四五米，沟底水流湍急。

这时，天空又下起了雨。何文心想，如何过去呢？他沿着沟边走了一段，发现一处缓坡。于是顺着缓坡慢慢下到沟底，蹲下身子，把右腿伸进水中，试试水的深度以及冲击力，看看是否可以蹚过去。通过试验，何文感觉可行，他慢慢下到水中往前挪动，发现水流虽然湍急，但好在水不是很深。终于找到过去的办法，何文心中大喜，他赶紧爬上河堤，来到自行车处，这时他才发现自行车被一块大石头挡住了，不然怎么禁得住他的体重，想想他心里不禁一阵后怕。何文扛着自行车蹚过深沟，又爬上河堤。何文站在高高的河堤上，向四周看了看，发现堤下河滩上有座用帆布搭的篷子，这时他又渴又饥，正想找一个避雨的地方，于是推着自行车去了帆布篷子。到了地方，何文见篷子里有一位六七十岁的老人，便开口说道："大爷，能让我进去避避雨吗？"

老人说道："小伙子，进来吧。"

何文停好车子，走进帆布篷。老人与他一个矮凳坐下后，二人便交谈了起来，方知此处正在修桥，老人是看桥人，河堤上的深沟是修桥时挖的基坑。

何文说道："当地政府应该在河堤上竖立警示牌——前方施工，此路不通。"

老人说道："有啊，你没看到吗？赵集大街进入河堤的路口就竖有警示牌，再往东一百五十米，还有一个警示牌。"

何文说道："没有看到，也许是我急于赶路，又加之下着大雨，没顾及看。"

老人说道："年轻人，你家住哪里？"

何文心想是实话实说呢，还是说住在这附近呢？他认为还是说住在附近的好，免得欺生，于是答道："不远，就住在赵集。"

老人脸色骤变，说道："听口音你分明是红城县人，怎说是赵集人呢？小小年岁，净说瞎话，一点儿都不诚实，我最厌恶不诚实的人，对不起，请你出去吧。"

　　何文被老人揭穿了谎言，很是尴尬，本想与老人解释，可想想还是算了吧，人家叫走就走吧。

　　出了帆布篷，雨也停了，何文向东看了看，不远处有一村庄，于是推着车子，重又上了河堤。谁知这段河堤没有铺砂石，泥泞不堪，别说骑车了，就是推也推不动，没法只得扛起车子。车一上肩，感到分外沉重，此时他又想起来之前父亲的劝说，越想心里越不是滋味。但又有什么办法呢？只能一步一步艰难地往前挪动，好不容易来到了庄前，路也不再泥泞。何文放下车子，发现村北边有一片瓦房，问村里人，说是矿上工人的宿舍。他心想，自行车是寄放在村里呢，还是寄放在工人宿舍呢？想了一会儿，自语道："还是放工人宿舍吧！"

　　到了工人宿舍，正巧碰上一人，于是问道："同志，请问你们领导在吗？"

　　那人看了看何文，说道："你从哪里来，找我们领导干啥？"

　　何文说道："从红城来，下雨了，车子不好骑，想把车子暂放他那里。"

　　那人认为何文与领导必定有关系，于是连忙让他进屋，又是倒茶，又是递烟，何文正渴得难受，便说道："不用客气，热天喝凉水就行啦！"

　　那人说道："你是客人，怎能让你喝凉水呢。"

　　何文说道："我习惯喝凉水，不习惯喝开水。"

那人见何文如此说，便不再强求，说道："行，热水凉水都有，你随意喝吧。"

何文来到水桶前，一连喝了两碗凉水。喝后顿感饥饿难忍，肚里咕噜咕噜直响。正想告辞，找个地方吃饭，那人问道："吃饭了没有？"

何文说道："不好意思，只顾赶路，还没来得及吃饭。"

那人说道："没事，走，我领你到食堂吃去。"

何文也没客气，跟着那人到了食堂，吃了两碗米饭，一份大菜，吃罢离开食堂，刚走几步，那人喊道："小伙子，记住我姓赵，到家之后，赶快让人来取你的车子。"

何文说道："行，谢谢赵师傅啦。"

何文出了工厂宿舍，来到村里，见几个村民正站在路上聊天，于是便上前问道："同志，万楼村怎样走？"其中一人说道："东边一里地是白店集，有一条南北街，街南头是一个长满芦苇的旱湖，走出旱湖，第一个村就是万楼村。"

何文来到白店集南北大街，街南头果然有一长满芦苇的旱湖。此时湖边站着十来个人，看见何文到来，便止住了嬉笑，目光一起转到何文身上。何文虽然到了旱湖，可该怎样过去呢？他瞅了一圈也没发现路，于是走上前问一个留有小胡子的年轻人道："同志，请问到万楼村，从这湖里能过去吗？"

小胡子看了看何文，笑道："能啊，这湖底下就有一条小路，直通万楼村。"

何文道声谢，向小胡子手指的方向看了看，确实有条小道。何文来到小道前，见小道上长了许多草，像是很长时间没人走过似的，他心里便产生了犹豫。这时一位老人喊道："年轻人，往万楼村有两条路，这条小路近些，另有一条大路远些，劝你还是走那条大路为好。"

何文不解地问道："不走近道，却走远道，这是为何？"

老人说道："实话对你说，小路虽近，但有危险，一般人是不敢走这条小道的。"

小胡子说道："年轻人，不要听老头瞎说，还是走小道近，大天白日的，有什么危险，刚才还有人走呢！"

何文心里更加疑惑，老人劝我走大道，小胡子让我走小道，到底该听谁的呢？老人说的危险又是什么呢？于是问道："大爷，您为什么不让我走小路呢？小路有什么危险？"

老人刚想说出内里，小胡子就狠狠瞪了他一眼，老人面露惧怕之色，转身走了。见此情景，何文从湖底纵身上来，拦住老人问道："大爷，您有话尽说无妨，难道还怕谁不成吗？"

何文的话惹恼了小胡子，他恶声恶气地说道："你小子胎毛未退，算个什么东西，敢在大爷面前夸海口。这条小路近，叫你走，你就得走，哪儿这么多废话。"

何文也是个强势的人，岂能容小胡子如此狂妄？于是便不屑一顾地说道："你又是个什么东西，我看你也是欠揍。"

何文话一出口，在场人无不为他捏了一把汗，心想真是初生牛犊不怕虎，敢这样与小胡子说话，不是找打吗？很多人都欲劝说何文赶快赔个不是，离开这里，但因心悸小胡子，个个有劝说之心，却没劝说之胆。其中有一人大着胆子，走到何文跟前，劝道："年轻人，与他赔个不是，快走你的路吧！你惹不起他，他是……"

没容那人说出口，小胡子已到跟前，一把把那人推到一边，伸手抓住何文的衣襟，阴沉沉地说道："我看你是活腻了。"

何文泰然说道："请把手松开，不要抓我的衣襟。"

小胡子说道："抓你衣襟算啥，我还要抓你的头发呢。"说着伸手抓住了何文的头发。

何文仍是平和地说道："请你把手松开。"

小胡子说道："我还没掌你这张嘴呢，怎能松开？"

何文说道："再不松手我可要还手了。"

小胡子说道："你还手与不还手，有什么区别吗？"

何文说道："想知道吗？"

小胡子说道："你有本事，尽管使出来呀。"

何文说道："这可是你说的，可别怪我呀。"说罢伸手抓住小胡子的手腕，用力往下一按，小胡子顿感疼痛难忍，不觉跪在了地上。这对小胡子来讲，真是太失颜面了。只见他把手往口中一插，一连吹了几声口哨，不大一会儿，来了十多个小混混。小胡子见自己的人来了，一时又长了威风，手一指，大声喝道："弟兄们，给我打，照死里打。"一帮小混

混见老大发了话，也不问青红皂白，呼啦一下全向何文扑过
去，眼看就要大打出手，这时一个年长的混混喊道："住手！"

一帮混混听到喊声，顿时停住了。只见那个混混走到小
胡子跟前，说道："咱们十来个人打一个孩子，即便把他打倒
了，也不能长咱们的威风，反而让人说咱们以多欺少，以大
欺小，不如随便叫两个弟兄上去揍他一顿。"

小胡子说道："说的也是，弟兄们，谁去教训教训他？"

何文说道："单兵较量不热闹，还是你们一齐上吧……"

没容何文把话说完，其中一个小混混就等不及了，对何
文来了一个饿虎扑食。何文见那小混混扑来，身子往左一侧，
右腿一伸，然后右手顺势一逮，那小混混就趴在了地上，磕
掉了两颗门牙。一帮混混几年来在白店集从未遇到过对手，
可今天刚一出手，就弄了个丢人现眼的局面，小胡子怎能罢
休？他大吼一声，领着十多个小混混一齐扑了上去。何文展
开拳脚，打得十几个小混混趴倒起来，起来趴倒。眼见占不
到上风，他们便抄起了家伙，有拿棍的，有拿匕首的。围观
的人无不为何文担心……

何文见小混混抄起了家伙，于是解下腰间的绳鞭，上下
左右，连挥数鞭，十几个小混混全都倒在了地上。围观的人
越来越多，从最开始的几十人增至上百人，后来又增至上千
人，几乎整个白店集的人都来了。他们见横行乡里的小混混
们被打倒于地，无不拍手称快，欢呼喝彩。

何文走到小胡子跟前，用脚踢了踢他，说道："起来，别

装脓包，我问你，你叫啥？"

小胡子再没有先前的威风，胆怯地答道："我叫混天龙。"

何文啪啪打了小胡子两个耳光，说道："我叫你叫混天龙，口气不小，也不撒泡尿照照，看看你那副德行。"说罢又打了小胡子一个耳光，说道："还叫混天龙不？"

小胡子带着哭腔说道："不敢了，再不敢了。"

何文说道："你到底叫什么？"

"我叫骚军。"

何文说道："一听名字，就不是好人，从今天起不要再叫骚军了。"

"那我叫什么？"

"叫改邪归正！"

何文见小混混们还在地上趴着，便厉声喝道："还不快滚？"

小混混们如得赦令，一窝蜂跑了。

一场大戏结束了，围观的人也慢慢散去。待众人走后，何文走到老人跟前，问道："大爷，为什么不能走小路呢？"

老人说道："年轻人，你有所不知。这旱湖中有个水塘，塘中的水从未干过。前天，双领村的金汉营父子俩往万楼村走的就是旱湖中的小路。他们父子二人走到水塘边时，忽然刮起一股阴风，接着听见扑通一声响，转脸看时却不见了儿子。金汉营急忙寻找，可无论他怎样喊叫，都没有听到儿子的声音。当他往水塘中看时，发现塘中浮现一片血色，他马上意识到儿子掉进塘中遇害了。他急忙回到白店集孩子的姥姥家，喊来十多个人，拿着长棍等器具来到水塘边。大家忙乱了一阵，什么也没找到。就在大家疑惑不解时，忽然一个庞然大物发出沉闷的吼声，从芦苇中呼啸而来。大家还没来得及看清是何物时，就听扑通一声，水塘中溅起几米高的水花，浪花落处又出现一片血色。大家无不惊骇，清点人数时发现一个叫昌平的人不见了。大家再不敢在此停留，慌忙跑出旱湖，将此事报告了政府，至今还没有结果。因此，我劝你走大路，虽然路远一点，可没有危险。"

何文听后感激地说道："多谢大爷的提醒，既然湖中有危险，当地政府为什么不竖警示牌呢？"

老人说道："也许是还没来得及吧。"

何文说道："今天我就从这湖中小道去万楼村，看有啥怪物。大爷，请你找两个人到旱湖的出口处等我，如果我没从湖里出来，就说明我遇上危险了，麻烦你到万楼村告知我叔叔万立成。"

老人说道："年轻人，这又是何苦呢？明知小路凶险，何必再冒那个险呢？"

何文坚定地说道："老人家不必再劝了，我意已决。"说罢便下到湖底，来到那条小路上。

老人叹了一口气，找了两个年轻人，骑上自行车，一同到旱湖另一边的小道出口处。他们刚到那儿，便见何文从旱湖中走出来，几人赞叹道："真是艺高人胆大，佩服，佩服！"

　　何文告辞了老人，直往万楼村而去。到了万楼村问明万立成家的具体位置后，便直接去了万立成家。到了万立成家门口，见大门敞开着，院内静悄悄的，没有一人，再看堂屋门同样敞开着。何文走进屋里，见一张矮床上睡着一人，看时正是万立成，于是伸手晃了晃，喊道："立成叔。"

　　这一晃不打紧，万立成如惊弓之鸟，腾的一下蹿了起来。何文不知内里，吓了一跳，急忙闪到一边，忙喊道："立成叔，你怎么啦？"

　　万立成一看是何文，随即说道："是小文啊，你这孩子啥时来的？"

　　何文说道："刚进屋，见你睡着，就把你晃醒了。"

　　万立成洗了把脸，说道："你是怎样过来的？"

　　何文说道："骑自行车。"

　　"那自行车呢？"

　　何文说道："放到赵集那边的工人宿舍了，他们让我到家后赶快叫人去取。"

　　万立成说道："那就没问题，今天不去取也没关系，明天让丫头与你一块去也不迟。"

　　何文问道："立成叔，天还未黑你怎么就睡了。刚才喊你时，为什么那样惊慌，倒吓了我一跳。"

　　万立成笑道："侄子有所不知，现在派出所正在抓赌博的，昨晚我赌了一宿，以为是派出所抓赌博的呢，你一晃，我被吓了一大跳。"

何文上学期间，就听说过赌博，可到底没见过，因此听立成叔说起赌博，很是好奇，于是问起了赌博的事情。

万立成说道："不用问了，明晚我带你去看看。"

二人说了一会儿话，万立成领着何文来到偏房，打开门用手指着一辆崭新的自行车，说道："这辆自行车就是你父亲让买的永久牌自行车。"

何文"啊"了一声，说道："好气派呀，还是带电灯的呢。"

万立成说道："在这儿玩几天后，你就骑着它回去吧，把来时骑的那辆旧车子留下，我骑。"

第二天，吃过早饭，万立成让丫头陪何文去工人宿舍取回自行车。二人走到矿井北边的一条宽敞的水泥大道时，见路边站着三四个人，像是在议论着什么。只听其中一人说道："昨天下午，一个年轻小伙子穿着一身湿漉漉的衣服，要找领导，问他找领导啥事，他说想把车子放在领导那里，并说从红城来。我就让他把车子放我那里了，我一再告诉他到家后赶快叫人把车子取走，可到现在还没见取车人来。"

另一人说道："这就奇怪了，从红城来的年轻小伙子，在我记忆里没有这样一个人呀。当时你就没问他叫什么吗?"

那人说道："没有。"

何文在一旁听了，心中思忖道："他们说的不正是自己吗? 这个人就是那个姓赵的叔叔，怎么看着不像?"于是上前说道："赵叔叔，昨天下午是我把车子放到您那里的。"

　　那人惊奇地看了何文一眼，反问道："你就是昨天下午放车子的那个小伙子？"

　　"是的，赵叔叔，给您添麻烦了。"

　　那人对何文没有一点儿印象，脸上不禁露出怀疑的表情，说道："我怎么对你一点儿印象都没有呢？"

　　何文解释道："也许昨天是阴天，光线太暗，您当时没有看清我。"

　　这时，另一人上前与何文握了一下手，客气地说道："我就是他的领导，昨天下午你找我有啥事？"

　　何文说道："谢谢领导，没事，主要是想把车子放您那里，感到安全。"

　　领导一听原来是这回事，不耐烦地走了。姓赵的也不那么热情了，领着何文两人去了工人宿舍。路上，姓赵的说道："昨天你把车子放在村里多方便，何必跑到工人宿舍呢？"

　　何文说道："工人素质高，不会出意外。"

　　姓赵的本来板着一张脸，听何文这么说，不禁笑了，说道："小小年纪，心眼倒不少。"

　　何文不好意思地说道："乡下人没出过门，不得不多想点。"

　　到了工人宿舍，何文对姓赵的道声谢，推起车子与丫头一起返回了万楼村。

　　何文将车子推回万楼村后便要返回红城，万立成说道："刚来不到一天，怎能就走呢？起码要玩上几天再走，要是感觉这里不好玩，你二伯在大州城里工作，我带你到他那里玩玩？"

　　何文听后也没推辞，便与万立成一块去了大州城。中午吃过午饭，休息了一会儿，他自己一个人出去转了转。吃过晚饭，万立成又带着他去逛大州城的夜市。走到北关小学的大门前时，见高杆路灯下散乱地站着一群人。那群人三个一堆、两个一块地聚在一起，嘀嘀咕咕了一会儿，便又散开，随即向路边的一间房屋走去，万立成也去了那里，何文也跟了过去。到地方一看，里面一张桌子，桌子旁已围了一圈人，有文文弱弱的，也有满脸横肉的，形象各异。再找立成叔，见他已经挤进了桌子前。何文心想，这就是赌博吧。看了一会儿，他担心派出所的来抓赌，心想还是赶快离开吧，免得被误抓了，蒙受不白之冤，于是与立成叔打了声招呼，便回去了。

　　第二天一早，万立成还没起床时，他就起床了。洗漱后，一个人到外边转了转，随便吃了点东西，而后又回去与立成叔说了声，便骑上那辆崭新的自行车返回红城。出了大州城，道路出现了岔道，一条西南方向，一条西北方向，哪条是通往红城的路呢？犹豫之中，见一老者走来，何文忙向老者问路，老者用手指道："走那条路，不用下路，一直就到红城县了。"

　　何文心想，这就对了，立成叔说也是一条路，不用下路。于是不再犹豫，骑上车子，上了西南方向的那条大道，一阵风似的飞驶而去。行驶了一个多小时，往两边看时，越看越感到不对劲儿，按理讲现在应该进入红城县的地界了，怎么感觉这么陌生，没有来时的一点儿印象呢？莫非走错了道不成？于是停下车子，向四处望了望，看了看，还是没有一点儿印象，特别是大道左边的那片红瓦房，更是没有印象，来时根本没有这片红房子啊。正当他疑惑时，从红房子里走出一群人来，直向他所在的大道上走来。临近跟前时，何文发现十来个人都是青年人，还有几个女的，这些人有戴墨镜的，有戴礼帽的，也有戴太阳帽的，也有打着伞的。不用说这肯定是城里人了，农村人没有这种打扮的。一群人到了他跟前，何文问其中一个青年道："这里离红城县还有多远？"

那青年说道："什么，离红城县还有多远？我没听错吧？"

"没错！"

那青年说道："这根本就不是往红城去的路，谁知离红城还有多远！"

何文一听大惊失色，忙问道："这不是往红城的路，又是往哪里的路？"

"这是通往巩城的路。"

"怎么会呢，我一再问，都说是通往红城的路，怎么会是通往巩城的路呢？"

那青年说道："我们在这里两年多了，难道还不知道是通往哪里的路吗？"

另一个青年说道："你这车子蛮不错啊，可否让我骑一会儿？"

何文心里正焦急呢，哪里有闲情让他骑一会儿？于是忙对那青年说道："大哥，对不起，我实在是急着赶路，改日再骑吧。"

何文满以为他不会为难自己，谁知那青年却伸手抓住了车把，非要骑不可。

何文说道："大哥，实在抱歉，我真的急着赶路。"

那青年怒道："废什么话，骑一骑能耽误你多少时间。"说着就向何文打了一拳。

何文也生气地说道："你这人怎么这样不讲理，我的车子想让你骑你就骑，不想让你骑，你就不能骑。"

那青年强势惯了，岂能忍受何文的这种态度？于是对准何文的脸就是一拳，何文本不想动手，可见他来势凶狠，不得不接招。只见何文身体微偏，伸手抓住那青年的手腕，往前一拉，那青年扑腾一声趴在了地上，弄了个嘴啃泥。在场的其他青年见此，哪有不帮之理，呼啦一下都扑向了何文。眼看就要打起来，这时一位女青年大声说道："这么多人打一个人，传扬出去，还不够丢人的。"

听女青年这么说，趴在地上的青年起身又向何文打去，一连打了数拳，何文站在那里动也没动，见那青年停下后方才说道："行了吧，够面子了吧！"

那青年再没言语，何文推起车子准备走。正在这时，一个阴沉的声音响起："站住！"何文扭脸看时，见来了一个两腮长满胡子的人，此人年岁大于在场所有的人。何文心想：

"今天麻烦真多，肯定不是黄道吉日，但事情已经出现，别无选择，只有应对。"

那人走到何文跟前，自我介绍道："本人叫彪哥，刚才打你的那个叫闫祝，请问你叫什么？"

"本人叫何文。"

彪哥说道："何文，与你明说，别以为刚才闫祝打你，你没还手，就是高风亮节。其实不然，此举也未免太自大了吧，分明是欺我们这些人中没有人是你的对手。是的，可以看出你是有点儿真功夫，彪哥我想和你比画比画。"

何文本是抱着息事宁人的态度，尽快了却此事，赶紧赶路，谁知彪哥不领情，反说他自大，着实叫人厌恶，于是说道："我何文行得正，坐得端，凭你怎样说，都无所谓。"

彪哥听后大怒，一挥手，八九个青年一齐扑向何文。他不想再浪费时间，高声喊道："彪哥，你不是想和我比试比试吗？何须让他们动手，咱们两个比试就行了。"

众青年听何文这么说，都停住了脚步，同时他们也想让彪哥露一手。到了这个份上，彪哥也不好再往后缩了，他一个箭步冲到何文跟前。何文说道："彪哥，不用比了，确定你不行。如果硬要比，只能是自讨其辱。别看你个子这么高，动起手来，我只需一下，就可把你击倒于地。"

彪哥再也忍耐不住，大吼一声向何文扑去，他接连进招，何文都未还手。待彪哥攻势减弱之时，何文身子往下一蹲，抓住彪哥的脚脖用力一拉，只听扑通一声，彪哥摔了个四脚

朝天。一贯威风的他，岂能认输，随即一个鲤鱼打挺，起身
又冲向何文。何文见彪哥冲来，使了一招背封掌，一下封住
了彪哥的眼睛，紧接着单掌一推，扑通一下彪哥倒在了地上。

　　这时大道上已经围满了人，以至于道路都被阻断了，何
文打倒彪哥后不敢再停留，拔腿就走，忽地，一青年壮汉抓
住了他的衣襟，冷笑道："好小子，山中无老虎，猴子还真称
王了。"说罢轻而易举地将何文举起扔进了路边的沟里。何文
心想，这下可遇到对手了。他急忙从沟里爬出来，还没等他
站稳脚跟，那青年壮汉飞起一脚，又把他踢进沟里。何文又
想，这家伙要力量有力量，出手又快，还真不容易对付，必
须得出自己的杀手锏了。唰的一下，他从腰间抽出绳鞭，向
那青年壮汉的小腿打去，然后猛地一拽，把青年壮汉打倒于
地。尽管如此，青年壮汉也未示弱，只见他腿一拧，脚一勾，
一下子把绳鞭从何文手中拽了回来。青年壮汉站起身，说道：
"好小子，竟敢使起了阴招，看来不露点儿真功夫，你还真称
王了。"

　　何文说道："我手下从不死无名之鬼，有种的就报上
名来。"

　　青年壮汉大笑道："行啊！小子，好大的口气。也不怕风
大闪断了舌头，那我就告诉你，我叫强哥，彪哥是我弟弟，
请问你叫什么名字？"

　　"我叫何文。"

　　"强哥，刚才都是闹着玩的，今天就到此为止吧，我打倒

了彪哥，你打倒了我，彼此扯平，大家各走各的不好吗?"

强哥说道:"你说的比唱的还好听，在众人面前打倒我的人，出尽了风头，怎能说走就走。"

何文说道:"那你想怎样?"

"怎样，必须在众人面前与我兄弟赔礼道歉。"

何文怒道:"是他犯了我，理亏的是他，我为何道歉，应该他与我道歉才是! 强哥，别以为刚才你把我扔进了水沟，就认为我打不过你，那只不过是给你个面子罢了，你还真以为我不行吗? 你看那是什么?"

强哥不由地向何文手指的方向看去，就在这时，何文快速来到了强哥身边，劈手夺过绳鞭，强哥不但没有反抗，反而像根木桩似的，愣在了那里。

何文看了强哥一眼，说道: "强哥，你就好好地站着吧，一个小时后，自然行走自如。"说罢便准备骑车离去，谁知车子却不见了，这下他可慌了手脚，一把抓住闫祝问道:"你把车子给我藏哪里去了?"

闫祝胆怯地说道:"我没有藏你的车子。"

一帮青年见何文抓住闫祝要车子，都急忙向前解释，说:"闫祝自始至终都站在这里，绝对没藏你的车子。"

何文说道:"反正我车子没了，就得找他要，起先要不是他非要骑我的车子，哪里会招来这些麻烦，他就是罪魁祸首，非得告他不行。"

这下闫祝害怕了，忙说道:"就算我要骑你的车子，但车子丢了，也不能认定是我藏了呀，人不讲道理不行。"

何文说道："现在你知道讲道理了，行啊！走，咱们这就见你们的领导，看看到底是谁不讲道理了。"

闫祝心想，无论如何都不能让他找领导，如果让领导知道了这事，自己肯定要受处分。他忙向何文求情道："小兄弟，我真的没藏你的车子，肯定是有人趁乱偷走了车子，现在要说立马找到也不现实。你看这样行吗？在车子没找到之前，先照价赔偿，待车子找到后，再与你送去。我们现在就去报案。"

何文心想，也只有如此了，于是答道："照价赔偿就行啦，至于其他事你自己看着办吧。"随后又让闫祝送他回了大州城，见到万立成，说道："立成叔，赶快与我想个办法吧，不然父亲肯定要重罚我。"

万立成见何文满脸焦急的样子，忙问道："咋啦，大侄子，出什么事了？"

何文说道："自行车被人偷走了。"

万立成听后大为不解，问道："车子一路上你不是骑着吗，怎会让人偷走呢？"

何文把事情的经过从头到尾说了一遍。万立成听后，生气地说道："大侄子啊大侄子！我该怎么说你才好呢，车子丢了，不光是你不好交代，连同我也没法向你父亲交代呀！这该如何是好呢？"

何文说道："立成叔，您别生气，千错万错都是我的错，事已至此，生气也无济于事，还是尽快想个补救的办法吧。"

　　万立成说道："没有了车子，再好的办法也没有用，除非是找到车子。"

　　何文说道："车子肯定要找，但也不是立马就能找到的呀！立成叔，您看这样行吗？咱们去闸北市找大伯，看能否再买一辆。"说着从身上掏出闫祝赔偿的钱，放到万立成面前。

　　万立成说道："名牌车子，岂是那么容易买的，一般都要几个月，甚至一整年，才能弄到一个指标，这还得是有关系的情况下才能弄到。现在突然之间去找他，恐怕连一成把握都没有。"

　　何文说道："这也是没办法的办法，咱们就去碰碰运气吧，巧了也许能买到一辆。无论怎么说，也比咱们在这里愁眉苦脸地干坐着强。"

　　万立成心想，也没有比这再好的办法了。二人立马去了闸北市，见到大哥，万立成说了车子被偷的事，而后再三请求大哥无论如何都要想法再买一辆。

　　万立成的大哥亲自去找百货大楼的杨主任说了此事。杨主任说道："车子的指标早已分完，现在只有占用别人的指标了。"

　　万立成的大哥说道："只要能买到，怎样都行。"

　　杨主任领着万立成的大哥去了业务主任的办公室。

　　半个小时后，万立成的大哥走出来与万立成说道："还好杨主任找人给弄了一辆，你们去百货大楼仓库提货吧。"

二人高兴得无以言表，赶紧去到仓库提出车子。万立成再不敢大意，亲自把何文送到通往红城县的大道，方才返回。

何文一路走一路想，不知不觉到了红城县。看看天色已晚，骑了大半天的车，身体早已感到困乏，便找了家旅馆住了一夜。次日醒来，太阳已过竿头，起床吃过早饭，又骑车上路了。来到一个十字路口，何文见路中间停着一辆吉普车，车前倒着一辆自行车，车旁还围着几个人，其中两人指手画脚的，一副争吵的样子，不用说肯定是出车祸了。到跟前看时，果是发生了车祸。但没想到的是，出车祸的人竟是同学的父亲王超启，于是喊道："超启叔，您这是咋啦？"

王超启听见有人喊他，转脸见是何文，惊喜道："何文，你怎么在这里？"

这一问不打紧，却惊动了吉普车里坐着的人。只见那人慌忙下车，走到何文跟前，上下看了看，问道："你就是何文？"

何文不解地看了看那人，疑惑地说道："是的，您是？"

那人没有回答何文的问话，而是问道："你家住在哪里？"

何文答道："山乾公社清源大队坤店村，咋啦，有什么事吗？"

那人确定何文就是自己要找的人后，暗道：庞县长所说不假，山乾公社果有此人，没想到在这里能遇上。于是与何文说道："我是咱红城县庞县长的秘书，叫朱继善。庞县长让我来找你，不想在这里遇上了，真是有缘啊。走吧，咱们一起去见庞县长去！"说罢朱秘书上前呵斥住司机，又从身上掏出六十元钱赔给了王超启，还安慰了他一番。解决了麻烦后，朱秘书转身见何文还傻愣愣地站在原地，于是喊道："何同学，快点儿上车，随我一起去县长家。自行车我让人给你骑着。"

何文疑惑地说道："朱秘书，你认错人了吧，县长怎么可能认识我呢？一定是搞错了。"

朱秘书笑道："不错，找的就是你。"

何文无论如何也不相信县长会找他，这到底是怎么一回事呢？

原来庞县长突然感到心痛，于是忙去县医院诊治，检查完后，医生却说各项指标正常，没有病。庞县长心想，不可能呀，没病怎么会心痛呢？就又去了北京、上海等地的大医院，找名医专家进行会诊，可依然说他没病。这样折腾了一个多月，没办法只得在家休养。眼看着一天比一天消瘦，现已到了卧床不起的程度。在这期间他想了许多，不知怎么就想到了县一高一个叫何文的学生，心里顿时豁然开朗，认为何文能医好他的病。这种事在外人看来，简直是荒唐至极。可庞县长偏偏就信了，并且还在何文身上寄托了很大的希望，这又是为何呢？

庞县长之所以想到何文自然是有缘由的，去年县一高召开毕业生代表座谈会，庞县长应邀参加。座谈会上何文说了这样一段话："天堂地狱的形成，全在人心一念的转变，人有善念，即是天堂；人有恶念，便是地狱，因果报应，丝毫不爽。"庞县长感到十分惊奇，心想这个学生小小年纪，怎能说出如此精辟的论断呢？真是个奇才。因此，庞县长现在得病了，大小医院都去了，名医专家都看了，均未发现病因，他就想自己所得之病必是一种邪病，善念所致，只有何文这样的奇才才能医治，于是便让朱秘书去县一高寻找何文。朱秘书去了县一高，得知何文已经毕业了。朱秘书又问了何文的家庭住址，学校老师说何文家在山乾公社。庞县长就又让朱秘书前往山乾公社，未想在前往的路上竟遇上了何文。

何文听朱秘书说明缘由后，便随朱秘书去了县长家。见了庞县长，何文道声好。庞县长勉强从床上坐起来，抬抬手，示意何文坐下，又示意朱秘书出去。朱秘书走后，庞县长问道："你就是县一高的那个何文？"

何文诧异道："是啊！庞县长，您公务繁忙，怎么会知道我这个普通的县一高的学生呢？"

庞县长说道："还记得去年县一高召开的毕业生代表座谈会吗？"

何文恍然大悟，说道："噢——记得，记得！难道庞县长就是因为这才找我的吗？"

庞县长说道："也可这么说，但不尽然，今天找你来的目的，主要是想让你与我医病。我病了已经快两个月了，其间大小医院也都去了，名医专家也都看了，可都说我没病。眼下都卧床不起了，怎能说没病呢？"

何文不由得看了庞县长一眼，只见庞县长眼窝深陷，脸色黑暗，确实病得厉害，于是说道："这些医生纯是庸医，简直是胡说八道，可庞县长让我给您看病，岂不是开玩笑吗？我根本不懂医术，又怎能医病呢？"

庞县长说道："何文，都到这个份上了，我怎会与你开玩笑呢？我都病到这个程度了，医生还诊断不出什么病因来，可见所得之病非同一般，肯定是一种怪病，怪病自然得用怪招。在那次毕业生代表座谈会上，你论断精辟，特别是善恶之说，让我感悟颇深。因此，找你来分析分析我的病症，也许能找出病因来。"

听了庞县长的话，何文心里感到很可笑。作为一县之长，怎能这般荒唐呢？他转念又一想，庞县长的话也不能说没有一点儿道理。人们常说病急乱投医，县长处在病危之中，求医无望之时产生离奇之想，也在常理之中，倒也没什么可笑的。于是说道："庞县长，您让我给您看病，但我有一个条件，那就是必须实话实说，不能有半点儿隐瞒，只要做到这一点儿，我保证能断出您的病因来。"

庞县长说道："命都快没了，还有何隐瞒的。有什么问题，你只管问吧，我一定据实回答。"

何文问道："庞县长，您现在感觉如何？"

庞县长说道："现在感觉心疼，没有食欲。"

何文问道："得病之前，除正常的工作外，有没有做过其他的事情？顺心不顺心？"

庞县长迟疑了一会儿，答道："也没做过什么事，唯有违心地处理了教育局局长，可以说病就是从那时开始的。"

何文问道："为何处理教育局局长？"

庞县长为难地说道："一言难尽啊！实事求是地说，教育局吴局长无论是工作还是为人，大家都是认可的，我对他的印象也很好。教育局一位女副局长想当局长，就在背后造吴局长的谣，又对我百般献媚。尽管如此，我也没有答应她。一天下午，她来到我办公室，直接威胁说道：'如果我当不上教育局局长，就把我们两个的事公之于众。'还给了我三天期限。为平息事态，我便向她妥协了。她交给我一份举报吴局长的材料，其实都是她伪造的用来污蔑吴局长的。后来，我便免去了吴局长的职务，让她担任了教育局局长。"

何文说道："那吴局长呢？"

庞县长说道："免职后生了一场大病，听说现在正在写书，书名叫《尘世冤枉录》。"

听了庞县长的叙述，何文沉思良久，然后说道："庞县长，怪不得医生说您没有病。按您所述情况，站在医学的角度分析，您确实没有病。但站在品德的角度分析，您确实又有病。幸亏您病危中想到了我，不然后果不堪设想。可以这么说，只有我才能断出您的病症来，也只有我才能医好您的病。"

庞县长一听何文能医好他的病，顿时来了精神，急问道：

"果真能医好我的病？敢问我得的是什么病？"

何文来到庞县长跟前，假装把了一下脉，然后说道："根据脉象，除心脏不正常外，其余四脏六腑皆正常，庞县长所得之病世上少见。"

庞县长惊愕道："那到底是什么病？"

何文说道："亏心病，也叫良心病。"

庞县长问道："何谓亏心病？"

何文说道："所谓亏心病，就是不该说的话说了，不该做的事做了，良心上受到谴责，致使做事的人感到内疚，心里形成郁结，轻者食欲不振，重者心痛无法进食。"

庞县长深有感触地说道："何先生所言甚是，现在想起来确实亏心，以致我食不甘味，心疼欲裂。先生既然知其症，那就尽快为我治病吧！"

何文说道："可以！庞县长，您的病因吴局长而起，医治倒也容易，只要恢复吴局长的职务，还其清白，心自然就不疼了。"

庞县长为难地说道："生米已煮成熟饭，怎好再收回呢？是否还有别的妙方？"

何文说道："药方已开过，至于怎样做，就是庞县长您的事了。我已尽力而为，再没其他良方了。"说罢起身便走。

庞县长的心又疼起来，急忙喊道："先生，我一定照你说的办。"

何文说道："务必还吴局长一个清白，复其职务，方能保平安。"

何文走后，庞县长立马让朱秘书去通知女局长。谁知那女局长与庞县长一样，已病多日，家人正为其准备后事。庞县长得知后，自语道："报应，真是报应啊！"

庞县长顾不得那么多了，给吴局长昭了雪，复了职。庞县长的病也慢慢好了，连同那位女局长的病也好了。

再说何文走出庞县长家，还似在梦中一般，他骑上车子，一路飞奔回到家中。何道银见儿子骑着崭新的自行车回来，非常高兴，直夸儿子长大了。可儿子却一句话也不说，一脸迷惘的神情。何道银很是奇怪，往日里儿子总是一副生龙活虎的样子，今儿怎么这么反常，回到家咋不说话了呢？于是问儿子道："怎么啦，路上遇上麻烦事了？"

何文答道："麻烦事没遇上，却遇上了一些稀奇古怪的事，直到现在我还想不明白呢。"

何道银说道："什么稀奇古怪的事？说来听听。"

何文便把这一路上的奇遇说了一遍，何道银听后也大为不解，这时何文的母亲说道："这有什么不解的，不就是行好得好，行恶得恶吗？咱们何家祖祖辈辈行善积德，这才护佑文儿一路平安。"

何道银附和道："对对对！行好得好，一路平安！"